AGATHA CHRISTIE POIROT SELECTION

EVIL UNDER THE SUN

AGATHA CHRISTIE POIROT SELECTION

EVIL UNDER THE SUN

백주의 악마 애거서 크리스티 장편 소설 | 김윤정 옮김

황금가지

EVIL UNDER THE SUN
by Agatha Christie

정식 한국어 판 출간에 부쳐

나는 한국에서 우리 할머니의 작품을 정식으로 출간한다는 소식을 듣고 무척 기뻤다. 할머니가 1920년부터 1970년 무렵까지 오랜 세월에 걸쳐 집필한 작품들은 21세기인 지금 읽어도 신선하고 재미있다. 등장 인물들이 워낙 자연스러워서 요즘 사람들과 다를 바 없고 이들이 등장하는 상황과 장소가 전 세계 사람들의 애정과 향수를 자극하기 때문이다. 한국 독자들은 이번에 새로 나온 정식 한국어 판을 통해 그 동안 접하지 못했던 애거서 크리스티의 일부 작품들을 읽을 수 있을 것이다. 덕분에 한국에 새로운 세대의 애거서 크리스티 팬들이 탄생할지도 모르겠다는 생각을 하면 가슴이 벅차다.

애거서 크리스티는 대표적인 두 명의 주인공으로 기억되는 작가이다. 14권의 작품에 등장하는 마플 양은 영국의 작은 시골 마을에서 평온한 나날을 보내며 뜨개질과 수다로 소일하는 미혼의 할머니이지만, 놀라운 기억력과 날카로운 두뇌 회전으로 주변에서 벌어진 살인 사건을 해결한다.

그리고 마플 양과 상반되는 성격을 지닌 에르퀼 푸아로는 자신만 만하고 콧수염을 포함한 자신의 외모와 벨기에라는 국적에 대한 자부심이 상당하다. 그는 이집트와 이라크를 비롯한 세계 각지에서 수수께끼를 해결하며 『오리엔트 특급 살인 *Murder On The Orient Express*』, 『나일 강의 죽음 *Death On The Nile*』, 『애크로이드 살인 사건 *The Murder Of Roger Ackroyd*』 등 애거서 크리스티의 여러 대표작에 모습을 드러낸다.

황금가지의 대담하고 참신한 표지와 전반적인 디자인 덕분에 작품의 성격이 잘 살아난 것 같아 기쁘다. 또한 한국 독자들이 할머니의 원작이 지닌 참된 묘미를 느낄 수 있도록 충실한 번역을 위해 애써 준 점도 높이 사고 싶다.

할머니의 작품이 20세기의 그 어떤 작가들보다 많이 팔리고 있는 이유는 나이와 국적에 상관없이 읽을 수 있는 재미와 감동을 갖추었기 때문이다. 모쪼록 한국 독자들도 황금가지에서 선보이는 애거서 크리스티 작품들을 즐겁게 감상하기를 바란다.

매튜 프리처드

애거서 크리스티의 손자

ACL 이사장

시리아에서 같이 보낸

마지막 계절을 추억하며

존에게 바칩니다

차례

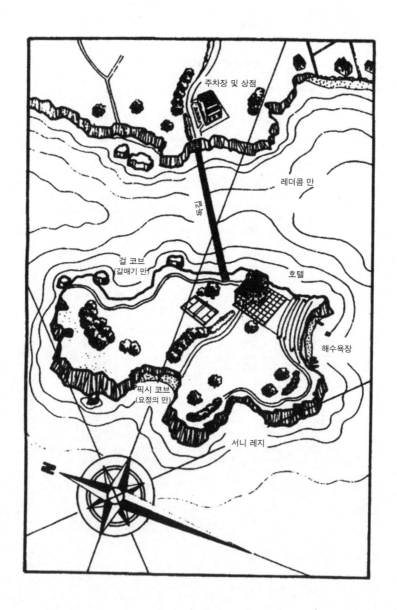

1장

I

1782년, 로저 앵머링 대위가 레더콤 만 근처의 섬에 집을 지었을 때, 사람들은 그를 참 별난 사람으로 생각했다. 그같이 명문가의 자손이라면 개울이 옆에 흐르는 넓은 평원의 멋진 저택에 사는 것이 당연했기 때문이었다.

하지만 로저 앵머링 대위에겐 사랑하는 대상이 딱 하나 있었으니, 그것은 바다였다. 그래서 그는 바람이 불고 갈매기가 날아다니는, 육지와 떨어져 높은 파도가 치는 그곳에 튼튼한 집을 지었다. 그는 결혼하지 않았다. 바다가 그의 처음이자 마지막 아내였고, 그의 죽음과 함께 집과 섬은 먼 사촌에게 돌아갔다. 사촌과 친척들은 그 유산을 대수롭지 않게 생각했다. 그들의 땅은 점점 줄어들어 갔으며, 상속인들은 차츰 가난한 신세가 되었다.

1922년, 휴가를 해변에서 보내는 일이 대유행하기 시작하자 너무 덥다는 이유로 천시받던 데번과 콘월 해안도 더 이상 기피 대상이 아니었다. 아서 앵머링은 그 불편한 조지 왕조식 저택이 팔리리라는 기대를 하지 않았지만, 예상치 않게 좋은 값에 팔리는 행운을 얻게 되었다.

튼튼한 저택은 증축되고 장식되었다. 섬과 육지를 연결하는 제방이 세워졌고, 섬 전역에 길이 닦이는 등 땅이 개발되었다. 테니스 코트가 두 개, 작은 만에는 뗏목, 다이빙대와 함께 일광욕 테라스가 설치되었다. 레더콤 만의 스머글러 섬*에 들어선 졸리 로저 호텔은 앞으로 다가올 대성황을 준비하고 있었다. 6월에서 9월까지 (부활절 연휴의 짧은 기간도 물론) 졸리 로저 호텔은 만원사례를 기록했다. 1934년 호텔은 칵테일 바, 넓은 식당, 새로운 목욕탕을 추가해 확장했다. 숙박료 또한 올랐음은 물론이다.

"레더콤 만에 가 보셨나요? 거기 아주 괜찮은 호텔이 있는데, 무척이나 분위기가 좋더라고요. 얼치기 여행자나 단체 관광도 없고요. 요리 맛도 훌륭해요. 한번 가 보세요."

사람들은 이렇게 말했다.

그중 일부가 실제로 찾아왔음은 물론이다.

---

* '밀수꾼의 섬'이라는 뜻.

II

졸리 로저 호텔의 숙박객 중에는 아주 중요한 인물이 한 명 있었다.(적어도 그 자신은 그렇게 생각했다.) 무성한 콧수염에 파나마 모자를 눈까지 눌러 쓰고 하얀 정장을 입은 에르퀼 푸아로는 신형 접의자에 앉아 해안을 바라보고 있었다. 호텔까지 가는 길을 따라 테라스가 길게 이어져 있었으며, 바다 위에는 튜브, 고무보트, 공, 장난감 등 많은 것이 떠 있었다. 긴 다이빙대도 있었고 해안 저 멀리에는 뗏목까지 세 개 보였다.

수영하는 사람, 태양 아래 누워 일광욕하는 사람, 일부는 몸에 기름을 바르는 사람도 있었다. 수영을 하지 않는 사람들은 테라스에 앉아 날씨나 눈앞의 풍경, 신문 기사, 또는 흥미 있는 다른 화제로 이야기하는 중이었다.

푸아로의 왼쪽에선 가드너 부인이 왕성하게 바느질을 하며 입으로는 단조로운 음색으로 끊임없는 수다를 쏟아냈다. 그녀의 남편 오델 C. 가드너는 모자를 눌러쓴 채 그 옆에 누워 건성으로 가끔씩 짧은 맞장구를 쳤다.

푸아로의 오른쪽에 앉은 사람은 브루스터 양이었다. 회색 머리에 적당히 그을린 얼굴, 운동 선수 같은 체격을 가진 그녀는 가끔씩 무뚝뚝한 한마디를 던졌는데, 그 광경은 마치 끊임없이 짖는 포메라니안 개에게 양치기 개가 가끔씩 크게 짖어 주의를 주는 모습을 연상케 했다.

가드너 부인이 말했다.

"그래서 왜, 전 남편에게 정말 여행이 하고 싶다는 말을 했죠. 이렇게요. '난 정말 한곳에서 편히 있고 싶어요.' 어쨌든, 전 말했죠, 솔직히 영국이라면 대충 알 만큼 아니까, 이제 전 해변의 조용한 곳에 가서 그냥 쉬고 싶다고요. 그런 말이었죠? 아닌가요, 오델? 그냥 쉬는 거요. 정말 쉬지 않으면 안 될 것 같았어요. 제 말이요. 그렇잖아요, 안 그래요, 오델?"

가드너는 모자를 덮어 쓰고 웅얼거렸다.

"그럼, 여보."

가드너 부인은 말을 계속했다.

"그래서 제가 쿡스에 있는 켈소 씨에게 그 말을 했을 때…… 켈소 씨는 우리의 여행 계획을 짜 준 사람이랍니다. 완전 다방면으로 애를 써주셨더랬어요. 그분이 없었으면 어쨌을까? 아 참, 그렇죠. 여행에 대해 상의했더니 켈소 씨가 여기로 오는 것을 추천하시지 뭐예요. 경치가 끝내 주고, 도심과 멀리 떨어졌으면서 아주 편안하고 세련된 곳이라나요. 그때 남편이 끼어들어서 편의 시설은 어떠냐고 물었죠. 왜냐하면요, 무슈 푸아로, 제 말 들어 보세요. 예전에 남편의 여동생이 아주 훌륭하다고 소문난 어떤 여관에 묵은 적이 있었는데, 글쎄 맨땅에 세워 놓은 변소 같았더래니까요! 제 말 믿으세요. 그러니까 남편이 '세상과 떨어져 있다'라는 선전 문구를 의심하는 것도 당연하지요. 안 그래요, 오델?"

"음. 그럼, 여보."

가드너 씨가 말했다.

"하지만 켈소 씨는 이곳은 틀림없다고 강조하시더군요. 편의 시설도 최신형에, 요리도 훌륭하다면서요. 여기 와 보니 그게 사실이란 건 알겠어요. 하지만 무엇보다 맘에 든 점은, 제 말뜻을 아실지 모르지만, 시간을 엄수해 주는 점이었어요. 거기다 이렇게 모두가 단란하게 어울릴 수 있잖아요? 영국인들의 단점은 오래도록 알고 지낸 사이가 아니면 으레 퉁명스럽다는 거죠. 그것만 아니면 정말 멋진 사람들인데. 켈소 씨는 이곳에 재미있는 사람들이 많이 온다고 하셨어요. 그 말이 맞는 것 같아요. 무슈 푸아로나 단리 양 같은 분들이 바로 그 증거죠. 오, 정말이지 선생님이 누구신지 처음 알았을 땐 흥분으로 죽을 뻔했다니까요! 그렇죠, 오델?"

"그럼, 여보."

브루스터 양이 갑자기 소리를 질렀다.

"하! 정말 스릴 넘치는 이야기네요. 그렇죠, 무슈 푸아로?"

푸아로는 그렇지 않다는 뜻으로 손을 올렸다. 물론 최대한 예의를 갖추어서. 가드너 부인이 다시금 입을 열었다.

"무슈 푸아로, 코닐리어 롭슨에게서 선생님 얘기를 많이 들었어요. 남편과 저는 지난 5월 바덴호프에 갔었거든요. 거기서 코닐리어가 이집트에서 있었던 리넷 리지웨이 살인 사건에 대해 말해 주더군요. 선생님은 정말 대단하다고요. 그래서 전 항상 선생님을 만나 보고 싶었답니다. 그렇죠, 오델?"

"그럼, 여보."

"그리고 단리 양도 마찬가지예요. 저는 단리 양이 경영하는 로즈 몬드 의상실에서 쇼핑을 많이 했답니다. 그녀는 옷을 디자인하는 솜씨가 있어요. 그렇게 우아한 선은 처음 봤다니까요. 어젯밤 입은 드레스가 그녀 작품이에요. 참 모든 면에서 뛰어난 여성이죠."

브루스터 양 옆에 앉아 수영하는 사람들을 툭 튀어나온 눈으로 보고 있던 배리 소령이, 투덜거리듯 말했다.

"정말 매력적인 여자이지요!"

가드너 부인이 뜨개질 바늘을 튕겼다.

"한 가지 고백할 게 있어요, 무슈 푸아로. 이곳에서 선생님을 우연히 만나고 제가 흥분한 것은 사실이랍니다. 남편도 알아요. 하지만 문득 이런 생각이 드는 거예요. 선생이 혹시 '직업적으로' 이곳에 오신 것은 아닌지 하고요. 무슨 말씀인지 아시겠죠? 남편도 말씀드리겠지만 전 정말 예민한 편이라, 어떤 종류이든 범죄에 휘말리는 것은 견딜 수 없을 것 같아요. 아시겠지만……."

가드너 씨가 목청을 가다듬더니 말했다.

"무슈 푸아로, 보시다시피 아내는 정말 예민한 사람이랍니다."

에르퀼 푸아로는 손을 번쩍 들어 올렸다.

"여러분께 약속 드리지만, 전 여러분과 마찬가지로 단지 즐기기 위해서 온 사람입니다. 휴가를 보내기 위해서 말입니다. 범죄와는 조금도 관련이 없습니다."

브루스터 양이 다시 걸걸하게 말했다.

"여기 '밀수꾼의 섬'에 시체는 없다는 뜻이군요."

"오! 하지만 엄밀히 말해 완전히 그렇다고는 할 수 없습니다."

에르퀼 푸아로는 말을 받더니 저 아래쪽을 가리켰다.

"저기 줄지어 누워 있는 사람들을 보십시오. 저들은 무엇입니까? 저들은 사람이 아닙니다. 사람다운 점이 없거든요. 저들이 바로 시체입니다!"

배리 소령이 품평하듯 말했다.

"저들 중 일부는 보기 좋은 아가씨들이잖습니까. 허리도 가늘고."

푸아로가 외쳤다.

"그렇죠, 하지만 거기에 무슨 매력이 있습니까? 신비함이 없습니다! 저는 구식 노인입니다. 제가 젊었을 때는 아가씨들이 겨우 발목 정도나 내놓고 살던 시절이죠. 하지만 그 부풀어 오른 페티코트, 그게 얼마나 아름다웠는지 아십니까? 부드럽게 움직이는 종아리, 무릎, 리본으로 장식한 가터……."

"끔찍하지요, 끔찍해!"

배리 소령이 목쉰 소리를 냈다.

"요즘 우리가 입는 옷이 훨씬 합리적인걸요."

브루스터 양이 말했다.

"어쩜, 맞아요, 무슈 푸아로. 요즘 젊은이들 쪽이 훨씬 더 자연스럽고 건강한 생활을 하고 있어요. 함께 몰려다니면서 같이……."

가드너 부인은 말 중간에 무슨 생각을 했는지 얼굴이 살짝 붉어졌다.

"걔들은 그런 건 아무렇지도 않게 생각한다고요. 제 말뜻 아시겠지요?"

"물론 압니다. 그게 바로 안타까운 일이죠!"

에르퀼 푸아로가 말했다.

"안타깝다뇨?"

가드너 부인은 깜짝 놀란 듯했다. 푸아로가 말했다.

"모든 낭만을 앗아가 버렸죠. 신비감도요! 요즘은 모든 것이 획일화되었습니다!"

푸아로는 누워 있는 형체들을 가리켰다.

"저 모습은 파리의 모르그*를 연상케 합니다."

"무슈 푸아로!"

가드너 부인은 질겁을 했다.

"시체들……. 선반에 놓여진, 정육점의 고기같은 시체들!"

"무슈 푸아로, 말씀이 심하시지 않나요?"

에르퀼 푸아로도 인정했다.

"그랬던 것도 같습니다."

가드너 부인이 다시 입을 열었다.

"그래도 한 가지 점에선 선생님과 동감이에요. 햇볕 아래 저렇게 누워 있는 처녀들은 팔다리에 털이 많아질 거예요. 그래서 전 아이린(제 딸이랍니다.)에게 충고하길 '저렇게 햇볕을 쬐면 온몸이 털복숭이가 된단다. 팔다리, 가슴까지 말이야. 그럼 그 모습이 얼마나 끔

---

* 시체 안치실이 있는 거리.

찍하겠니?'라고 했죠. 맞죠, 오델?"

"그럼, 여보."

가드너 씨가 말했다.

모두가 침묵을 지켰다. 아마도 그런 일이 일어난 후의 아이린의 모습을 머릿속으로 상상하고 있는 것 같았다. 가드너 부인이 뜨개질을 멈추고 말했다.

"제 생각으로 이제……."

"음, 여보?"

가드너 씨가 돌아보며 말했다. 그는 그물 침대에서 몸을 일으키려 애를 쓰며 아내의 뜨개질 거리와 책을 집어 들며 물었다.

"우리하고 한잔 같이 하시면 어때요, 브루스터 양?"

"고맙지만 지금은 안 되겠어요."

가드너 부부는 일어서서 호텔로 향했다. 브루스터 양이 말했다.

"미국인 남편들은 정말 대단하다니까요!"

III

가드너 부인의 빈 자리는 스티븐 레인 목사가 와서 채웠다.

레인 씨는 50세 정도 된, 키가 크고 활동적인 목사였다. 그을린 얼굴의 그가 입은 회색 플란넬 바지는 휴가철 복장으로는 썩 어울리지 않아 보였다.

그가 경탄하듯 말했다.

"정말 멋진 곳이에요! 막 레더콤 만에서 하포드까지 절벽을 따라 갔다 온 참입니다."

"산책하기 딱 좋은 날이죠."

산책이라곤 전혀 하지 않는 배리 소령이 말했다.

"운동은 좋죠. 전 아직 노를 저어 본 적이 없는데. 복근을 키우는 데는 노젓기만 한 것이 없대요."

브루스터 양이 말했다.

에르퀼 푸아로의 눈은 비참하게 툭 튀어나온 자신의 배로 고정되었다. 그 눈빛을 본 브루스터 양이 다정하게 말했다.

"매일 보트를 타면 금방 좋아지실 거예요, 무슈 푸아로."

"메르시(고맙습니다), 마드무아젤. 하지만 전 보트가 질색이랍니다!"

"작은 보트 말이세요?"

"모든 배가요! 바다의 출렁거림, 그건 정말 질색이에요."

그는 눈을 감고 어깨를 떨었다.

"그래도 오늘의 바다는 샘물처럼 잔잔한데요."

푸아로는 단호했다.

"잔잔한 바다란 없어요. 언제나, 언제나 움직임이 있지요."

"이걸 알려 드릴까요? 대부분의 뱃멀미는 기분 탓이랍니다."

배리 소령이 말했다.

"아, 마치 노련한 선원처럼 말씀하시는군요, 소령님. 저는 딱 한 번 뱃멀미를 한 적이 있습니다. 운하를 지날 때였죠. 그때 생각은 떠올리지도 말자. 그게 제 신조랍니다."

미소 지으며 목사가 말했다.

브루스터 양이 거들었다.

"뱃멀미는 정말 이상해요. 왜 어떤 사람은 멀미를 하고, 다른 누구는 안 하는 걸까요? 정말 불공평하죠. 그게 꼭 건강 상태하고 관련이 있는 것 같지도 같더군요. 경험 많은 선원들도 종종 뱃멀미를 하니까. 누구는 그게 척추와 관계있다고 한 것도 같은데. 또 고소공포증의 일종이라는 말도 있죠. 저도 약간은 그런 편이지만 레드펀 부인은 특히 심한 것 같아요. 지난번에 하포드에 가는 절벽 위에서 그녀가 현기증이 난다며 저를 꽉 붙들지 뭐예요. 다른 한 번은 밀라노 성당의 외부 계단 중간에서 옴짝달싹 못하고 주저 앉았다고 하고요. 내려가는 일을 생각지 않고 올라간 게 잘못이었죠."

"레드펀 부인은 픽시 코브*엔 절대 가지 않는 게 좋겠군요."

레인이 말했다.

브루스터 양은 얼굴을 찡그렸다.

"저도 좀 겁이 많은 편이지만 애들에겐 그렇지도 않은가 봐요. 걔들은 아예 사다리를 위아래로 뛰어다니며 놀더라고요."

그때 레인이 말했다.

"저기 레드펀 부인이 수영을 마치고 오는군요."

브루스터 양이 말했다.

"무슈 푸아로도 그녀는 마음에 들어 하실 거예요. 그녀는 일광욕

---

* '요정의 만(灣)'이라는 뜻.

을 하지 않거든요."

젊은 레드펀 부인은 고무 모자를 벗고 머리카락을 털었다. 머리 색은 잿빛이 도는 금발이었고, 피부는 머리와 어울리게 희었다. 다리와 팔이 특히 창백했다.

배리 소령이 거친 기침 소리를 내며 말했다.

"남들보다는 피부가 덜 익었군요. 그렇죠?"

몸에 긴 목욕 수건을 감은 크리스틴 레드펀은 해변으로 나와 그들 쪽으로 계단을 올라왔다. 좀 심각한 얼굴을 한 그녀는 그리 미인은 아니었지만 작고 예쁜 손발을 갖고 있었다. 그녀는 일행에게 미소를 짓고 옆에 앉았다. 그녀가 몸을 감싼 타월을 걷었다.

브루스터 양이 말했다.

"부인은 무슈 푸아로에게 점수를 딴 셈이네요. 이분은 일광욕을 하는 사람들을 싫어하신대요. 정육점 고기 같다나 뭐라나."

크리스틴 레드펀은 슬픈 듯한 미소를 지었다.

"전 일광욕을 하고 싶어요. 그럴 수가 없을 뿐이죠. 햇빛을 받으면 온몸에 물집이나 반점이 생기거든요."

"햇볕을 쬐면 털이 난다는 가드너 집안의 따님 아이린보다는 나은데요."

그 말에 크리스틴은 영문을 모르겠다는 표정을 지었다. 브루스터 양이 계속했다.

"방금까지 가드너 부인이 온갖 수다를 떨고 갔거든요. 아무도 못 말릴 기세로 말이에요. '그렇죠, 오델?', '그럼, 여보.' 운운이 끝없이 이어졌죠."

그녀는 잠깐 멈추었다가 말을 이었다.

"선생님은 왜 그냥 계셨어요? 전 무슈 푸아로께서 그녀를 좀 놀려 주셨으면 했는데요. 흉악무도한 살인광을 잡기 위해 수사차 왔는데 범인이 틀림없이 호텔 숙박객 중에 있을 거라고 말씀해 주시지 그러셨어요."

에르퀼 푸아로는 한숨을 쉬었다.

"그 부인이 그걸 정말로 믿을까 봐 걱정이 되었던 겁니다."

배리 소령이 낄낄거리며 말했다.

"분명히 그랬을 겁니다."

에밀리 브루스터가 말했다.

"아닐걸요, 아무리 가드너 부인이라도 이런 곳이 범죄의 무대가 되리라고 생각지는 않을걸요. 이런 곳에 시체는 어울리지 않아요."

에르퀼 푸아로는 의자에서 몸을 약간 꿈틀 했다. 그가 말했다.

"왜 그렇게 생각하시죠, 마드무아젤? 말씀하신 '시체'가 이 섬에서 발견되지 않을 이유가 뭡니까?"

에밀리 브루스터가 말했다.

"모르겠어요. 그냥 장소에 따라 다르다는 거지요. 여기는 그런 곳이 아니잖아요."

그녀는 말을 멈췄다. 자신의 생각을 전달하기가 힘든 모양이었다.

"그래요, 이 섬은 낭만적인 곳입니다. 태양은 평화롭게 빛나죠, 바다는 푸르고……. 하지만 브루스터 양, 명심하셔야 할 것은 태양 아래 모든 곳엔 악이 존재한다는 사실입니다.”

푸아로가 말했다.

목사가 의자에서 몸을 틀어 앞으로 기댔다. 그의 새파란 눈이 빛을 냈다.

브루스터 양이 어깨를 으쓱했다.

“오! 저도 그건 당연히 알죠. 그래도 제 말씀은…….”

“말하자면 이곳은 역시 범죄와는 어울리지 않는 곳이란 거군요? 하나를 잊고 계시는군요, 마드무아젤.”

“인간 본성을 말씀하시려는 건가요?”

“맞습니다. 언제나 그렇죠. 하지만 지금 제가 말하려는 건 좀 다릅니다. 저는 여기 있는 모든 사람들은 휴가중이라는 사실을 지적해 드리려는 겁니다.”

에밀리 브루스터는 어안이 벙벙한 표정이었다.

“이해가 안 가는데요.”

에르퀼 푸아로는 친절하게 가르쳐 주었다. 그는 집게손가락으로 하늘에 필기를 하는 시늉을 했다.

“당신에게 적이 한 명 있다고 합시다. 그를 당신이 주택가나 사무실, 거리 등에서 찾아다닌다고 하면, 에 비엥(그럴 때는) 이유가 필요합니다. 그에 맞는 이유가 필요하지요. 그러나 바닷가인 이곳에는 아무도 이유를 댈 필요가 없지요. 당신은 레더콤 만에 있습니다. 왜? 파르블뢰(뻔하지요)! 지금은 8월입니다. 8월에 사람들은 바닷가에 가죠. 당신이 이곳에 있는 것도, 레인 씨나 배리 소령, 레드펀 부부가 이곳에 있는 것도 너무나 자연스러운 일입니다. 영국에서는 8월에 해변에 가는 것이 관습이니까요."

브루스터 양이 인정했다.

"그렇군요. 정말 일리 있는 말씀이에요. 하지만 가드너 씨 부부는요? 그들은 미국인인 데요."

푸아로는 빙그레 웃었다.

"우리에게 말했듯이 가드너 부인도 쉬고 싶었다지 않습니까. 일부러 영국에 왔으니 그들은 바다에서 2주 정도는 머물 겁니다. 어엿한 관광객으로서요. 그녀는 사람 구경을 좋아하니까요."

레드펀 부인이 중얼거렸다.

"선생님도 사람 구경을 좋아하시는 것 같은데요?"

"솔직히 말하자면 그렇습니다, 마담."

그녀는 생각에 잠겨 말했다.

"선생님은 굉장히 많은 것들을 보시는군요."

IV

잠시 침묵이 흘렀다. 스티븐 레인이 목청을 가다듬고 약간은 거만한 이야기를 꺼냈다.

"무슈 푸아로, 선생께서 하신 말씀에 흥미가 있습니다. 태양 아래 모든 곳에는 악이 있다고 하셨죠? 그 말은 구약 성서의 전도서에서 인용하신 게 아닌가 하네요."

그는 잠깐 멈추고 성구를 암송했다.

"또한 인간 아들의 마음에는 악이 가득 찼고, 그들의 마음속에는 그들이 살아 있는 동안 광기로 가득 찼도다."

그의 얼굴에 거의 광적인 빛이 감돌았다.

"그 말씀을 듣고 상당히 기뻤습니다. 요즘은 아무도 악을 믿지 않아요. 기껏해야 선에 반대되는 개념 정도로만 여기죠. 대중은 악이란 좀 모자라는 사람들, 교육 받지 못한 사람들에 의해 저질러진다고 믿는답니다. 비난하기보다는 동정해야 한다면서요. 하지만 무슈 푸아로, 악은 현실입니다! 엄연한 사실이죠! 저는 선을 믿는 것만큼이나 악을 믿습니다. 악은 존재합니다! 강력하고요! 그것은 이 땅 위를 걷고 있습니다!"

그는 말을 멈췄다. 숨이 가빠 보였다. 그는 손수건으로 이마를 닦더니 미안한 표정을 지었다.

"죄송합니다. 너무 흥분했군요."

푸아로가 조용히 말했다.

"말씀하신 의도를 이해하겠습니다. 저도 한 가지 점에서는 동감입니다. 악은 확실히 지상을 걸어 다니지요. 그것만으로도 악을 인정해야 합니다."

배리 소령이 목을 가다듬었다.

"그런 얘기라면 인도의 탁발승들이 말이죠……."

배리 소령은 졸리 로저 호텔에 충분히 오래 있었기 때문에 모든 사람들이 그의 기나긴 인도 이야기를 중단시키는 데 이골이 나 있었다. 브루스터 양과 레드펀 부인이 급히 다른 이야기를 꺼냈다.

"레드펀 부인, 저기 수영하는 사람이 당신 남편이죠? 솜씨가 대단하신데요. 거의 선수 급이세요."

동시에 레드펀 부인이 말했다.

"저기 보세요! 저기 빨간 돛대를 단 작은 배가 정말 멋있네요. 블래트 씨의 배가 맞죠?"

보트는 그냥 만의 끝을 지나가고 있을 뿐이었다. 배리 소령이 끙소리를 내며 말했다.

"환상적이군. 빨간 돛대라……."

그렇게 해서 그 탁발승에 관한 이야기가 나오는 사태는 막을 수 있었다.

에르퀼 푸아로는 경탄이 담긴 눈길로 막 해변으로 헤엄쳐 온 젊은이를 바라보았다. 패트릭 레드펀은 호남의 표본이었다. 늘씬한 몸매에 금발, 넓은 어깨와 가는 허벅지를 가진 그에게는 남까지 즐겁게 해 주는 명랑함이 있었다. 그 타고난 단순함은 모든 사람에게서 호감을 샀다.

그는 물을 털고 일어서서 부인에게 명랑한 표정으로 손을 들었다. 그녀도 맞받아 손을 흔들며 소리쳤다.

"이리로 와, 팻!"

"가고 있어."

그는 벗어둔 수건을 가지고 오려 바닷가 쪽으로 걸어갔다.

한 여인이 호텔에서 해변 쪽으로 그들을 지나쳐 걸어간 것은 바로 그때였다. 그녀의 출현은 마치 무대에 배우가 처음으로 등장하는 모습 만큼이나 강한 인상을 주었다. 게다가 그녀는 그 사실을 잘 알고 있는 것 같으면서도 그다지 남들을 의식하고 있는 것 같진 않았다. 자신의 존재감이 일으키는 효과가 너무도 익숙하다는 기색이었다.

그녀는 키가 크고 늘씬했다. 등이 깊게 파인 흰 수영복을 입었으며, 드러난 피부는 구릿빛으로 아름답게 그을어 있었다. 마치 동상처럼 완벽한 모습이었다. 적갈색 곱슬머리는 목까지 풍성하게 내려와 있었다. 얼굴에는 30살 정도로 보이는 나이에 걸맞는 근엄함이 흘렀다. 그러면서도 그녀에게는 젊음이 느껴졌다. 화려하고 당당한 생명력이었다. 그녀에게선 중국인들이 풍기곤 하는 여유가 엿보였는데, 짙고 푸른 눈은 위쪽으로 치켜 올라가 있었다. 머리에는 초록색 마분지로 된 멋진 중국 모자를 쓰고 있었다.

그녀로 인해 해변의 다른 모든 여자들은 하찮고 변변치 않은 위치로 격하되었다. 그리고 강제적으로, 피할 수 없이 모든 남자들의 눈은 그녀에게 고정되었다.

에르퀼 푸아로의 눈이 크게 떠졌다. 콧수염은 감탄으로 떨렸다. 배리 소령의 눈은 평소보다 더 튀어나온 것 같았다. 푸아로의 왼쪽에 있던 스티븐 레인은 굳은 표정으로 신음 소리를 내며 숨을 몰아쉬었다.

배리 소령이 쉰 목소리로 속삭였다.

"알레나 스튜어트, 그게 저 여자가 마셜과 결혼하기 전의 이름이죠. 「왔다 가세요」라는 영화에서 본 적이 있어요. 볼 만한 작품이었죠, 안 그런가요?"

크리스틴 레드펀이 천천히 입을 열었다. 그녀의 목소리는 차가웠다.

"아름다운 여자죠. 그렇지만 야수 같은 여자라는 생각이 들어요."

에밀리 브루스터가 불쑥 말을 꺼냈다.

"악에 관해 말씀하셨지요, 무슈 푸아로? 전 저 여자야말로 악의 화신이라는 생각이랍니다. 얼마나 소문이 나쁜데요. 살다 보니 꽤 많은 이야기를 들었죠."

배리 소령도 회상하듯 말했다.

"시믈라*에서 보았던 여인이 기억나는군요. 그녀 역시 붉은 머리였습니다. 중위의 아내였던 그녀는 남자들을 미치게 하는 뭔가가 있었지요. 소문이 그녀를 그렇게 만들었을까요? 난 그렇다고 믿습니다! 물론 다른 여자들은 그녀의 눈을 뽑아 버리고 싶어 미칠 지경이었겠죠. 가만히 앉아 다른 집을 뒤집어 놓을 수 있는 여자였습니다."

그는 옛 이야기를 하며 웃었다.

"남편 쪽은 선량하고 조용한 친구였습니다. 그녀가 밟은 땅까지 숭배하는 사람이었죠. 그런 여자는 처음이었어요. 그도 틀림없이 그랬을 겁니다."

스티븐 레인은 낮은 목소리로 힘주어 말했다.

---

* 북인도에 있는 도시 이름.

"그런 여자들은 일종의 위험물입니다, 위험물……."

그는 말을 멈추었다.

알레나 스튜어트가 물가에 도착했다. 소년티를 갓 벗은 젊은이 둘이 자리에 일어나 그녀에게로 향했다. 그녀는 그들에게 미소를 지어 보였다.

그녀의 눈은 그들을 지나 해변을 따라 걷는 패트릭 레드펀으로 향했다.

에르퀼 푸아로는 그것이 마치 나침반의 바늘을 보는 것 같다고 느꼈다. 패트릭 레드펀은 주춤거리다가 걷는 방향을 바꾸었다. 나침반의 바늘은 자력의 법칙을 따라 북쪽을 향한다. 비슷하게 패트릭 레드펀의 발은 주인을 알레나 스튜어트 쪽으로 이끌었다.

그녀는 일어서서 웃고 있었다. 그러고선 파도 주변을 따라 해변으로 천천히 몸을 움직였다. 패트릭 레드펀이 그녀와 함께했다. 그녀가 바위 옆에 몸을 누이자 레드펀도 역시 옆에 누웠다.

갑자기, 크리스틴 레드펀은 일어서서 호텔 쪽으로 가 버렸다.

V

그녀가 자리를 뜨자 잠시 불편한 침묵이 흘렀다.

그러자 에밀리 브루스터가 입을 열었다.

"너무 안됐어요. 착한 여자인데. 이제 결혼한 지 1~2년밖에 안 지났는데요."

"내가 아까 말했던 여자 말입니다. 시믈라의 여자 말이죠. 그녀는 정말 화목했던 가정을 몇 개나 깨뜨려 놓았더랬지요. 우울하지 않습니까?"

배리 소령이 말했다.

브루스터 양이 말했다.

"그런 여자들이 있어요. 남의 집을 콩가루로 만드는 걸 즐기는 여자들이."

그녀가 약간 뜸을 들이다가 내뱉었다.

"패트릭 레드펀은 바보예요!"

에르퀼 푸아로는 아무 말도 하지 않았다. 그는 해변 쪽을 향해 있었으나, 패트릭 레드펀과 알레나 스튜어트를 보고 있지는 않았다.

브루스터 양이 말했다.

"전 가서 보트나 타는 게 좋겠어요."

그녀는 자리를 떴다.

배리 소령이 익은 구즈베리 같은 눈을 푸아로에게 돌려 은근한 호기심을 드러 냈다.

"저, 푸아로 씨. 무슨 생각을 하십니까? 도통 입을 열질 않으시는 군요. 저 요부를 어떻게 생각하세요? 꽤 뜨거운 여자 같죠?"

푸아로가 말했다.

"쎄 포시블(그럴 수도 있지요)."

"예예, 나이든 양반. 당신이 프랑스 인이라는 건 압니다."

푸아로가 차갑게 말했다.

"저는 프랑스 인이 아닙니다!"

"그렇다면 여자 볼 줄 모른다는 말은 하지 마세요. 저 여자를 어떻게 생각하시죠?"

에르퀼 푸아로가 말했다.

"젊진 않군요."

"그게 무슨 상관입니까? 딱 제 나이만큼만 먹어 보이는데! 끝내주는 외모 아닙니까?"

푸아로는 끄덕였다.

"맞아요, 그녀는 아름답습니다. 하지만 마지막에 남는 건 아름다움이 아니지요. 해변에 있는 모든 이의 고개를 (한 명만 제외하고 말이죠.) 그녀에게로 쏠리게 한 것은 그녀의 아름다움이 아닙니다."

"이 사람 참……. 그게 그거죠. 결국 그 말 아닙니까."

이렇게 말한 배리 소령은 갑자기 흥미를 담아 말했다.

"뭘 그렇게 뚫어져라 보십니까?"

에르퀼 푸아로는 대답했다.

"저는 예외인 사람을 보고 있습니다. 그녀가 지나갈 때 돌아보지도 않은 단 한 남자 말입니다."

배리 소령은 그의 시선이 머무는 곳을 좇았다. 40세 가량으로 그을린 피부를 한 금발 남자였다. 그는 조용하고 평온한 얼굴로 해변에 앉아 파이프를 피우면서 《타임스》를 읽고 있었다.

배리 소령이 말했다.

"아, 저 사람! 저 사람이 그 여자의 남편인 걸요. 마셜이란 남자입니다."

에르퀼 푸아로가 말했다.

"예, 압니다."

배리 소령은 기침을 했다. 그는 실은 독신이었다. 소령은 남편이란 존재를 단지 세 가지 관점에서 보고 있었다. '방해물', '불편함', 또는 '경비원'.

그가 말했다.

"멋진 사람 같은데요. 조용하고. 내 《타임스》는 도착했을까?"

그는 일어서서 호텔 쪽으로 걸어가기 시작했다. 푸아로의 눈길은 천천히 스티븐 레인 쪽으로 옮겨갔다.

스티븐 레인은 알레나 마셜과 패트릭 레드펀을 보고 있었다. 갑자기 푸아로 쪽으로 돌아선 그의 눈에 광적인 빛이 감돌았다. 그가 말했다.

"저 여자는 속속들이 사악합니다. 동의하십니까?"

푸아로는 느릿하게 말했다.

"확신하긴 어려운 문제이죠."

스티븐 레인이 말했다.

"하지만 살아 있는 인간으로서, 공기 중에 떠도는 그것이 느껴지지 않습니까? 주위의 모든 것에서요. 악의 존재가 말입니다."

천천히, 에르퀼 푸아로는 고개를 끄덕였다.

2장

I

로저먼드 단리 양이 자신 옆에 와서 앉자 에르퀼 푸아로는 기쁨을 감추지 못했다.

그는 로저먼드 단리 양을 자신이 만난 여자 중 가장 높게 평가하고 있었다. 그녀의 개성, 우아한 모습, 또 머리카락을 꾸미는 방식까지 모든 점을 좋아했다. 깔끔하고도 멋진 갈색 머리와 그녀의 미묘한 미소가 좋았다.

그녀는 흰색이 섞인 군청색의 드레스를 입고 있었다. 줄이 선명하지 않아 매우 심플해 보이는 옷이었다. 로저먼드 단리, 속칭 '로즈 몬드'는 런던에서 가장 유명한 의상실 중 하나이기도 했다. 그녀가 말했다.

"전 이곳이 별로예요. 왜 왔는지 모르겠어요."

"여기 와 보신 적이 있나 보군요. 그렇죠?"

"네. 2년 전 부활절에요. 그때는 사람들이 이렇게 많지 않았죠."

에르퀼 푸아로는 그녀를 바라보며 부드럽게 말했다.

"뭔가 걱정거리가 있으신 것 같군요. 그렇지 않은가요?"

그녀가 끄덕였다. 그녀는 발을 앞뒤로 흔들면서 땅을 내려다보았다. 그녀가 입을 열었다.

"전 유령을 봤어요. 그게 문제지요."

"유령이라고요, 마드무아젤?"

"네."

"무엇의 유령입니까? 아니면 누구의?"

"오, 저 자신의 유령이랍니다."

푸아로가 다시 상냥하게 물었다.

"고통스러운 유령인가요?"

"상상할 수 없을 정도로 고통스러웠지요. 그건 제 과거를 떠올리게 해요. 이해가 가시려나요……?"

그녀는 말을 잠깐 멈추고 생각 끝에 다시 말했다.

"제 어린 시절을 생각나게 한다고요. 아, 선생님은 이해할 수 없을 거예요! 영국인이 아니시잖아요!"

푸아로가 물었다.

"아주 영국적인 어린 시절을 보내셨나 보군요?"

"오, 말할 것도 없죠! 시골…… 크고 초라한 집…… 말과 개

들……. 빗속을 걷고…… 모닥불……. 과수원의 사과들……. 가
난…… 낡은 트위드 옷…… 대대로 물려받은 이브닝드레스……. 버
려진 정원…… 가을을 상징하는 미카엘 데이지 꽃이 피고……."

푸아로가 부드럽게 말했다.

"돌아가길 원하십니까?"

로저먼드 단리는 고개를 흔들었다.

"과거로 돌아갈 순 없잖아요. 절대 불가능하죠. 하지만 전 그게
계속됐으면 해요. ……다른 방법으로요."

푸아로가 말했다.

"잘 이해가 안 가는군요."

로저먼드 단리는 웃었다.

"저 역시 그런걸요!"

푸아로가 말했다.

"제가 젊었을 때 (물론 정말 오래전 일이지요, 마드무아젤.) '나는 내
가 아니었다면 누구였을까?'란 게임이 있었습니다. 누군가 앨범에
다 그 답을 썼지요. 파란 가죽으로 싸서 금으로 테가 둘러진 앨범
말이죠. 무슨 대답이었느냐? 마드무아젤, 그 대답을 찾기란 쉽지 않
답니다."

로저먼드가 말했다.

"예, 저도 그렇게 생각해요. 위험이 크죠. 누구도 무솔리니나 엘리
자베스 여왕이 되고 싶어 하진 않을 거예요. 사람들은 친구에 대해
너무 많은 것을 알고 있어요. 전 어떤 매력적인 부부를 아는데, 어찌

나 서로 금실이 좋은지 질투까지 느꼈더랬죠. 그 여자와 처지를 바꾸고 싶을 정도였으니까요. 그런데, 나중에 누군가가 그 둘이 11년 동안이나 말 한마디 나누지 않은 사이라고 말해 주지 않았겠어요?"

그녀는 웃었다.

"그건 결국 인간이 아는 건 아무것도 없다는 사실을 말해 주는 게 아닐까요?"

잠시 시간이 흐른 후 푸아로가 말했다.

"마드무아젤, 당신을 부러워 하는 사람은 수없이 많을 겁니다."

로저먼드 단리는 차갑게 말했다.

"오, 그래요. 당연하죠."

잠깐 생각에 잠긴 그녀의 입술이 아이러니한 미소를 띠며 구부러졌다.

"예, 저는 성공한 여자의 완벽한 표본이죠! 전 잘나가는 예술가로서 직업적 만족을 느끼고 있고, (저는 의상 디자인을 정말로 사랑한답니다.) 성공한 사업가로서의 재정적인 만족도 누리고 있어요. 거기에 부유하고 외모도 괜찮지요. 인상도 좋고, 성격도 무난하고 말이에요."

그녀가 말을 멈췄다. 미소가 더 크게 벌어졌다.

"하지만…… 저는 남편이 없어요! 전 거기서 실패했어요. 그렇지 않나요, 무슈 푸아로?"

푸아로는 거침없이 말했다.

"마드무아젤, 당신이 결혼하지 못한 것은 저를 비롯해 남성들이 충분히 언변이 좋지 못해서입니다. 마드무아젤이 독신으로 남아 있는 건 뭔가 부족해서가 아니라 선택에 따른 결과로 봐요."

로저먼드 단리가 말했다.

"선생님 또한 다른 모든 남자들과 마찬가지로 여자들은 결혼해서 아이를 낳아야 마땅하다고 생각하시는 것 같군요."

푸아로는 어깨를 으쓱했다.

"결혼해서 아이를 낳는다. 그게 여자들의 일반적인 운명입니다. 다만 백 명 중의 한 명…… 나아가 천 명 중의 한 명 정도만이 당신처럼 자신을 위한 명예와 지위를 성취하지요."

로저먼드는 씩 웃었다.

"그렇다면 결국 전 볼품없는 늙은 하녀와 마찬가지군요! 그게 제가 요즘 우울한 이유였어요. 푼돈이나 겨우 버는 덩치 크고 무뚝뚝한, 그리고 포악하기까지 한 남편과 제 뒤를 졸졸 따라 다니며 괴롭히는 응석받이들과 함께 사는 게 더 행복할 거예요. 그렇게 생각지 않으세요?"

푸아로는 다시 한 번 어깨를 으쓱했다.

"그렇게 말하신다면, 마드무아젤, 그렇겠지요."

로저먼드는 웃었다. 평정을 다시 찾은 것 같았다. 그녀가 담배를 꺼내 불을 붙이며 말했다.

"무슈 푸아로는 확실히 여자를 다루실 줄 아시는 분 같아요. 이젠 반대 시각에서 여성의 직업이란 주제로 얘기해 보고 싶네요. 물론 전 빌어먹게도 돈이 많죠……. 그건 제가 잘 알고 있어요!"

"그럼 정원에서……. 아니 우리 해변으로 갈까요? 마드무아젤, 해변이 아름답지 않습니까?"

"그건 맞는 말씀이네요."

이번엔 푸아로가 담배를 꺼내어 그중 작은 것을 집어 들고 불을 붙였다.

몽롱한 연기를 들이마셔서 묘한 눈빛이 된 그가 중얼거렸다.

"그래, 마셜 씨……. 아니 마셜 대위는 당신의 오랜 친구죠?"

로저먼드는 자리를 고쳐 앉았다. 그녀가 물었다.

"그걸 어떻게 아셨죠? 아, 켄이 얘기했나 보군요."

푸아로는 고개를 흔들었다.

"제게 무슨 말을 해 준 사람은 아무도 없습니다. 마드무아젤, 저는 탐정이에요. 뻔히 보이는 사실이었습니다."

로저먼드 단리가 말했다.

"잘 모르겠는데요."

"잘 생각해 보세요!"

작은 체구의 푸아로가 손을 내저었다.

"당신은 일주일간 여기 있었습니다. 유쾌하고, 활발하고, 걱정이 없었죠. 그런데 오늘 갑자기 옛 시절의 유령에 관해 말을 꺼냈군요. 무슨 일이 있었을까요? 어젯밤에 마셜 대위와 그의 부인, 딸이 도착할 때까지의 며칠 동안 새로 온 사람은 하나도 없었습니다. 그런데 오늘 상황이 바뀐 겁니다. 뻔하죠!"

로저먼드 단리가 말했다.

"음, 그대로예요. 케네스 마셜과 전 어린 시절을 같이 보냈답니다. 마셜 가족이 우리 옆집에 살았지요. 켄은 제게 항상 다정했어요……. 네 살이나 더 많았으면서도요. 그 후로는 그에 대한 소식을 들은 적이 없네요. 벌써 적어도 15년은 된 것 같아요."

푸아로는 생각하는 눈치였다.

"긴 세월이네요."

로저먼드가 끄덕였다. 잠시 동안 침묵이 흐르고 푸아로가 입을 열었다.

"그는 인정 많은 사람이지요? 맞습니까?"

로저먼드는 흐뭇하게 말했다.

"켄은 무척 사랑스러운 사람이에요. 최고로 훌륭한 사람. 놀랍도록 조용하고 침착하죠. 그의 유일한 단점은 결혼 상대를 잘못 고르는 경향이 있다는 거예요."

푸아로는 이해한다는 듯이 말했다.

"아……."

로저먼드 단리가 계속했다.

"케네스는 바보예요. 여자에 관해서 철저히요! 마팅데일 사건을 기억하시나요?"

푸아로는 얼굴을 찡그렸다.

"마팅데일? 마팅데일……. 비소 독살 사건 아니였던가요?"

"맞아요. 17년인가 18년 전의 일이죠. 그 여자는 남편을 살해하려고 했어요."

"하지만 남편이 비소를 습관적으로 먹어왔다는 것이 드러나 석방되었죠?"

"그래요. 그런데 켄이 그 후 그 여자와 결혼한 거예요. 그가 하는 행동이 그렇게 바보같다니까요."

푸아로가 중얼거렸다.

"하지만 그녀가 결백하다면요?"

로저먼드 단리는 짜증스럽게 말했다.

"물론 그녀는 '결백'했겠죠. 진실은 아무도 모르지만! 하지만 세상엔 살인죄로 법정에 섰던 여자 말고도 결혼 상대로 삼을 여자가 얼마든지 많다는 걸 알아야죠."

푸아로는 아무 말도 하지 않았다. 침묵을 지키면 로저먼드 단리가 계속 말하리라고 생각했기 때문이었다. 과연 그녀가 말을 계속했다.

"물론 그가 아주 젊었을 때였어요. 겨우 21살이었으니까요. 그는 그 마팅데일이란 여자에게 미쳐 있었더랬지요. 그녀는 린다가 태어났을 때 죽었습니다. 그들이 결혼한 지 1년 만이었어요. 켄은 그녀의 죽음으로 큰 충격을 받고 결국 방탕한 생활에 빠졌답니다. …… 잊으려는 노력이었겠지요."

그녀는 잠깐 말을 쉬었다.

"그리고 이어서 알레나 스튜어트 사건이 일어난 거예요. 그 여자는 그때 레뷰에서 살고 있었는데, 거긴 코드링턴 부부의 이혼 소동이 일어난 곳이죠. 바로 그 알레나 스튜어트 때문에 코드링턴 부인은 남편과 이혼했답니다. 코드링턴 경이 그녀에게 푹 빠졌거든요. 이혼이 정리되는 대로 둘이 결혼하기로 약속했다죠. 하지만 이혼 후에도 그는 알레나와 결혼하지 않았어요. 그래서 약이 바짝 오른 알레나는 경을 약속 불이행으로 고소했고요. 아무튼 세간을 시끌시끌하게 만든 사건이었죠. 다음번 깜짝 소식은 바로 켄이 그녀와 결혼했다는 사실이랍니다. 바보……. 철저한 바보지 뭐예요!"

에르퀼 푸아로가 중얼거렸다.

"남자라면 그런 어리석음을 기꺼이 감수할지도 모릅니다. ……그녀는 매우 아름답지요, 마드무아젤."

"예, 그건 틀림없어요. 하지만 삼 년 전에는 이런 스캔들이 있었지요. 로저 어스킨 경이라는 사람이 죽으면서 자기의 모든 재산을 그 여자에게 물려주지 않았겠어요. 그러니 켄도 깜짝 놀랐지요."

"진짜로 놀랐답니까?"

로저먼드 단리는 어깨를 으쓱했다.

"오랫동안 그에 대한 소식을 못 들었다고 말씀드렸잖아요. 사람들 말로 그는 매우 담담해 보였다고 했지만. 하지만 전 이유를 알고 싶어요. 그는 그 여자에게 눈이 멀어 아무것도 못 보게 된 걸까요?"

"숨은 곡절이 있을 수도 있겠죠."

"예, 자존심이겠죠! 입술을 꽉 다물고서! 저는 그가 그녀를 어떻게 생각하는지 모르겠어요. 아무도 모를 걸요."

"그러면 그녀는? 그를 어떻게 생각할까요?"

로저먼드는 푸아로를 바라봤다. 그녀가 말했다.

"그녀? 그녀는 천하의 요부예요. 남자를 잡아먹는 여자라고요! 알레나의 반경 100미터 내에 바지를 입은 사람이 들어오면, 그 남자는 곧 그녀의 새로운 사냥감이 되고 말지요! 그런 종류의 여자라고요."

푸아로는 전적으로 동감한다는 표시로 고개를 끄덕였다.

"맞습니다. 당신이 말한 대로네요. 그녀의 눈은 오직 한 가지만을 봅니다. ……남자들이죠."

로저먼드가 말했다.

"그녀는 지금 패트릭 레드펀에게 눈독을 들이고 있어요. 잘생기고, 단순하고, 아시다시피 부인을 아끼죠. 난봉꾼 부류가 아니라고요. 그런 게 알레나에겐 더없이 좋은 먹이가 되는 거예요. 저는 그 귀여운 레드펀 부인을 좋아해요. 예쁘장한 여인이죠. 하지만 알레나 앞에서는 호랑이 앞의 토끼일 뿐이니……."

푸아로가 말했다. 그는 근심스러운 표정이었다.

"그렇습니다. 당신 말이 맞아요."

로저먼드가 말했다.

"크리스틴 레드펀은 학교 교사라지요. 물질보다는 마음이 중요하다고 믿는 사람이에요. 알레나는 그녀에게 불쾌한 의미로 충격적인 존재가 되겠죠."

푸아로는 초조하게 머리를 흔들었다.

로저먼드가 일어서며 말했다.

"부끄러운 일이에요. 누군가 무슨 조치를 취해야 해요."

II

린다 마셜은 침실 거울 앞에서 실망스럽게 자신의 얼굴을 들여다보고 있었다. 소녀에겐 자신의 얼굴이 마음에 들지 않았다. 뼈와 주근깨밖에 없어 보이는 얼굴 윤곽, 숱 많은 연갈색 머리(그녀는 그걸 꼭 쥐 같은 색깔이라고 느꼈다.), 회색과 초록색이 섞인 눈동자, 튀어나온 광대뼈, 길고 공격적인 턱선이 모두 그랬다. 그녀의 입과 치열은 그리 나쁘지 않을지도 모른다. 하지만 치열이 예뻐서 무슨 대수인가? 코 옆에 나 있는 저 뾰루지는 대체 뭐지? 그녀는 그건 뾰루지가 아니라고 스스로를 위로하며 혼자 생각했다.

"열여섯이 된다는 건 끔찍한 거야. 정말 끔찍해."

사람은 자신이 있는 장소를 정확히 알기 어렵다. 린다는 어린 망아지처럼 서툴고 고슴도치처럼 날카로웠다. 그녀는 자신이 내성적이라는 것과 특출난 점이 없다는 사실을 늘 의식하고 있었다. 학교에 있을 때는 별로 나쁘지 않았다. 하지만 그녀는 학교를 떠나 버렸다. 다음엔 무엇을 해야 할지 알 수가 없었다. 아버지는 다음 겨울에 그녀를 파리에 보내겠다며 막연한 계획을 밝혔지만, 린다는 파리에 가고 싶지 않았다. 그렇다고 집에 있는 것 역시 싫긴 마찬가지였다. 그녀는 자기가 알레나를 얼마나 미워하는지 지금에서야 깨달을 수 있었다.

린다의 어린 얼굴이 긴장되고 초록빛 눈이 굳어졌다. 알레나…….

그녀는 마음속으로 생각했다.

"그 여자는 짐승이야, 짐승……."

계모! 모두들 말한다. 계모가 생기는 건 최악의 일이라고. 그리고 그건 사실이었다! 알레나가 린다에게 못되게 구는 것은 아니었다. 알레나는 그녀를 거의 상대하지 않았다. 하지만 린다를 바라볼 때의 그 시선과 말 속에는 경멸적인 비웃음이 섞여 있었다. 알레나의 세련되고 균형 잡힌 태도는 린다의 사춘기적 어설픔을 더욱 강조되게 만들었다. 알레나와 같이 있는 사람은 부끄러움과 함께 스스로를 미성숙하고 천박한 존재로 느끼게 되는 것이다. 그리고 그뿐만이 아니었다. 절대로 그뿐만이 아니었다.

린다는 머뭇거리며 생각을 정리했다. 하지만 좀처럼 마음이 진정되지가 않았다. 알레나가 린다의 집 사람들에게 특별한 영향을 끼치고 있는 것은 정말 사실이었다.

"나쁜 여자야. 정말, 정말 나쁜 여자야."

린다는 확신했다.

하지만 그런 말 정도로 웃어넘길 수는 없다. 자신은 보다 도덕적이라고, 보다 우월한 사람이라고 자위하며 알레나를 모른척 할 수는 없다. 그 여자는 사람들을 바꾸어 놓는다. 그리고 지금, 아버지는 전혀 다른 사람이 되고 말았다…….

린다는 혼란스러웠다. 아버지는 그녀를 학교에서 집으로 데리고 왔다. 그리고 유람선 여행을 한 번 다녀 오더니 쭉 집에만 틀어박혀 있는게 아닌가. 알레나와 함께. 모든 것이 뒤죽박죽이었다. 아니, 집에 계시지 않았나?

린다는 생각했다.

'매일, 매달이 계속 이런 식이야. 더 이상은 참을 수 없어."

알레나의 존재로 인해 탁하게 오염된 인생이 끝없이 계속되는 광경이 눈에 선했다. 그녀는 아직 어렸기 때문에 생각을 적당히 조절하지 못했다. 그렇게 사는 1년은 영원과도 같을 것이었다. 알레나에 대한 증오의 크고 어두운 불꽃이 그녀의 마음을 사로잡고 있었다.

'그 여자를 죽이고 싶어. 아! 그 여자가 죽었으면……'

그녀는 거울 너머로 바다 아래쪽을 내려다보았다. 이곳은 정말 즐거운 곳이었다. 아니, 즐겁게 지낼 만한 곳이었다. 해변과 협곡, 기묘하게 생긴 오솔길 등 가 볼 만한 곳이 많았다. 혼자서 거닐며 구경할 만한 곳도 많았다. 코원 가족 아이들이 말한 대로라면 동굴도 있다고 했다.

린다는 생각했다.

'알레나만 없어진다면 마음껏 즐길 수 있을 텐데.'

그녀는 여기 도착했을 당시를 떠올려 보았다. 당시엔 육지를 떠난다는 가벼운 흥분으로 들떴었는데. 밀물이 제방 위를 들이치던 때였다. 보트에서 내린 마셜 가족은 멋지고 특이한 호텔에 방을 잡았다. 그리고 그때 테라스에서 키가 크고 피부가 검은 여인이 뛰어오며 말한 것이다.

"어머, 케네스!"

그러자 그녀의 아버지 또한 놀랍다는 듯이 외쳤다.

"로저먼드!"

린다는 소녀답게 로저먼드 단리에 대한 엄격하고도 냉정한 판단을 내렸다. 일단은 합격이었다. 현명해 보이는 여자였다. 머리카락도 아주 아름다웠다. 자기에게 어울리는 모양이 뭔지 잘 아는 것 같았다. 사람들은 대부분 어울리지 않는 머리를 하고 사는데. 옷차림도 훌륭했고, 얼굴도 호감이 갔다. 남들에게 보이기 위한 것이 표정이 아닌, 스스로 즐거워서 웃는 그런 표정이 보기 좋았던 것이다. 더욱이 로저먼드는 린다에게 친절히 대해 주었다. 그녀는 주제넘은 말을 시시콜콜 늘어놓지 않았다. (린다는 참견을 극도로 싫어했다.) 로저먼드는 그녀를 바보로 생각하지 않고 진정한 인격체로 보아 주었기 때문에, 그런 대접을 받은 것이 오랜만인 린다는 깊은 고마움을 느꼈다.

아버지 역시 단리 양을 보고 기쁜 것 같았다. 웃기게도 아버지가 갑자기 전혀 다르게 보였다. 아버지는 왠지, 왠지……. (린다는 말이 잘 떠오르질 않았다.) '젊어' 보였다! 맞아! 아버지는 웃었다. 묘하게 소년같은 웃음이었다. 그가 웃는 것을 좀처럼 보지 못했던 린다는 이제 그 이유에 대해 곰곰이 생각해 보기 시작했다.

잘 이해가 가지 않았다. 전혀 다른 사람의 모습을 보는 것 같았다.

'내 나이 때쯤의 아버지는 과연 어떤 사람이었을까?'

하지만 그건 너무 어려운 질문이었다. 그녀는 대답을 생각하는 것을 포기했다. 그때 갑자기 어떤 생각이 그녀의 머릿속을 스치고 지나갔다.

아버지와 자신 둘만 여기에 와서 단리 양을 만났더라면 얼마나 좋았을까? 아버지와 나.

상상 속의 모습이 눈앞에 그려졌다. 소년처럼 웃는 아버지, 단리 양, 그리고 나. 그리고 섬에서 찾을 수 있는 수많은 즐길 거리들…… 수영……. 동굴…….

그러나 다시 어둠이 이러한 생각을 닫아 버렸다.

알레나. 그녀와 있으면 즐거울 수 없다. 왜? 뭐, 어쨌든 린다의 생각은 그랬다. 혐오하는 사람과 함께 있어서 즐거울 리가 있겠는가? 그렇다, 증오. 그녀는 알레나를 증오했다. 아주 천천히 증오의 검은 불길이 다시 일기 시작했다. 린다의 얼굴이 창백해져 갔다. 입술이 살짝 벌어졌다. 눈동자는 수축되었다. 그리고 손가락이 굳어지고 마침내 주먹이 쥐어졌다…….

III

케네스 마셜이 아내의 방 문을 두드렸다. 대답하는 소리가 들리자 그는 문을 열고 들어갔다. 알레나는 화장실에서 막 나오는 중이었다. 속이 비치는 푸른색 옷을 입은 그녀는 마치 인어처럼 보였다. 그녀가 거울 앞에 서서 눈 주위에 마스카라를 칠했다.

"오, 당신이었군요, 켄."

"그래, 준비는 다 되었어?"

"잠깐만요."

케네스 마셜은 창문으로 걸어가서 바다를 바라보았다. 그의 얼굴은 늘 그렇듯 어떤 감정도 드러나 있지 않았다. 그저 평온한 표정이었다. 그가 돌아서며 말했다.

"알레나?"

"네?"

"당신 전에 레드펀을 만난 적 있지?"

알레나가 시원스럽게 말했다.

"아, 맞아요, 여보. 어딘가의 칵테일 파티였죠. 꽤 멋있는 사람이던데요."

"내 생각도 그래. 그런데 당신은 그들 부부가 여기 내려온 것을 알았어?"

"오, 아뇨. 그거 참 놀랍군요!"

케네스 마셜이 조용히 말했다.

"나는 당신이 여기 오려는 생각을 하게 된 게 사실 그 사람 때문이 아닌가 하는데. 꼭 여기 와야 한다고 고집을 피웠잖아."

알레나는 마스카라를 내려놓고 그 쪽으로 몸을 돌렸다. 그녀는 웃었다. 부드럽게 유혹하는 듯한 미소였다. 그녀가 입을 열었다.

"누가 이곳을 추천하더군요. 릴랜드 가족이었을 거예요. 여기가 정말 끝내 준다고 하지 않겠어요? 환경도 잘 보존되어 있다면서요. 왜, 마음에 들지 않으세요?"

케네스 마셜이 말했다.

"잘 모르겠군그래."

"오, 여보……. 하지만 당신은 한가롭게 쉬면서 수영하는 걸 좋아하잖아요. 이곳 또한 분명히 마음에 들 거예요."

"여길 마음에 들어 하는 건 당신이겠지."

그녀의 눈이 조금 커졌다. 알레나는 남편을 의아하다는 듯이 바라보았다.

케네스 마셜이 말했다.

"솔직히 당신, 레드펀 그 친구에게 여기로 오겠다는 걸 미리 알려줬지?"

알레나가 말했다.

"케네스, 혹시 당신 질투하는 거예요?"

케네스 마셜이 말했다.

"이것 봐, 알레나. 난 당신이 어떤 사람인지 알아. 그들은 젊고 화목한 부부라고. 그 친구는 아내를 정말 사랑해. 꼭 그 상황을 뒤집어야 속이 풀리겠어?"

알레나는 말했다.

"날 나쁜 사람으로 모는 거예요? 난 아무것도 안 했어요. 전혀요. 만약 무슨 일이 일어난다고 해도 난 전혀……."

마셜이 그녀에게 다그쳤다.

"만약에 무슨?"

그녀의 눈꺼풀이 깜빡였다.

"뭐, 나도 나에게 남자들을 미치게 만드는 뭔가가 있다는 건 알아요. 하지만 그건 내 책임이 아니라고요. 전부 자기들이 멋대로 그렇게 되는걸."

"그럼 당신은 레드펀이 당신에게 미쳐 있다는 걸 인정하는 거야?"

알레나는 머뭇거렸다.

"그렇다면 그도 정말 바보같은 사람이네요."

그녀는 남편 쪽으로 한발 다가섰다.

"하지만 당신도 알잖아요, 켄. 내가 정말 사랑하는 건 당신뿐이란 사실을……."

그녀는 검은 속눈썹을 통해 남편을 올려다보았다. 정말로 매력적인 모습이었다. 거기에 저항할 수 있는 남자는 없을 것이다.

케네스 마셜은 말없이 그녀를 내려다보았다. 그의 얼굴은 평온을 되찾고 있었다. 차분한 목소리로 그가 말했다.

"나는 당신을 잘 알고 있어, 알레나……."

IV

호텔의 남쪽으로 내려오면 테라스와 바다가 바로 눈 아래로 들어온다. 섬의 남서쪽에는 절벽 쪽으로 난 좁은 길이 하나 있었다. 벼랑의 움푹 들어간 쪽으로 통하는 길인데, 지도에 '서니 레지'라고 나와 있는 그곳엔 의자가 여럿 놓여 일광욕을 즐길 수가 있다. 저녁식사 후에 패트릭 레드펀 부부가 그곳으로 왔다. 밝은 달이 비치는 아름답고 상쾌한 밤이었다. 부부는 의자에 앉았다. 잠시 침묵이 흘렀다.

패트릭 레드펀이 먼저 입을 열었다.

"정말 아름다운 밤이야. 그렇지, 크리스틴?"

"그래."

그녀의 목소리에는 그를 불안하게 만드는 음색이 섞여 있었다. 아내를 보지 않은 채 돌아앉은 그에게 크리스틴 레드펀이 조용히 물었다.

"당신은 그 여자가 여기 온다는 걸 알고 있었지?"

그가 얼른 돌아섰다.

"무슨 말인지 모르겠는데."

"알고 있을 텐데."

"이거 봐, 크리스틴, 무슨 일인지는 모르지만……."

크리스틴이 말을 중단시켰다. 목소리가 복받친 감정으로 떨리고 있었다.

"무슨 일이라니! 무슨 일이 있는 건 당신이지!"

"나한텐 아무 일도 없어."

"오! 패트릭! 틀림없이 있어! 여기 오자고 한 게 그 증거야. 이상할 정도로 적극적이었지. 내가 우리 신혼 여행지였던 틴타젤로 가자고 하는데도. 그런데 당신은 기어코 여기를 주장했어."

"그래서 뭐 어떻다고? 여기도 훌륭한 곳이잖아."

"그렇긴 하지. 하지만 당신이 여기 오고 싶어 한 건 이곳에 그 여자가 있기 때문이었잖아?"

"그 여자라니? 그게 누구야?"

"마셜 부인 말이야. 당신……. 당신은 그녀에게 빠져 있어."

"세상에, 크리스틴! 바보 같은 생각 하지 마. 질투라니, 당신답지 않아."

하지만 그의 말에선 좀 자신 없는 기색이 감돌았다. 그래서 그는 일부러 목소리를 높였다.

그녀가 말했다.

"우리는 행복했어."

"행복? 당연히 행복했지! 우리는 행복해. 하지만 어떤 여자와 얘기하는 것만으로도 당신의 허락을 받아야 한다면 우린 앞으로 행복할 수 없을 거야."

"그런 말이 아니야."

"그런 말이지 뭐야. 결혼한 사람에게도 다른 사람들과의……. 음, 우정이 필요해. 그렇게 의심하는 태도는 좋지 않아. 당신은 내가 예쁜 여자와 이야기하는 것만으로도 그녀와 사랑에 빠졌다고 단번에 넘겨짚잖아."

그는 말을 멈추고 어깨를 으쓱했다.

크리스틴 레드펀이 말했다.

"당신은 그 여자와 사랑에 빠졌어……."

"오, 한심한 소리 하지 마, 크리스틴! 나…… 나는 그녀와 말해 본적도 거의 없어!"

"거짓말 말아."

"제발, 스쳐 지나가는 모든 예쁜 여자들을 질투하는 그 버릇 좀 버리라고."

크리스틴 레드펀이 말했다.

"그 여자는 단순히 예쁜 여자가 아니야. 그녀는…… 그녀는 달라! 불길한 여자란 말이야! 정말로 그래. 당신에게 해를 끼칠 거야. 패트릭, 제발 그만 둬. 여기서 떠나자고."

패트릭 레드펀은 말없이 턱을 괴고 있었다. 그러다 그가 반항적으로 입을 열었을 때, 신기하게도 그는 아주 젊어 보였다.

"어리석은 소리 하지 말아, 크리스틴. 우리, 앞으로 그 문제에 대해서는 싸우지 말자."

"난 싸우려는 게 아니야."

"그렇다면 이성적으로 행동해. 여보, 이만 호텔로 돌아가자."

그는 일어섰다. 잠시 침묵이 흐른 후에 크리스틴 레드펀 또한 일어섰다.

그녀가 말했다.

"좋아……."

어떤 사람들은 사적인 대화를 엿듣게 될 상황에서 점잖게 자리를 피한다. 하지만 에르퀼 푸아로는 달랐다. 그는 그런 것으로 양심의 가책을 느끼지 않았다.

그리고 그는 후에 친구 헤이스팅스에게 이렇게 말했던 것이다.

"게다가…… 그건 살인에 관한 문제였어."

헤이스팅스가 그를 빤히 보며 말했다.

"하지만 당시 살인은 일어나지 않았잖아요?"

에르퀼 푸아로는 한숨을 쉬었다.

"그러나 그건, 몽 셰르(이 친구야), 너무나 명백한 예고였다네."

"그렇다면 왜 그걸 막지 않았습니까?"

에르퀼 푸아로는 한숨을 쉬며 말했다. 언젠가 이집트에서 얘기한 것처럼, 누군가 살인을 마음먹는다면 그걸 막기란 쉽지 않다는 것을. 그는 일어난 사건을 두고 자신을 탓하지 않는다. 그에 의하면, 그것은 피할 수 없는 일이라는 것이다.

3장

I

로저먼드 단리와 케네스 마셜은 '걸 코브*'가 내려다 보이는 절벽의 잔디밭에 앉아 있었다. 섬의 동쪽 끝에 있는 그곳은 조용히 쉬고 싶은 사람들이 아침에 찾아와 수영을 하곤 하는 장소였다.

로저먼드가 말했다.

"사람들에게서 떨어져 있으니 좋네."

마셜은 거의 목소리가 들리지 않을 정도로 중얼거렸다.

"음⋯⋯. 음, 그렇군."

그는 길이가 짧은 잔디의 냄새를 맡으려고 몸을 기울였다.

---

* '갈매기 만(灣)'이라는 뜻.

"냄새가 좋은걸. 시플리에 있는 그 고원을 기억해?"

"어느 정도는."

"그땐 정말 좋았지."

"맞아."

"당신은 거의 변하지 않았어, 로저먼드."

"아니, 엄청 많이 변한걸."

"크게 성공해서 부자가 됐다지만 넌 여전히 내가 기억하는 로저먼드야."

로저먼드가 중얼거렸다.

"그랬으면 좋겠어."

"무슨 뜻이지?"

"아무것도 아니야, 케네스. 당신은 사람이 젊었을 때 가졌던 착한 품성과 높은 이상을 계속 유지할 수 없다는 게 유감스럽지 않아?"

"나는 네 품성이 특별히 고왔는지는 잘 모르겠는걸. 넌 걸핏하면 벌컥 화를 냈으니까. 한번은 화가 머리끝까지 나서 나를 거의 목 졸라 죽일 뻔했잖아."

로저먼드는 웃었다.

"우리가 물쥐를 잡으러 토비를 데리고 갔던 날, 기억해?"

그들은 한동안 어린 시절의 모험들을 회상하며 시간을 보냈다. 그러더니 잠깐의 정적이 찾아왔다. 로저먼드의 손가락이 가방 고리를 만지작거렸다. 마침내 그녀가 입을 열었다.

"케네스?"

"응."

그의 대답은 불분명했다. 그는 아직 잔디에 얼굴을 대고 누워 있었다.

"내가 만약 당신이 화낼 만한 이야기를 한다면, 당신은 두 번 다시 나와 말을 하지 않을 거야?"

그는 몸을 굴려 돌아앉았다. 그가 진지하게 말했다.

"그렇진 않을걸. 네가 무슨 말을 한다고 해도 내가 화를 내는 일은 없을 거야. 알잖아, 넌 특별한 사람인걸."

그녀는 그의 마지막 말에 담긴 의미를 이해하고 고개를 끄덕였다. 그녀는 그 말이 자신에게 준 기쁨을 감추었다.

"케네스, 지금의 아내와 이혼하는 게 어때?"

그의 안색이 변했다. 행복한 표정은 사라지고 굳은 얼굴이 되었다. 그는 주머니에서 파이프를 꺼내 담배를 채우기 시작했다.

로저먼드가 말했다.

"기분 나쁘게 했다면 사과할게."

그가 조용히 말했다.

"기분 나쁘지 않아."

"그렇다면 왜?"

"친애하는 로저먼드, 넌 이해할 수 없을 거야."

"그 정도로 그녀를 사랑하고 있어?"

"그렇게 단순히 말할 문제가 아니야. 나는 그녀와 결혼했다고."

"알아. 하지만 그녀는…… 악명 높지."

그 말을 듣고 그는 잠시 생각하는 표정으로 담배를 만지작거렸다.

"그런가? 그럴 거라고는 생각했어."

"당신은 이혼할 수 있어, 켄."

"로저먼드, 너랑은 상관이 없는 문제야. 남자들이 그녀에게 미친다고 해서 내 아내가 어떻게 되는 건 아니잖아."

로저먼드는 대답을 약간 망설이다가 이렇게 말했다.

"당신은 그녀가 이혼을 결심하게 만들 수도 있어. 그쪽을 더 원한다면 말이지."

"그럴 수도 있겠지."

"켄, 당신은 꼭 그렇게 해야 해. 진심이라고. 그리고 당신에겐 아이도 있잖아."

"린다?"

"응, 린다 말이야."

"린다가 무슨 상관이지?"

"알레나는 린다에게 나쁜 영향을 줘. 정말이야. 린다는 감수성이 아주 예민한 것 같던데."

케네스 마셜은 파이프에 성냥을 갖다 댔다. 연기를 내뿜고서 그가 말했다.

"그래……. 그런 문제가 있지. 알레나와 린다는 사이가 안 좋은 것 같더군. 어린 소녀한테 즐거운 일일 리가 없어. 좀 걱정되긴 해."

로저먼드가 말했다.

"난 린다가 아주 좋아. 그 애한텐 뭔가…… 훌륭한 점이 있어."

케네스가 말했다.

"제 엄마를 꼭 닮았지. 루스가 그랬던 것처럼 매사를 심각하게 받아들인다니까."

로저먼드가 말했다.

"그럼 알레나와 헤어지는 데 찬성하는 거야?"

"이혼 말이야?"

"그래. 요즘 사람들에겐 흔한 일이라고."

케네스 마셜은 갑자기 엄하게 말했다.

"그렇지. 그리고 그 점이 나는 싫어."

"싫다고?"

그녀는 깜짝 놀랐다.

"그래. 최근엔 그런 게 유행처럼 되었더군. 한번 손에 넣은 뒤 그게 싫어지면 한시라도 빨리 그걸 버리려고 들지! 하지만 정말로 필요한 건 굳은 신념이야. 여성과 결혼해서 그녀를 돌보기로 약속했다면 그에 대한 책임을 질 줄 알아야 해. 그것이 그의 의무야. 자신이 선택한 것이니까. 나는 쉽게 결혼하고 또 쉽사리 헤어지는 행동에 지쳤어. 알레나는 내 아내이고, 그것이 전부야."

로저먼드는 앞으로 몸을 기대고 낮은 목소리로 말했다.

"그게 당신의 생각이야? '죽음이 우리를 갈라놓을 때까지'?"

케네스 마셜은 고개를 끄덕였다.

"바로 그래."

로저먼드가 말했다.

"알겠어."

호레이스 블래트는 좁고 휘어진 길을 따라 레더콤 만으로 돌아오다가 한쪽 구석에 서 있던 레드펀 부인과 거의 부딪힐 뻔했다. 그녀가 깜짝 놀라 울타리 쪽으로 피하자, 블래트는 급브레이크를 밟으며 그의 선빔 자동차를 모퉁이에 세웠다.

"이런, 이런, 이런."

블래트가 쾌활하게 입을 열었다. 그는 얼굴이 붉고 벗어진 머리 주위에 빨간 머리가 조금 돋아난 덩치 큰 남자였다. 그는 어디든, 어디서든 분위기를 주도하려는 버릇이 있었다. 그에겐 졸리 로저 호텔은 좀 더 시끌벅적하고 활달한 곳이어야 한다는 믿음이 있었다. 하지만 그는 이곳에서 자기가 등장하기만 하면 사람들이 비실비실 사라져 버린다는 느낌을 받고 좀 당황해 하고 있었다.

"당신을 딸기잼으로 만들 뻔했군요. 그렇죠?"

블래트가 익살맞게 말했다.

크리스틴 레드펀이 말했다.

"그렇네요."

"타세요."

블래트가 말했다.

"고맙지만 전 걸어가려고요."

"말도 안 되는 소리. 차가 있는 이유가 뭔데요?"

블래트가 말했다.

그 말에 동의했는지 크리스틴 레드펀은 차에 올라탔다.

블래트는 엔진에 다시 시동을 걸고 차를 출발시켰다.

그가 물었다.

"그런데 왜 혼자 걸어가고 계셨습니까? 안 될 일이죠, 당신처럼 예쁜 여성에게는요."

크리스틴이 얼른 설명했다.

"오! 전 혼자 있는 걸 좋아해요."

블래트가 팔꿈치로 그녀를 세게 찌르는 바람에 차는 하마터면 울타리를 들이받을 뻔했다. 그가 말했다.

"여자들은 늘 그렇게 말하지요. 딴 뜻이 있어서 한 말은 아니었습니다. 아시다시피 여기 졸리 로저 호텔은 왠지 활력이 없어요. 신나는 일이라곤 하나도 없지요. 어린애부터 늙다리 노친네들까지 관광객은 많지만요. 인디언 혼혈, 기운 펄펄한 목사, 말 많은 미국인, 거기에 콧수염을 기른 외국인까지……. 그 사람 콧수염은 정말 우스꽝스럽더군요. 아마 이발사나 그런 게 아닌지 모르겠어요."

크리스틴은 고개를 저었다.

"아, 아니에요. 그 사람은 탐정이시죠."

블래트는 다시금 울타리 쪽으로 아슬아슬하게 차를 몰았다.

"탐정? 그러면 그는 지금 변장 중인가요?"

크리스틴은 쿡쿡 웃었다.

"아니요, 그게 그분의 원래 모습이에요. 그 사람이 바로 에르퀼 푸아로시죠. 당신도 들어 본 적이 있을 걸요."

블래트가 말했다.

"글쎄, 가물가물한데……. 아, 맞아요. 기억이 나는 것도 같군요. 헌데 전 그 사람이 이미 죽었다고 들었는데? 아무튼 여기엔 누굴 잡으러 온 거랍니까?"

"잡으러 온 게 아니에요. 그냥 휴가를 즐기는 중이라는데요."

"흠, 과연 그럴까."

블래트가 좀 의심스러운 듯이 덧붙였다.

"그 사람, 어째 좀 건방져 보이지 않습니까?"

크리스틴은 조금 주저하는 말투였다.

"음……. 조금 특이해 보이긴 해요."

"그나저나 늘 그에게 뭔가를 부탁한다는 런던 경시청은 무슨 생각일까요? 저는 항상 국산품을 애용하는데 말입니다."

블래트가 말했다.

그러는 새 그들은 언덕 아래에 도착했다. 블래트는 과시하듯 경적 소리를 울려대며 졸리 로저 호텔 뒤쪽의 주차장에 차를 세웠다.

III

린다 마셜은 레더콤 만에 오는 관광객들을 위한 상점 안에 있었다. 가게 안쪽에는 대여료 2펜스를 내면 빌릴 수 있는 책들이 꽂힌 책장이 있었다. 그것들 중 제일 최신간이라고 해 봐야 10년도 더 된 것이었다. 20년 이상이 된 책, 혹은 그보다도 더 오래된 책도 보였다. 린다는 책장 이곳저곳에서 책을 꺼내 보다가 갈색 표지로 된 조그만 책을 펼쳤다. 시간이 계속 흘러갔다. 그때 갑자기 크리스틴 레드펀의 목소리가 들리자 린다는 깜짝 놀라 그 책을 책장에 다시 꽂았다.

"뭘 읽고 있니, 린다?"

린다는 얼른 말했다.

"아무것도요. 책을 한 권 찾고 있었어요."

그녀는 『윌리엄 애쉬의 결혼』이라는 책을 생각 없이 뽑아 들고는 2펜스를 내기 위해 쭈뼛쭈뼛 계산대로 걸어갔다.

크리스틴이 말했다.

"블래트 씨가 날 이곳까지 데려다 주었단다. 계속 내게 치근거리기에 뭐 살 게 있다고 하고는 여기로 들어왔지."

린다가 말했다.

"그 사람 좀 기분 나쁘지 않아요? 항상 자기는 부자라니 어쩌니 짓궂은 농담이나 하고 말이에요."

크리스틴이 말했다.

"불쌍한 사람이야. 그런 사람은 동정해 줘야 해."

린다는 그 말에 동의하지 않았다. 어리고 자기중심적인 린다가 보기에 블래트에게는 동정할 만한 구석이 전혀 없었다. 그녀는 가게를 나와 크리스틴 레드펀과 함께 둑 쪽으로 걸으며 혼자만의 생각에 빠졌다. 린다는 크리스틴 레드펀이 좋았다. 린다에겐 이 섬에 있는 사람들 중 그녀와 로저먼드 단리 단 두 명만이 호감을 느낄 만한 사람으로 보였다. 그들은 린다에게 이러쿵 저러쿵 잔소리를 하지 않았다. 지금 같이 걸으면서도 크리스틴은 아무 말이 없지 않은가? 린다는 그녀의 그런 점이 좋았다. 사람들은 왜 딱히 할 말도 없으면서 언제나 재잘거리며 걷는 걸까? 그녀는 그 생각으로 머릿속이 혼란스러웠다.

린다가 갑자기 말을 꺼냈다.

"레드펀 부인, 부인은 이런 생각 안 하세요? 모든 것이 너무 무서워서…… 끔찍해서…… 저, 터뜨려 버려야 한다고요."

그 말은 거의 우스울 정도로 어설프게 들렸다. 하지만 린다의 표정은 심각하고 진지했다. 영문을 모르겠다는 얼굴로 멍하게 그녀를 바라보던 크리스틴 레드펀은 곧 이게 웃을 일이 아니라는 걸 알아차렸다. 크리스틴이 숨을 멈추고 말했다.

"그래, 그래……. 내가 바로 그렇게 생각하고 있었어……."

IV

블래트 씨가 말했다.

"그래, 선생이 그 유명한 탐정이시라고요?"

그들은 블래트의 단골 술집에 앉아 있었다.

에르퀼 푸아로는 평소대로 겸손 없이 그 말을 인정했다. 블래트가 계속했다.

"그런데 그런 분이 여기에는 어쩐 일이십니까? 혹시 사건 때문인가요?"

"아니요. 저는 쉬러 온 겁니다. 휴가 중이거든요."

블래트가 눈을 찡긋했다.

"에이, 항상 그런 식으로 말씀하시죠?"

"아닙니다."

호레이스 블래트가 다시 말했다.

"이런……. 괜한 걱정은 하지 마십시오. 저는 한 번 들은 것을 누구에게 말하는 성격이 아니니까요! 입 무거운 거라면 알아주죠. 입 조심하지 않았다면 이렇게 살아 있지도 못했을 걸요. 반면 일반 사람들은 그렇지 않으니 선생은 직업상 그 점을 조심하시는 걸 테고요. 휴가 중이라고 한 건 그 때문 아닙니까?"

푸아로가 물었다.

"그 말이 진짜일 경우는 왜 생각지 않습니까?"

블래트는 한쪽 눈을 깜빡였다.

"그저 일반적인 관점에서 말씀드린 겁니다. 전 세상 돌아가는 이치를 알거든요. 선생 같은 분이시라면 모름지기 도빌이나 르 투케, 아니면 쥐앙 레 팽*에 가셨어야죠. 그런 곳이 선생의 저…… 뭐랄까 정신적 휴식처 아닙니까?"

---

* 모두 프랑스의 관광 명소.

푸아로는 한숨을 쉬며 창밖을 내다보았다. 조금씩 내리는 비와 함께 안개가 섬을 뒤덮기 시작했다.

"당신 말이 맞을 수도 있겠죠. 적어도 이렇게 비가 와서 심란한 곳은 아닐 테니까!"

"하긴 휴가를 즐기기엔 유명 카지노가 최고죠!"

블래트가 외쳤다.

"전 제 생애 대부분을 죽어라 일하면서 보냈습니다. 그저 묵묵히 바른 생활만 계속했을 뿐, 휴가나 식도락을 즐길 여유를 갖지 못했지요. 하지만 남부럽지 않은 재산을 모은 지금 전 내키는 대로 즐기며 삽니다. 불과 몇 년 전에 와서야 정말 산다는 것이 무엇인지 알게 된 거죠."

푸아로가 혼잣말처럼 말했다.

"오, 그런가요?"

블래트가 계속해서 말했다.

"선생은 제가 이곳에 온 이유를 모를 겁니다."

"궁금하군요."

"왜일 거 같습니까?"

푸아로는 손을 부드럽게 흔들었다.

"저도 관찰력이 없는 사람은 아닙니다. 제 생각엔 당신이야말로 도빌이나 비어리츠*에 있어야 할 사람 같은데."

---

* 해수욕장이 유명한 프랑스 남서부의 도시.

"그런데 우리는 대신 여기 있고요, 그렇죠?"

블래트는 기침을 두어 번 하더니 의기양양하게 말했다.

"하지만 선생도 제가 여기 온 진짜 이유는 절대 모를 겁니다. '졸리 로저*'나 '밀수꾼의 섬'이란 이름을 들으면 뭔가 숨겨진 비밀이 있다는 낭만적인 느낌 들지 않습니까? 뭔가 떠오르는 게 없으세요? 어릴 적 상상으로만 꿈꾸던 해적과 숨겨진 보물은 또 어떤가요?"

그는 씩 웃음을 지었다.

"전 젊은 시절 배를 즐겨 탔지요. 이런 곳이 아니라 더 동쪽에서요. 그런 취미가 아직도 남아 있는 게 아닌가 생각하면 재미있습니다. 전 최고급 요트를 살 수도 있어요. 하지만 그런 건 제가 원하는 게 아니죠. 지금 가진 작은 보트 쪽이 좋아요. 그건 그렇고, 레드펀 씨도 배 타는 걸 좋아하는 것 같더군요. 몇 번 밖에서 만난 적이 있습니다. 하지만 지금은 얼굴 보기가 힘든 게, 항상 마셜 씨네 빨강머리 부인과 함께 다니니까요."

그는 잠시 말을 멈추더니 목소리를 낮췄다.

"이 호텔의 숙박객들은 하나같이 나무토막처럼 재미없는 사람뿐인 것 같아요! 마셜 부인만이 유일하게 살아 있는 사람이죠! 마셜은 그녀를 감싸 주느라 애쓰고 있지만, 그 여자가 무대 생활을 할 때 떠돌았던 소문이 어땠는지 아시오? 뭐 지금도 그 여자 행실은 여전하지만. 그 여자는 남자를 미치게 해요. 곧 소동이 일어날 겁니다."

---

* 원래 이 말은 해적들이 배에 다는 해골 깃발을 의미함.

"무슨 소동을 말하는 겁니까?"

"때가 되면 알게 되겠죠. 마셜을 눈여겨 보세요. 그는 좀 웃긴 성격이더군요. 그가 어떤 사람인지 저는 알아요. 여기저기 들은 바도 많소. 그 친구처럼 조용한 사람이 폭발하면 대책이 없습니다. 레드펀은 몸을 조심해야 할 겁니다……."

그 이야기의 실제 주인공이 칵테일 바에 들어오자 블래트가 말을 멈췄다. 그는 일부러 큰 목소리로 말했다.

"배를 타고 보는 이 해안 경치는 정말 일품이죠? 아, 레드펀 씨 아닙니까? 한잔 하시겠나요? 혹시 마티니? 좋아요. 무슈 푸아로, 선생은 뭘로 하시겠습니까?"

푸아로는 머리를 가로저었다. 패트릭 레드펀이 앉으면서 말했다.

"배라고 하셨죠? 배야말로 세상에서 제일 즐거운 탈것입니다. 배를 탈 기회가 좀 더 많았으면 좋을 것을. 어렸을 때는 곧잘 이 해안을 배로 돌아다니곤 했거든요."

푸아로가 말했다.

"그럼 당신은 이곳 지리를 잘 알겠군요?"

"그럼요! 전 호텔이 세워지기 전부터 여기를 알고 있었어요. 그때 레더콤 만에 있는 것이라곤 어부들이 사는 오두막 두세 채가 전부였죠. 섬 내륙에도 낡은 빈집밖에는 없었고요."

"여기에 집이 있었다고요?"

"그렇습니다. 하지만 사람은 살지 않았죠. 거의 다 쓰러져 가는 집이었는데, 예전엔 그 집 중 하나에서 '요정의 동굴'로 통하는 비밀 통로가 있다는 소문이 돌았지요. 그 비밀 통로를 찾으려고 온 섬을 뒤지기도 했답니다."

호레이스 블래트가 얼굴을 찡그리며 술을 넘기고는 말했다.

"요정의 동굴이 뭔가요?"

패트릭이 대답했다.

"아, 모르셨나요? 픽시 코브에 있는 동굴이에요. 언뜻 봐서는 알기 힘든 곳이죠. 그 앞에 돌무더기가 잔뜩 쌓여 있거든요. 그중 길고 가는 틈이 나 있는데, 그 사이로 비집고 들어가야 합니다. 그러면 큰 동굴이 나오는데, 어린애들한테는 얼마나 흥분되는 광경이었겠습니까! 한 늙은 어부가 가르쳐 준 곳이죠. 하지만 요즘 어부들은 거기에 대해서는 몰라요. 제가 언젠가 한 명을 붙잡고 픽시 코브라는 지명의 유래에 관해 물어 보았지만 모른다는 대답이었습니다."

푸아로가 말했다.

"전 아직도 이해가 안 가는 군요. 픽시가 도대체 뭡니까?"

패트릭 레드펀이 말했다.

"아! 그건 데번셔의 전설입니다. 원조는 십스터 지방의 황무지에 있는 요정의 동굴이라는 곳이죠. 그곳을 방문할 때는 요정에게 주는 선물로 핀 하나를 남겨 두고 가게 되어 있습니다. 픽시란 바로 황무지의 요정을 말하는 거지요."

에르퀼 푸아로가 말했다.

"아! 그것 참 재미있는 이야긴데요."

패트릭 레드펀은 계속했다.

"다트무어 지방에는 아직까지도 픽시에 관한 전설이 많습니다. 요정이 산다는 바위산이 있는가 하면, 어두운 밤 일을 마치고 돌아오는 농부들이 요정에 홀려서 길을 잃는 경우도 있다느니 뭐 그렇습니다."

호레이스 블래트가 말했다.

"그렇담 요정이 한두 마리가 아니란 말입니까?"

패트릭 레드펀은 미소를 띠고 말했다.

"그렇게 생각하는 게 당연하지 않겠습니까?

블래트가 시계를 보았다.

"전 저녁을 먹으러 가야겠습니다. 아 참, 레드펀 씨. 제가 좋아하는 건 요정이 아니라 해적이랍니다."

패트릭 레드펀은 블래트가 나가는 걸 보고 웃으며 말했다.

"저 노인네야말로 요정에게 어디론가 끌려갔으면 좋겠네요."

푸아로는 생각에 잠겨서 말했다.

"무슈 블래트는 산전수전 다 겪은 사업가 출신이면서도 아주 낭만적인 상상을 하고 계시는 것 같더군요."

패트릭 레드펀이 말했다.

"제가 볼 땐 제대로 된 교육을 받지 못한 것 같던데요. 아내가 그러는데, 저 사람은 스릴러나 서부 소설 같이 야만스러운 책밖엔 읽지 않는다고 했습니다."

푸아로가 말했다.

"아직까지 정신적으로 소년 단계에 머물러 있다는 뜻인가요?"

"그렇습니다. 선생은 그렇게 생각지 않으시나요?"

"저 말입니까? 전 그에 대해 아는 것이 별로 없습니다."

"저도 그렇습니다. 그 사람과 같이 배를 한 번 타 본 적은 있지요. ……헌데 그는 남과 같이 있는 것을 별로 좋아하지 않는 모양이에요. 혼자 있고 싶어하는 눈치더군요."

에르퀼 푸아로가 말했다.

"그것 참 이상하군요. 육지에 있을 때는 전혀 아닌데."

레드펀이 웃었다.

"그러게 말입니다. 땅에서는 오히려 우리가 그를 슬슬 피하는데요. 그는 머게이트나 투케 같은 유명 관광지 수준으로 여기가 발전했으면 하나 봅니다."

푸아로는 잠시 아무 말도 하지 않았다. 웃음 짓는 패트릭 레드펀을 물끄러미 바라보던 그가 문득 입을 열었다.

"무슈 레드펀, 당신은 인생을 즐기고 있는 것 같군요."

패트릭은 놀라서 그를 쳐다보았다.

"그렇습니다. 뭔가 잘못된 게 있나요?"

"아니요. 내 인생 신조 또한 비슷합니다."

동감한다는 듯한 푸아로의 말에 패트릭 레드펀은 웃었다.

"고맙습니다."

"연장자로서 충고 한마디 할까요."

"예, 선생님."

"런던 경시청에 있는 한 현명한 친구가 들려 준 말입니다. '에르퀼, 내 친구여. 평온을 원한다면 여자를 멀리 하게.'"

패트릭 레드펀이 말했다.

"제겐 해당 없는 말 같은데요. 선생도 아시다시피 저는 결혼했으니까요."

"알고 있습니다. 당신 부인은 아주 매력적이고 현명한 분이더군요. 제가 볼 때 부인은 당신을 매우 사랑하고 있는 것 같습니다."

패트릭 레드펀이 날카롭게 말했다.

"저 역시 아내를 무척이나 사랑합니다."

"아, 그 말을 들어서 마음이 놓입니다."

패트릭의 눈썹이 갑자기 벼락이 치듯 요동쳤다.

"보십시오, 무슈 푸아로. 무슨 생각을 하고 계시는 겁니까?"

"르 팜므(여자들이란)……."

푸아로는 뒤로 누워 눈을 감았다.

"저는 여자들에 대해 좀 압니다. 그들은 삶을 참을 수 없을 정도로 뒤흔들어 놓을 수 있지요. 그리고 영국인들은 종종 일을 끔찍하게 망쳐 놓곤 하고요. 무슈 레드펀, 당신이 여기에 꼭 와야 했다면, 도대체 아내를 데리고 온 이유는 무엇인가요?"

패트릭 레드펀이 화난 목소리로 말했다.

"무슨 말씀을 하시는지 통 모르겠습니다."

에르퀼 푸아로는 담담했다.

"아주 잘 알고 계실 테지요. 저는 정상적인 판단력을 잃은 남자와 토론할 만큼 바보는 아닙니다. 그저, 주의하라는 말만 남길 뿐입니다."

"선생도 그 망할 소문을 들으셨나 보군요. 가드너 부인이겠지, 하루 종일 혀를 놀리는 것밖엔 하는 일이 없는 험담꾼! 그녀는 단지 예쁘다는 이유로 사람들의 시기를 사는 겁니다!"

에르퀼 푸아로는 자리에서 일어섰다.

"당신은 그렇게나 미숙한 사람이었습니까?"

그는 머리를 절레절레 흔들며 바를 떠났다. 패트릭 레드펀은 화난 눈으로 그의 뒷모습을 보고 있었다.

V

에르퀼 푸아로는 식당으로 가는 길에 있는 홀에서 발을 멈췄다. 문이 열려 있었다. 부드러운 밤공기가 느껴졌다.

비는 그쳤고 안개는 사라졌다. 다시 기분 좋은 밤이 찾아온 것이다.

에르퀼 푸아로는 절벽 가장자리의 의자에 앉은 레드펀 부인을 발견했다. 그녀의 옆으로 다가가서 그가 말했다.

"여기는 축축한 곳입니다. 여기 앉아 계시면 감기에 걸리실지도 몰라요."

"전 아닐걸요. 그리고 그게 무슨 상관이죠?"

"자, 자. 어린애가 아니시잖아요. 당신은 교육받은 여성입니다. 분별 있게 행동하셔야죠."

그녀가 차갑게 말했다.

"전 감기에 절대 걸리지 않는다고요."

푸아로가 말했다.

"축축한 하루였습니다. 바람이 불고, 비도 오면서 한치 앞을 볼 수 없을 정도로 안개가 끼었었죠. 에 비엥(그렇다면), 지금은 어떤가요? 안개는 물러갔고, 맑은 하늘에 별이 빛나고 있군요. 마치 인생 같지 않습니까, 마담."

크리스틴이 낮고 날카로운 목소리로 말했다.

"선생님은 제가 세상에서 제일 싫어하는 게 뭔지 아세요?"

"뭐지요, 마담?"

"동정이랍니다."

그녀의 목소리가 마치 채찍을 휘두르는 소리 같았다. 크리스틴은 계속했다.

"제가 모른다고 생각하세요? 아무것도 못 본다고요? 사람들은 항상 말하죠. '불쌍한 레드펀 부인……. 조그만 사람이 참 불쌍해.' 하지만 저는 사실 작지 않아요. 키도 꽤 크다고요! 사람들이 저를 그렇게 보는 건 저를 동정하기 때문이에요. 그리고 전 그걸 참을 수가 없어요!"

주의 깊게, 에르퀼 푸아로는 손수건을 자리에 깔고 그 위에 앉았다. 그가 침착하게 말했다.

"의미심장한 말씀이로군요."

"그 여자는……."

크리스틴이 말을 시작하다 말고 멈췄다.

푸아로가 엄숙하게 말했다.

"제가 한 말씀 드려도 괜찮겠습니까, 마담? 우리 위에서 빛나는 별 만큼이나 분명한 사실을 말입니다. 알레나 스튜어트…… 혹은 알레나 마셜은 이 세상 속에서 보면 중요하지 않은 존재라는 겁니다."

"말도 안 돼요."

"보증합니다. 그것이 진실입니다. 그들의 왕국은 순간을 위한, 순간적인 왕국입니다. 중요한, 진실로 진정으로 중요한 것은 여성들에겐 선량함과 지혜가 있어야 한다는 점입니다."

크리스틴이 경멸적으로 말했다.

"선생님은 남자들이 마음씨나 지성에 신경이나 쓸 것 같으세요?"

푸아로가 엄숙하게 말했다.

"근본은 변치 않습니다. 그렇습니다."

크리스틴이 짧게 웃었다.

"전 동감할 수 없네요."

"남편은 부인을 사랑합니다, 마담. 전 알아요."

"선생님은 모르세요."

"압니다, 알아요. 전 알고 있습니다. 그가 당신을 바라보는 모습을 보았거든요."

갑자기 그녀는 무너져 내렸다. 격렬히 울음을 터뜨리며 푸아로의 어깨에 애처로운 모습으로 기대온 것이다.

"못 참겠어요…… 정말 못 참겠어요……."

푸아로는 그녀의 팔을 두드리며 위로했다.

"참으십시오······. 참을 뿐입니다."

그녀가 바로 앉아 손수건으로 눈물을 닦았다. 이제 그녀의 목소리는 또렷했다.

"괜찮아졌어요. 이젠 훨씬 났네요. 그만 가 보세요. 혼자······ 혼자 있고 싶어서요."

푸아로는 그녀의 말을 따라 호텔로 이어지는 굽은 길을 따라 걸어갔다. 그때 그는 어떤 중얼거림을 듣고 고개를 돌렸다. 수풀 사이로 알레나 마셜과 패트릭 레드펀이 함께 있는 모습이 보였다. 남자의 목소리는 감정으로 떨리고 있었다.

"나는 당신에게 미쳤어요······. 미쳤다고요. 당신은 내 정신을 쏙 빼 놓아요. 당신도 나를 좋아하나요?"

푸아로는 알레나 마셜의 얼굴을 바라보았다. 그것은 아름답고 행복한 고양이의 얼굴이었다. 인간이 아닌 동물의 얼굴! 그녀가 부드럽게 말했다.

"물론이에요, 내 사랑 패트릭. 난 당신을 사랑해요. 알죠······?"

에르퀼 푸아로는 엿보는 일을 중단했다. 그는 발길을 돌려 호텔로 돌아갔다.

어떤 그림자가 다가와 그와 합류했다. 마셜 대위였다.

"멋진 밤이죠? 울적한 날 뒤에 말입니다. 내일은 날씨가 맑을 것 같군요."

그가 하늘을 올려다보며 말했다.

4장

I

8월 25일의 아침은 구름 한 점 없이 맑았다. 어떤 게으름뱅이라도 일찍 일어나게 만들 만한 날씨였다.

졸리 로저 호텔에서도 그날 아침에 일찍 일어난 사람들이 있었다.

린다가 두꺼운 작은 책을 덮었다가 다시 펼치고 거울에 얼굴을 비추어 본 시각은 8시였다. 그녀의 입술은 굳게 다물어져 있었고 눈동자는 수축되어 있었다.

그녀는 숨을 참으며 말했다.

"나는 할 거야……."

그녀는 입고 있던 파자마를 벗고 수영복으로 갈아입은 후, 그 위에 실내용 가운을 걸치고 발에 장식을 달았다. 그러고는 방을 나가 통로를 걸어갔다. 복도 끝에는 호텔 아래의 바위까지 이어지는 비상계단 발코니가 있었다. 물가로 가는 곳에는 작은 철제 사다리가 설치되어 있었는데, 아침 수영을 하고 싶을 때 중앙 해수욕장으로 가는 시간을 절약하고 싶은 투숙객들에게 애용되는 시설이었다.

막 발코니에 내려섰을 때 린다는 아버지를 만났다. 그가 말했다.

"일찍 일어났구나. 수영하러 가니?"

린다는 끄덕였다. 둘은 서로를 지나쳤다.

하지만 린다는 바위 쪽으로 가는 대신 호텔을 왼쪽으로 돌아서 육지와 호텔이 맞닿은 둑으로 향한 좁은 길을 걸어갔다. 파도는 높았고 둑길은 물에 잠겨 있었지만, 호텔의 손님들을 수송하는 보트가 작은 선창에 묶여 있었다. 때마침 보트 관리인이 자리에 없었다. 린다는 거기에 올라타서 줄을 풀고 노를 젓기 시작했다.

그녀는 보트를 반대편에 묶어 놓고는 언덕을 걸어 올라가 호텔 주차장을 지났다. 상점에 도착하니 주인 여자가 막 셔터를 내리고 바닥을 청소하고 있는 모습이 보였다. 여자는 린다를 보고 놀란 것 같았다.

"야, 아가씨. 일찍 일어났는걸?"

린다는 주머니 속에 손을 넣어 돈을 지불했고, 곧 물건을 받아 쥐었다.

II

린다가 돌아오니 크리스틴 레드펀이 방에 있었다.

"오, 이제 왔구나. 벌써 일어났을 줄은 몰랐다."

크리스틴이 말했다.

"뭘요. 수영하고 있었어요."

그녀의 손에 웬 꾸러미가 들린 것을 보고 크리스틴은 놀란 눈치였다.

"오늘은 우편물이 일찍 왔나 보네."

린다의 얼굴이 붉어졌다. 그녀는 허둥지둥 어쩔 줄을 모르다가 꾸러미를 손에서 떨어뜨렸다. 포장을 살짝 묶은 줄이 끊어지면서 내용물이 바닥에 굴렀다.

크리스틴이 말했다.

"양초는 뭐하러 샀니?"

그녀가 대답을 기다리지 않은 것이 린다에겐 다행스러운 일이었다. 크리스틴은 바닥의 물건들을 주워 담는 일을 거들며 말했다.

"걸 코브로 같이 갈 생각이 있는지 네게 물어 보려고. 거기서 스케치를 할 생각이거든."

린다는 기꺼이 그 제안을 받아들였다. 지난 며칠 동안 린다는 크리스틴 레드펀의 스케치 나들이에 여러 번 동행했다. 크리스틴은 원래 미술에 별 관심이 없는 여자였지만, 남편이 지금 알레나 마셜과 딱 달라붙어 있는 상황에서 자존심을 지키기 위한 수단으로 그림을 택한 것이었다.

린다 마셜은 점점 침울해져 갔고 성격도 나빠졌다. 그녀는 말없이 작업에 열중하는 크리스틴을 보고 있는 것이 좋았다. 거의 혼자 있는 것만큼이나 좋았으며, 린다는 바로 그런 친구를 원했던 것이다. 그녀와 이 연상의 여자 사이에는 미묘한 공감대가 이루어져 있었다. 그건 아마도 같은 사람을 미워한다는 사실 때문이리라.

크리스틴이 물었다.

"난 12시에 테니스를 칠 거란다. 그러니까 조금 일찍 출발하는 것이 좋겠어. 10시 30분쯤이 어떻겠니?"

"좋아요. 준비할게요. 홀에서 만나요."

III

로저먼드 단리는 매우 늦은 아침을 들고 식당에서 나오다가, 계단을 맹렬하게 뛰어내려오는 린다와 부딪힐 뻔했다.

"앗! 죄송해요, 단리 아줌마."

로저먼드가 말했다.

"날씨 좋은 아침이네. 어제와는 전혀 달라."

"그러게요. 전 레드펀 부인과 걸 코브로 가기로 했어요. 10시 30분에 만나기로 했는데, 늦은 것 같아서요."

"뭘, 아직 겨우 25분이란다."

"와! 잘 됐네."

그녀가 약간 숨을 헐떡이는 것을 보고 로저먼드는 호기심 어린 표정을 지었다.

"린다, 너 혹시 열 있는 건 아니지?"

소녀의 눈빛은 매우 밝았고 양볼은 선명한 홍조를 띠었다.

"오, 아니요! 전 열 같은 거 없어요."

로저먼드가 빙그레 웃으며 말했다.

"내가 아침을 다 먹으러 내려올 정도로 날씨가 좋구나. 나는 보통 침대에서 해결하거든. 하지만 오늘은 직접 내려와서 남자처럼 계란과 베이컨을 먹었지."

"알아요. 어제와 비교하면 정말 천국이죠. 걸 코브는 아침에 보면 훨씬 좋아요. 오일을 엄청 바르고 몸을 바싹 태울 거예요."

로저먼드가 말했다.

"그래, 아침에 보는 걸 코브는 훌륭하지. 이곳 해변보다 더 조용한 곳이고."

린다가 약간 수줍게 말했다.

"같이 가요."

로저먼드는 머리를 흔들고서 말했다.

"오늘 아침은 안 돼. 중요한 일이 있거든."

그때 크리스틴 레드펀이 계단을 내려왔다. 그녀는 소매가 길고 다리통이 넓은 헐렁한 해변용 파자마를 입고 있었다. 노란색과 초록색이 섞인 색깔이었다. 로저먼드는 노랑과 초록은 그녀처럼 하얀, 거의 창백한 피부에는 절대 어울리지 않는 색상이라고 말하고 싶어

혀가 근질거렸다. 그녀는 패션 감각이 없는 사람들을 볼 때면 항상 짜증을 느끼곤 했다.

그녀는 생각했다.

'내가 이 여자의 옷 입는 법을 지도해 준다면 그 남편도 마음을 되돌릴지 몰라. 하지만 그 바보같은 알레나는 옷을 좀 입을 줄 안단 말이야. 이 불쌍한 여자는 꼭 시든 상추 같잖아.'

로저먼드는 크게 말했다.

"좋은 시간 보내세요. 전 책을 들고 서니 레지로 가려고요."

IV

에르퀼 푸아로는 여느 때처럼 자기 방에서 커피와 롤빵으로 아침 식사를 했다. 하지만 날씨가 워낙 좋아 평소보다 이른 시간에 호텔을 나섰다. 보통 때보다 적어도 30분은 빠른 10시였다. 그가 해수욕장에 도착했을 때, 거기에는 한 사람을 제외하고는 텅 비어 있었다. 그 사람은 바로 알레나 마셜이었다.

그녀는 흰 수영복에 초록색 중국 모자를 쓰고 흰 나무 뗏목을 띄우려 애쓰고 있었다. 푸아로는 자신의 스웨이드 구두가 물에 잠기는 것을 감수하고 신사답게 그 일을 도왔다.

그녀는 감사를 표하며 옆눈으로 푸아로를 쳐다보았다.

"무슈 푸아로?"

푸아로는 물가 쪽으로 다가갔다.

"예, 마담?"

알레나 마셜이 말했다.

"부탁드릴 게 있어요."

"뭐든지 말씀하시죠."

그녀는 미소를 지으며 낮게 속삭였다.

"제가 여기 있다는 걸 아무에게도 말하지 마세요."

그녀의 눈빛은 애절해 보였다.

"모두가 절 쫓아다니거든요. 지금 저는 잠시 혼자 있고 싶어요."

그녀는 힘차게 물을 저었다.

푸아로는 바닷가를 따라 걸었다. 그가 중얼거렸다.

"아 싸 자메(전혀 아니지)! 믿음이 안 가는 말이야."

무대에서 이름을 떨친 알레나 스튜어트가 혼자 있고 싶어하다니! 천하의 에르퀼 푸아로를 속일 수는 없다. 알레나 마셜은 틀림없이 누군가와 만날 약속을 했을 것이다. 그리고 상대가 누구인지도 훤히 알 수 있었다. 하지만 그는 자신의 생각이 잘못되었다는 것을 곧 알게 되었다. 그녀가 탄 뗏목이 만을 돌아서 보이지 않게 되었을 때 호텔 쪽에서부터 걸어오는 패트릭 레드펀, 그리고 그 뒤를 따라 오는 케네스 마셜의 모습이 보인 것이다.

마셜은 푸아로를 보고 고개를 끄덕였다.

"안녕하세요, 무슈 푸아로. 혹시 제 아내가 어디 있는지 아십니까?"

푸아로의 대답은 사무적이었다.

"마담께선 이렇게 일찍 일어나십니까?"

마셜은 하늘을 올려다 보았다.

"아내는 자기 방에 없더군요. 멋진 날씨예요. 당장 수영을 해 봐야겠네요. 오늘 아침에는 타자 칠 일이 많긴 하지만요."

패트릭 레드펀은 좀 덜 쾌활하게 하늘을 바라보더니 해변 쪽으로 걸어갔다. 그는 푸아로 옆에 앉아서 자신의 애인이 도착하기를 기다리는 모습이었다.

푸아로가 말했다.

"레드펀 부인은 어떠신가요? 부인도 오늘 일찍 일어나셨나요?"

패트릭 레드펀이 말했다.

"크리스틴요? 아, 스케치를 하러 나갔답니다. 아내가 요즘 들어 예술에 관심이 부쩍 많아졌더라고요."

초조하게 말하는 그 모습을 보면 그가 지금 다른 곳에 정신이 팔려 있다는 걸 알 수 있었다. 시간이 흐를수록 알레나를 기다리는 그의 초조함은 더욱 커져 가는 것만 같았다. 그는 호텔 쪽에서 발자국 소리가 들릴 때마다 그 방향을 향해 발작적으로 고개를 돌렸다.

실망에 실망이 거듭되었다. 처음엔 뜨개질거리와 책을 손에 든 가드너 씨 부부가 나타나더니, 잠시 뒤에는 브루스터 양이었다.

언제나처럼 부지런한 가드너 부인은 의자에 앉아 뜨개질과 잡담을 동시에 시작했다.

"무슈 푸아로, 오늘 아침엔 해변이 아주 한산하네요. 모두들 어디로 간 거죠?"

푸아로는 활달한 어린 아이들이 많은 마스터먼 가족과 코원 가족이 배를 타고 여행을 떠났기 때문이라고 설명했다.

"늘 웃고 떠드는 그 아이들이 없으니까 확 티가 나는군요. 수영하는 사람이 마셜 대위밖에 없어요."

그때 마셜이 수영을 끝내고 수건을 흔들면서 해변으로 나왔다. 그가 말했다.

"오늘 같은 아침엔 수영이 참 기분 좋군요. 그렇지만 아쉽게도 할 일이 많아서 들어가 봐야겠습니다."

"그 일이 아주 급한 게 아니라면 좋겠는데요, 마셜 대위님. 이렇게 날씨가 좋은데 말이죠. 어젠 정말 엉망이었죠. 글쎄 제가 남편에게 앞으로도 이런 날씨가 계속되면 당장 떠나자고 말했을 정도라니까요. 게다가 섬을 둘러싼 안개 때문에 절로 우울한 기분이 들더라고요. 저는 옛날부터 날씨에 아주 민감했답니다. 가끔은 소리까지 지를 정도로 예민했죠. 물론 그것 때문에 저희 부모님이 아주 고생하셨어요. 그래도 어머니는 정말 자상한 분이었답니다. 아버지에게 '여보, 저 애가 하고 싶은 대로 하게 둡시다. 소리 지르는 것도 자기표현의 방법이니까요.'라고 말씀하시곤 하셨거든요. 아버지는 물론 찬성하셨고요. 아버지는 어머니에게 매우 헌신적이셔서 어머니의 부탁은 뭐든지 들어 주시는 분이셨어요. 우리 남편도 언젠가 찬성했지만, 정말 훌륭한 부부라고 할까요. 그렇죠, 오델?"

"그럼, 여보."

가드너 씨가 말했다.

"그런데 마셜 대위님, 대위님 딸은 어디 있죠?"

"린다 말인가요? 저도 모르겠습니다. 섬 어딘가를 둘러보고 있지 않을까요."

"대위님도 눈치 채셨죠? 걔가 요즘 좀 우울해 보이던데요. 관심과 애정이 필요한 시기 같아요."

케네스 마셜은 무뚝뚝하게 대답했다.

"린다는 문제없어요."

그는 호텔로 올라가 버렸다.

패트릭 레드펀은 물에 들어가지 않았다. 여전히 앉아서 호텔 쪽을 바라보고 있는 그는 이제 거의 화난 표정이었다.

브루스터 양은 쾌활하고 활달한 모습으로 나타났다.

어제 아침과 마찬가지로 여러 대화가 오갔다. 가드너 부인의 부드러운 억양과 브루스터 양의 짧은 스타카토 억양이 맞물렸다. 브루스터 양이 물었다.

"바닷가가 휑한데요. 다들 여행이라도 떠났나요?"

가드너 부인이 대답했다.

"저도 오늘 아침 남편에게 다트무어에 갔다 오자는 말을 했었는데. 낭만적인 곳이죠. 가깝기도 하고. 전 거기 있다는 감옥을 보고 싶어요. 이름이…… 프린스 타운이었던가? 오델, 우리 짐을 챙겨서 내일 거기 가 보는 게 좋겠어요."

가드너 씨가 말했다.

"그래요, 여보."

에르퀼 푸아로가 브루스터 양에게 말했다.

"이제부터 수영하실 건가요, 마드무아젤?"

"오, 아침 먹기 전에 벌써 한 번 하고 왔어요. 그런데 하마터면 병에 맞아 머리가 깨질 뻔 했답니다. 호텔의 열린 창문으로 유리병이 떨어졌거든요."

가드너 부인이 끼어들었다.

"큰일 날 뻔 했군요. 제 친구 한 명은 거리를 걷다가 깡통에 맞아 뇌진탕을 일으킨 적이 있어요. 그게 글쎄 건물 35층에서 떨어진 거였거든요. 정말로 위험한 일이죠. 상처가 아주 심했답니다."

그녀는 털실뭉치를 뒤적였다.

"이런, 오델. 붉은색 털실을 충분히 갖고 오지 않았네요. 침실 화장대의 두 번째나 세 번째 서랍에 있을 텐데."

"알았어요, 여보."

가드너 씨는 충직하게 자리에서 일어나 목표물을 가지러 떠났다.

가드너 부인이 말을 계속했다.

"왜, 저는 가끔 요즘 세상이 너무 막 나가고 있다는 생각을 해요. 기술의 위대한 발전으로 전파가 하늘을 뒤덮었다고 해서 무슨 소용인가요? 저는 그게 오히려 정신적인 불안을 가져온다고 생각해요. 인간성을 새롭게 바라보아야 할 때가 되었다고요. 저도 잘 모르겠네요, 무슈 푸아로, 혹시 피라미드의 예언에 관심이 있으신가요?"

"없습니다."

푸아로가 말했다.

"아주, 아주 흥미로우실 거예요. 그게 뭐였더라……. 니네베였나?

그곳에서 북쪽으로 정확히 1000마일 간 지점에 모스크바가 있지요. 선생님도 한번 쓱 구경해 보면 놀라운 게 많다는 걸 알게 될 거예요. 거기서 상주하는 특별 안내원도 있답니다. 고대 이집트 인들도 자기들의 놀라운 문명을 다는 몰랐을 거예요. 그들의 이론과 기록들을 살펴보기 시작하면 누구도 이집트 인들의 예언이 진실이라는 것에 토를 달지 못할 걸요."

가드너 부인이 의기양양하게 말을 끝냈다. 푸아로와 에밀리 브루스터 양은 그 이론을 반박하고 싶은 마음을 참아야 했다.

푸아로는 슬픈 듯이 자신의 하얀 스웨이드 구두를 바라보았다.

에밀리 브루스터가 말했다.

"신발을 신고 물에 들어가셨나 보죠, 무슈 푸아로?"

푸아로가 우물거렸다.

"슬프게도 그렇습니다! 풍덩 빠져 버렸지요."

에밀리 브루스터가 갑자기 목소리를 낮추었다.

"우리의 요부가 오늘 아침엔 어디 간 거죠? 나타나는 게 늦네요."

가드너 부인이 뜨개질감에서 눈을 떼고 패트릭 레드펀을 바라보았다.

"저 사람, 지금 폭발 직전인데요. 오, 저는 현재의 상황에 개탄을 금할 수 없어요. 마셜 대위는 도대체 무슨 생각인거지? 그는 멋지고 조용한 남자예요. 매우 영국적인데다 겸손하죠. 무슨 생각을 하는지 알기 힘든 사람이에요."

패트릭 레드펀은 자리에서 일어나 바닷가 쪽으로 걸어갔다. 가드너 부인이 중얼거렸다.

"꼭 먹이 찾는 호랑이 같은걸."

세 명의 눈이 그의 뒤를 좇았다. 패트릭 레드펀은 사람들의 시선에 부담을 느낀 것 같았다. 이제 우울함을 넘어 화가 난 모습이었다. 조용한 적막을 깨고 어렴풋한 종소리가 육지 쪽에서 들려왔다.

에밀리 브루스터가 중얼거리듯 말했다.

"다시 동풍이 부는군요. 교회 종소리를 듣는 건 좋은 징조예요."

그 후 가드너 씨가 멋진 붉은색 털실을 가지고 돌아올 때까지 입을 여는 사람은 아무도 없었다.

"오델, 왜 이렇게 오래 걸렸어요?"

"미안해 여보, 화장대 서랍에 있던 게 아니라서 말이지. 옷장 선반에서 찾은 거야."

"허, 그거 참 이상하군요. 저는 분명 화장대 서랍에 두었는데. 법정에서 하는 증언이 아니어서 다행이군요. 저는 법정에 갈 일이 있다 해도 아무것도 기억을 못할 까봐 걱정이에요."

가드너 씨가 말했다.

"우리 아내는 정말 양심적이랍니다."

V

약 5분 후 패트릭 레드펀이 입을 열었다.

"오늘도 보트를 타세요, 브루스터 양? 제가 같이 가도 될까요?"

브루스터 양은 흔쾌히 응했다.

"좋죠."

"그럼 배를 타고 섬을 돌아 봅시다."

레드펀이 말했다. 브루스터 양은 시계를 보았다.

"시간이 되나 모르겠네. 아, 아직 11시 30분도 안 되었군요. 가요, 출발하자고요."

그들은 함께 바닷가로 내려갔다. 패트릭 레드펀이 노를 잡고 힘차게 저었다. 보트는 앞으로 미끄러져 나아갔다.

에밀리 브루스터가 기분 좋게 말했다.

"잘하시는데요. 그런데 과연 그 기세로 계속 버티실 수 있을지 궁금한데요."

그는 그녀의 눈을 보며 웃었다. 기분이 훨씬 나아진 모습이었다.

"돌아올 때쯤엔 손에 물집이 좀 생길지도 모르죠."

그는 머리를 들어 자신의 검은색 머리카락을 뒤로 넘겼다.

"세상에, 날씨가 정말 좋네요! 영국에서 이런 진짜 여름날을 맞게 되다니 여한이 없어요."

에밀리 브루스터가 말했다.

"영국을 욕할 게 없어요. 그냥 사람들이 사는 세상의 한 부분일 뿐인 걸요."

"저도 동감입니다."

그들은 만을 서쪽으로 돌아서 벼랑 아래까지 노를 저었다. 패트릭 레드펀이 위를 올려다 보았다.

"오늘 아침에는 서니 레지에 사람이 있군요. 그러게, 양산이 펴져 있잖아요? 저 사람 누구죠?"

에밀리 브루스터가 말했다.

"단리 양일 거예요. 저런 일본식 양산을 갖고 있는 걸 봤거든요."

그들은 해안을 따라 이동했다. 왼쪽으로 바다가 펼쳐져 있었다.

에밀리 브루스터가 말했다.

"다른 길로 가야 되는 거 아닌가요? 해류가 우리가 가는 방향과 반대로 흐르고 있어요."

"물결이 그리 세지는 않습니다. 여기서 수영도 했었지만 전혀 문제없던데요. 아무튼 다른 길로 가는 건 무리예요. 다른 데는 물이 너무 얕거든요."

"물결에 따라 다르긴 하죠. 하지만 픽시 코브에서 너무 멀리 수영을 나가면 위험하다고들 하던데요."

패트릭은 여전히 힘차게 노를 저었다. 동시에 그의 눈은 절벽을 주의 깊게 훑어 보고 있었다. 에밀리 브루스터는 갑자기 깨달았다.

'이 사람은 마셜 씨의 아내를 찾고 있는 거야. 그래서 나보고 같이 가자고 한 거지. 오늘 아침에 그 여자가 보이지 않으니까 직접 찾으러 나섰군. 아마 그 여잔 일부러 숨어 있는 걸걸. 남자를 애태우려고 게임을 하는 거지.'

그들은 바위로 되어 있는 지점을 돌아 픽시 코브라는 이름을 가진 남쪽의 만에 다다랐다. 해안가에 바위들이 드문드문 놓인 광경이 환상적이었다. 북서쪽으로 절벽이 죽 늘어서 있는 것도 보였다.

야외로 차를 마시러 소풍 나오기엔 좋은 장소지만, 햇빛이 잘 비치지 않는 아침 시간엔 별로 인기가 없었다.

그러나 현재는 사람의 형체가 하나 보였다.

패트릭 레드펀이 노젓기를 멈추고 태연한 목소리로 물었다.

"보세요, 저게 누구죠?"

브루스터 양은 차갑게 대답했다.

"마셜 부인 같네요."

패트릭 레드펀은 마치 깜짝 놀랐다는 듯한 반응이었다.

"그런 것 같군요."

그는 진로를 바꾸어 바다 안쪽으로 노를 저었다. 에밀리 브루스터가 항의했다.

"왜 저기 육지에 내리지 않으세요?"

패트릭 레드펀은 재빨리 대답했다.

"아, 시간은 넉넉하잖아요."

그가 브루스터 양의 눈을 바라보았다. 그의 눈길에 어리광을 피우는 강아지 같은 순진함이 엿보여 에밀리 브루스터는 아무 말도 하지 못했다. 그녀는 속으로 생각했다.

'가엾은 사람, 홀딱 넘어가 버렸군. 그래, 하는 수 없어. 시간이 흐르면 알아차리겠지.'

보트는 해안으로 빠르게 다가갔다.

알레나 마셜은 팔을 위로 뻗은 채 얼굴을 기울인 모습으로 일광욕 판 위에 누워 있었다. 그녀 옆으로 흰 뗏목이 묶여 있었다.

에밀리 브루스터는 이상한 느낌을 받았다. 마치 자신이 잘 아는 어떤 것을 보고 있는 듯한, 그러면서도 전혀 모르는 무엇을 앞에 둔 느낌이었다. 그녀는 1~2분이 지나서야 그 느낌의 정체를 깨닫는다.

알레나 마셜은 정확히 피서객이 할 법한 행동을 하고 있었다. 종종 호텔 옆의 바닷가에서 그런 자세로 누워 있곤 했던 것처럼, 머리와 목을 가리기 위해 초록색 마분지 모자를 쓰고 피부를 태우고 있는 모습이었다.

하지만 이 시간 현재 픽시 코브에는 햇볕이 들어오지 않는다. 높다란 벼랑이 오전 중에 태양을 가리기 때문이다. 에밀리 브루스터는 슬슬 걱정스러운 기분이 들기 시작했다.

보트가 해변에 도착했다. 패트릭 레드펀이 불렀다.

"어이, 알레나!"

에밀리 브루스터의 불안한 예감이 형체를 띠어가고 있었다. 누워 있는 형체는 움직이지도, 대답하지도 않았다.

에밀리는 패트릭 레드펀의 얼굴이 변하는 것을 보았다. 그가 보트에서 뛰어내렸고, 그녀도 뒤를 따랐다. 그들은 보트를 끌어당겨 해변에 올린 후 벼랑 위 저토록 말 없이 고요하게 누워 있는 하얀 형체 쪽으로 향했다. 앞서 가는 패트릭 레드펀을 에밀리 브루스터가 바짝 따랐다.

마치 꿈을 꾸듯 그녀는 보았다. 황동색의 팔, 등이 없는 하얀 수영복, 초록색 모자에서 삐져 나온 빨간 곱슬머리……. 그녀는 다른 것 또한 볼 수 있었다. 팔은 기묘하게도 부자연스러운 각도로 뻗어 있었다. 그렇게 잠시 후, 그 몸은 누워 있는 것이 아니라 '던져져' 있는 것 같다는 느낌을 주었다…….

패트릭의 말, 아니 경악에 찬 속삭임이 들렸다. 그는 그 조용한 형체 옆에 무릎을 꿇고 손과 팔을 만져 보았다…….

패트릭 레드펀이 떨리는 목소리로 낮게 중얼거렸다.

"오 하느님, 그녀가 죽었어……."

그는 모자를 약간 들추어 목 부근을 살펴 보았다. 그가 다시 고쳐 말했다.

"오 하느님, 목을 졸렸잖아……. 이 사람은 살해당했어."

VI

시간이 멈추어 버렸다는 건 바로 그런 순간을 가리키는 표현일 것이다. 에밀리 브루스터는 어떤 비현실적인 느낌 속에서 자신이 이렇게 말하는 것을 들었다.

"아무것도 만져선 안 돼요……. 경찰이 올 때까지는."

레드펀의 대답은 기계적이었다.

"그럼요, 그럼. 절대 안 되죠."

그러고는 고통에 찬 목소리가 이어졌다.

"누가? 도대체 누가? 알레나에게 무슨 짓을 한 거야? 그녀가 살해당하다니, 사실일 리가 없어!"

에밀리 브루스터는 무슨 말을 해야 할지 몰라 머리를 흔들었다.

그가 숨을 몰아쉬는 것이 들렸다. 억제할 수 없는 분노가 그의 목소리에 어려 있었다.

"이런 사악한 짓을 벌인 악마 놈을 잡기만 하면……."

에밀리 브루스터는 몸을 떨었다, 그녀는 바위 뒤에 살인자가 숨어 있는 광경을 상상했다. 그녀는 입을 열었다.

"이 짓을 한 자가 누군지는 모르지만 여태 근처에 있지는 않을 거예요. 빨리 경찰을 부르는 게 좋겠어요. 하지만……."

그녀는 잠시 주저했다.

"우리 중 하나가 남아 지키는 게 좋겠죠. ……시체를요."

패트릭 레드펀이 말했다.

"제가 남겠습니다."

에밀리 브루스터는 안도의 한숨을 작게 내쉬었다. 그녀는 이런 것에 두려움을 느끼는 여자는 아니었다. 하지만 살인광이 주변에서 얼쩡거릴지 모르는 이런 곳에 혼자 있기는 싫었다.

"좋아요. 최대한 빨리 돌아 올게요. 보트를 타고 가겠어요. 레더콤만에 경찰이 있으니까요."

패트릭 레드펀은 기계적으로 중얼거렸다.

"예, 예. 좋으실 대로 하세요."

에밀리 브루스터는 힘차게 노를 저으며 나아갔다. 그녀는 패트릭이 죽은 여자 옆에 앉아 자기 머리를 손으로 감싸는 모습을 보았다. 그 행동에는 절로 동정심을 솟게 하는 절망적인 무엇이 있었다. 마치 죽은 주인을 보고 있는 개의 모습 같기도 했다. 그럼에도 그녀의 강직한 이성은 이렇게 말하고 있었다.

'저 남자 부부에게는 잘 된 일이야……. 마셜과 그 딸한테도. 하지만 그가 이렇게 생각할 수 있을지는 의문이군, 불쌍한 남자 같으니.'

에밀리 브루스터는 과연 돌발적인 상황에 강한 여자였다.

5장

I

콜게이트 경위는 경찰의(醫)가 알레나의 시체를 조사하는 동안 절벽 옆에 서 있었다. 패트릭 레드펀과 에밀리 브루스터 또한 그 옆에 함께였다.

무릎을 꿇고 있던 의사 니스든이 민첩한 움직임으로 일어서서 말했다.

"목이 졸렸군요. 꽤나 힘이 센 손이었습니다. 저항은 별로 없었던 것 같고요. 갑작스럽게 당한 것 같습니다. 흠……. 끔찍하군요."

에밀리 브루스터는 힐끔 그쪽을 쳐다보다 죽은 여자의 얼굴과 눈이 마주치자 재빨리 얼굴을 돌렸다. 그 검푸르게 경직된 끔찍한 모습이라니!

콜게이트 경위가 물었다.

"사망 시각은 몇 시입니까?"

니스든이 성마르게 말했다.

"더 알아보기 전에는 정확히 말하기 힘듭니다. 조사할 것이 많이 남았거든요. 어디 보자, 지금이 12시 45분이로군요. 당신이 이 여자를 발견한 게 몇 시였습니까?"

질문을 받은 패트릭 레드펀이 희미한 목소리로 말했다.

"12시가 되기 조금 전이었어요. 정확히는 모르겠네요."

에밀리 브루스터가 끼어들었다.

"우리가 시체를 발견한 때는 정확히 11시 45분이었어요."

"아, 당신들은 보트를 타고 여기 왔다고 했죠. 이 여자가 누워 있는 모습을 본 건 몇 시였습니까?"

에밀리 브루스터는 곰곰이 생각하는 듯했다.

"아까 말씀드린 시각보다 5~6분 전, 곧 모퉁이를 지났을 때였던 것 같네요."

그녀는 레드펀 쪽을 돌아 보았다.

"동의하세요?"

그가 희미하게 말했다.

"네, 네……. 그런 것 같네요."

니스든이 경위에게 낮게 속삭였다.

"이 사람이 남편입니까? 오! 알겠습니다, 내가 착각했군요. 꼭 그런 줄만 알고. 아무튼 완전히 혼이 나가 버렸는데요."

그가 목소리를 사무적으로 높였다.

"그럼 11시 40분이라고 합시다. 이 여자는 거의 그 시점에 죽었을 겁니다. 11시에서…… 아무리 늦어도 11시 45분 사이라고 보입니다."

경위는 탁 소리를 내며 수첩을 닫았다. 그가 말했다.

"고맙습니다. 큰 도움이 될 것 같습니다. 한 시간 이내로, 꽤나 구체적인 범위로까지 좁혔으니까요."

경위는 브루스터 양을 돌아 보았다.

"지금까지는 모든 게 깔끔하게 끝났습니다. 당신이 에밀리 브루스터 양, 이쪽이 패트릭 레드펀 씨라고요. 두 분 다 졸리 로저 호텔에 묵고 계시고. 두 분은 이 사람, 즉 마셜 대위의 부인을 호텔에서부터 알고 계셨습니까?"

에밀리 브루스터가 끄덕였다. 콜게이트 경위가 다시 말했다.

"그렇다면…… 우리 역시 그 호텔에 묵는 것이 좋겠군요."

그는 경관을 한 명 불렀다.

"호크스, 여기 있으면서 아무도 현장에 가까이 오지 못하게 하도록. 내가 조금 뒤에 필립스를 보내지."

II

"세상에 맙소사! 자넬 이곳에서 만나다니!"

웨스턴 대령이 말했다.

에르퀼 푸아로는 경찰서장의 인사를 적절히 받아넘기며 입을 열었다.

"아, 그러게 말이네. 세인트 루 사건 이후 정말 오랜만이로군."

"어떻게 그걸 잊겠는가. 내 인생에서 제일 놀라웠던 경험이었는데. 그나저나 제일 이해가 가지 않는 것은 이런 싫은 일 주위에는 항상 자네가 있다는 거야. 신기할 정도로 말이지. 정말 놀라워!"

푸아로가 말했다.

"투 드 멤, 몬 코로넬(어쨌거나 대령), 결과적으로는 좋게 작용하지 않았나?"

"어……. 그럴지도 모르지. 그래도 우린 좀 정상적인 방법으로 만났으면 하는 바람이 있네만."

"가능하겠지."

푸아로가 의례적으로 동의했다.

"그래 여기에 또 다른 살인 사건이 하나 일어났다는데……. 여기에 대한 무슨 의견이라도 있으신가?"

대령이 물었다. 푸아로는 느릿하게 대꾸했다.

"구체적인 건 없네. 하지만 흥미롭군."

"우릴 도와줄 겐가?"

"자네가 허락한다면."

"경애하는 내 친구, 자네가 있어 정말 다행이구면. 다만 아직 이 사건이 런던 경시청 관할일지 아닌지가 불명확해서 말이야. 살인자가 의도적으로 경계가 애매한 지역을 골라 범행을 저지른 것 같기도 하고……. 또한 이곳에 있는 사람들은 본래 모두 타지 사람들이지. 그들에 대한 정보를 조사하려면 런던에 가야 할 거야."

"그 말이 맞네."

"우선, 여자가 살아 있는 모습을 마지막으로 보았던 사람이 누군지를 찾아야 해. 객실 하녀가 9시에 아침 식사를 가져다 주었다는군. 출입문 안내에 있는 여직원은 10시경 그녀가 문을 지나가는 걸 봤다고 하고."

그때 푸아로가 말했다.

"친구, 자네가 찾는 사람은 바로 나인 것 같은데."

"오늘 아침 그 여잘 보았나? 언제?"

"10시 5분에. 뗏목을 바닷가로 옮기는 것을 도와 주었지."

"그리고 여자는 그걸 타고 떠났고?"

"그렇다네."

"혼자서?"

"그래."

"어느 방향으로 가는지 보았나?"

"오른쪽으로 후미 지점을 돌아 나갔지."

"그쪽이라면 픽시 코브 방향이 아닌가?"

"맞네."

"그럼 그때의 시간은……."

"그녀가 실제로 해변을 출발한 시간은 10시 15분쯤이 아닐까 하네만."

웨스턴은 생각에 잠겼다.

"그렇다면 잘 들어맞는군. 그녀가 픽시 코브로 가기까지 얼마나 시간이 걸릴 거라고 생각하는가?"

"아, 난 전문가가 아닐세. 이 근처에서 배나 뗏목을 탄 적이 없으니. 30분쯤 걸리지 않을까?"

"내 생각도 비슷해. 그녀는 서두르지 않았을 거야. 뭐, 11시 15분쯤 거기에 도착했다고 하면 잘 들어맞는군."

"의사가 추정한 사망 시각은 언제지?"

"음, 니스든도 확신하지는 못하더라고. 워낙 신중한 사람이라서. 하지만 10시 45분 이후에 사망한 것만은 틀림없다고 하네."

푸아로는 고개를 끄덕이고 말했다.

"또 하나 얘기할 것이 있네. 죽은 마셜 부인은 떠나면서 자길 보았다는 얘길 하지 말아 달라는 부탁을 하지 뭔가."

웨스턴은 푸아로를 뻔히 바라보았다. 그가 입을 열었다.

"흠…… 의미심장한데. 그렇지 않나?"

"그렇지. 나도 같은 생각을 했다네."

푸아로가 중얼거렸다. 웨스턴은 콧수염을 만지작거렸다.

"보게, 푸아로. 자네는 세상이 알아주는 인물이잖은가. 마셜 부인은 어떤 사람이었나?"

푸아로의 입가에 희미한 미소가 떠올랐다. 푸아로가 물었다.

"자네도 이미 들은 게 있지 않나?"

경찰서장이 냉담하게 말했다.

"여자들이 수군거리는 말이야 들었지. 여자란 원래 그러잖아. 하지만 거기의 어디까지가 진실인가? 그녀는 이 레드펀이란 친구와 불륜 관계였나?"

"의심의 여지없이 그렇다고 말할 수 있네."

"그럼 그가 여자를 따라 여기로 내려온 거로군?"

"그렇다고 봐야지."

"그럼 남편은? 남편이 그 사실을 알고 있나? 도대체 무슨 생각인 걸까?"

푸아로가 느릿느릿 말했다.

"마셜 대위는 감정이나 생각을 알기 어려운 사람일세. 감정을 내보이지 않는 부류이지."

웨스턴이 힐난조로 말했다.

"감정 없는 사람이 어디 있나."

푸아로는 고개를 끄덕였다. 그가 말했다.

"오, 그 말대로야. 감정이 있고말고."

III

경찰 서장은 캐슬 부인을 요령 있게 맞았다. 캐슬 부인은 졸리 로저 호텔의 주인으로, 풍만한 가슴과 선명한 빨간 머리, 공격적인 말투의 40세 여성이었다. 그녀가 말했다.

"제 호텔에서 이런 일이 일어나다니! 여긴 최고로 조용하고 고즈넉한 곳이었다고요! 손님들도 늘 점잖은 분들 뿐이었지요. 소란스러운 일은 일절 없었지요. 세인트 루에서 볼 수 있는 큰 호텔들과는 달라요."

"물론이지요, 캐슬 부인. 하지만 품위 있는 집안에서도…… 사고는 일어나기 마련입니다."

웨스턴 서장이 말했다.

"콜게이트 경위도 저와 생각이 같을 거예요."

캐슬 부인은 아주 사무적인 태도로 앉아 있는 경위에게 눈길을 보내며 말했다. '이 호텔은 태생부터 특별합니다. 완전무결한 호텔이죠!'라고 거들어 주길 바라는 눈치였다.

"예, 예. 부인을 탓할 생각은 없습니다."

웨스턴이 말했다.

캐슬 부인이 거대한 가슴을 흔들면서 다시 얘기를 시작했다.

"하지만 여기에 치안 시설이 있어야 한다는 것에는 찬성이에요. 시끄럽게 행패를 부리는 무리들을 볼 때면 그런 생각이 굴뚝같죠. 하기사 호텔 손님 외에는 이 섬에 들어오는 것이 불가능하지만, 몰래 숨어드는 사람도 있기 마련이거든요."

그녀는 몸을 떨었다.

이제 이야기를 해도 되겠다고 생각했는지 콜게이트 경위가 입을 열었다.

"예, 옳으신 말씀입니다. 이 섬으로 숨어드는 사람이라……. 그런 사람들을 어떻게 막아야 할까요?"

"특별한 조치를 취하고 있답니다."

"어떤 조치이지요? 여름철엔 휴가를 보내러 온 사람들로 해변이 온통 파리떼 끓듯 북적일 텐데!"

캐슬 부인은 다시 어깨를 살짝 떨었다.

"그건 대형 관광 버스 때문이에요. 글쎄 레더콤 만의 부두 옆에 버스 열여덟 대가 한꺼번에 주차되어 있는 것도 봤다니까요. 자그마치 열여덟 대!"

"그렇군요. 그럼 그 사람들의 접근을 막을 방법은요?"

"경고 표지판을 붙여 두죠. 파도가 높으면 사람들이 알아서 오지 않고요."

"네. 하지만 파도가 낮을 때는?"

캐슬 부인이 설명했다.

"이 섬에는 둑길 끝에 문이 하나 있어요. '졸리 로저 개인 호텔. 투숙객 외의 사람은 들어 올 수 없음.'이라고 써 붙여 놓았죠. 다른 쪽은 바위 절벽이라서 오르는 게 불가능하고요."

"하지만 보트를 타고 들어올 수는 있지 않을까요? 후미진 만 뒤쪽을 통해 들어오면 알 도리가 없잖습니까. 찾아보니 해변에 그렇게 드나들 만한 통로가 많이 있더군요. 그런 사람들까지 막을 순 없을 겁니다."

하지만 그런 일은 좀처럼 없었다. 레더콤 만에서 보트를 구하는 것은 가능하나 거기서 이 섬까지 노를 저어 오긴 꽤 긴 거리인 데다, 레더콤 만의 외곽에는 물살이 강했기 때문이었다. 한편, 걸 코브와 픽시 코브를 통한 출입로에도 경고문은 붙어 있었다. 캐슬 부인은 조지와 윌리엄이라는 경비원이 항상 피서객들을 감시하고 있다고 덧붙였다.

"조지는 해수욕장을 관리합니다. 사람들의 복장과 기구 상태를 점검하지요. 윌리엄은 정원사고요. 길과 테니스 코트 등을 청소한답니다."

웨스턴 서장이 초조하게 말했다.

"그렇다면 분명해지는 것 같군요. 위험을 감수하고, 또 규정을 어길 생각만 있다면 누구라든 밖에서 침입할 수 있다는 거 아닙니까. 조지와 윌리엄이라는 사람을 당장 만나 봐야겠습니다."

캐슬 부인이 말했다.

"전 여행자들이 싫어요. 시끄러운 데다 길 위나 바위 틈에 오렌지 껍질, 담뱃갑 등을 버리기 일쑤랍니다. 하지만 그들 중의 한 명이 살인자일 거라는 생각은 한 번도 안 했거든요. 세상에! 입에 담기조차 끔찍한 일이에요. 마셜 부인 같은 숙녀 분이 살해되다니……. 그것도 목을 졸려서……!"

캐슬 부인은 제대로 말을 잇지도 못했다. 목소리를 억지로 짜내는 것 같았다.

콜게이트 경위가 위로하듯 말했다.

"그렇습니다. 끔찍한 일이지요."

"그리고, 신문! 제 호텔이 신문에 났다고요!"

콜게이트는 씩 하고 살짝 웃어 보였다.

"뭐 어떻습니까. 광고가 되겠는걸요."

캐슬 부인은 기가 막힌 눈치였다. 커다란 가슴이 흔들리며 몸에 단 액세서리가 찔렁거렸다. 그녀가 차갑게 말했다.

"제가 원하는 광고가 아니라서 말이죠, 콜게이트 씨."

웨스턴 대령이 끼어들었다.

"캐슬 부인, 그러면 부인께선 이곳의 투숙객 명단을 가지고 계시 겠죠? 그게 필요합니다."

"네, 서장님."

웨스턴 서장이 호텔의 명부를 들여다보았다. 그는 캐슬 부인의 사무실에 모인 사람 중 네 번째 인물인 푸아로에게 눈짓을 했다.

"이제 자네가 우리를 도와줄 때가 된 것 같군."

그는 이름을 차례로 읽었다.

"하인들은 어떻게 됩니까?"

캐슬 부인이 두 번째 명단을 내밀었다.

"가정부가 네 명, 수석 웨이터 밑에 웨이터가 세 명 더. 바에는 헨 리가 있고요, 윌리엄은 신발을 관리하지요. 그 외에 요리사가 한 명, 요리 보조가 두 명 있어요."

"웨이터들에 대해서 더 좀 부탁드립니다."

"음, 앨버트는 플리머스의 빈센트에서 온 사람이지요. 거기서 몇 년 있었대요. 그 밑에 세 명이 더 있는데, 모두 여기서 3년 일한 셈 이네요. 다들 무척 좋은 젊은이들이고 믿을 만해요. 헨리는 호텔이 처음 문을 열었을 때부터 있었지요. 제일 충직한 사람이랍니다."

웨스턴은 고개를 끄덕이고 콜게이트에게 말했다.

"잘 알겠습니다. 자네는 이걸 좀 더 살펴 보게. 감사합니다, 캐슬 부인."

"원하시는 건 그게 전부인가요?"

"현재로서는 그렇습니다."

캐슬 부인은 방을 빠져나갔다.

"이제 필요한 것은 마셜 대위와 대화를 나눠 보는 걸세."

웨스턴이 말했다.

IV

케네스 마셜은 점잖게 앉아 질문에 답하고 있었다. 약간 굳어 보이는 표정과는 달리 그의 태도는 매우 침착했다. 창문을 통해 들어오는 햇빛을 받은 얼굴을 보면 그가 상당히 미남이라는 걸 알 수 있었다. 단정한 용모, 크고 푸른 눈, 굳게 다문 입술. 목소리는 낮고 상냥했다.

웨스턴 대령이 말했다.

"마셜 대위, 귀하가 얼마나 큰 충격을 받았을지는 충분히 이해합니다. 하지만 우리로서는 최대한 많은 정보를 최대한 빨리 모아야 하거든요."

마셜이 끄덕였다.

"저 역시 이해합니다. 계속하십시오."

"마셜 부인은 당신의 두 번째 아내였습니까?"

"그렇습니다."

"결혼하신 지는 얼마나 되셨나요?"

"4년이 갓 넘었습니다."

"부인의 결혼 전 이름은요?"

"헬렌 스튜어트. 배우로 활동할 때의 예명이 알레나 스튜어트였습니다."

"배우셨군요?"

"풍자극과 뮤지컬 쪽에서 인기가 많았습니다."

"결혼하면서 연기를 그만두셨습니까?"

"아니요. 계속했습니다. 아내가 정말로 은퇴한 것은 1년 6개월 전입니다."

"은퇴를 결심한 특별한 이유가 있었나요?"

케네스 마셜은 생각에 잠겼다.

"없습니다. 그저 모든 게 피곤해졌다는 말뿐이었지요."

"그게……. 그…… 당신이 원했기 때문은 아니었습니까?"

마셜의 눈썹이 치켜 올라갔다.

"오, 천만에요."

"결혼 중에도 부인이 무대 활동을 하는 것에 만족스러웠다는 뜻입니까?"

마셜은 아주 희미하게 웃었다.

"그래요, 그만두면 좋겠다는 생각은 했었죠. 하지만 그걸 강요한 적은 없습니다."

"그 문제로 부부 간에 다툼이 있지는 않았습니까?"

"그런 적은 없습니다. 제 아내는 충분히 즐겁게 살았습니다."

"그러면…… 결혼 생활이 행복했다고 느끼십니까?"

케네스 마셜이 단호히 말했다.

"물론이지요."

웨스턴 대령은 잠시 말을 멈추었다. 이윽고 대령이 다시 입을 열었다.

"마셜 대위, 부인을 죽인 자가 누구일지에 대해 짐작 가는 바가 있으십니까?"

답변은 한 치의 망설임도 없이 즉각적이었다.

"전혀 없습니다."

"부인에겐 적이 있었나요?"

"그랬을 겁니다."

"예?"

대위는 재빨리 말을 이었다.

"제 말에 오해 없으시길 바랍니다, 서장님. 제 아내는 배우였습니다. 또한 매우 아름다운 여자이기도 했고요. 그 두 가지 이유로 인해 그녀는 많은 시기와 질투를 받았습니다. 소동으로까지 이어진 적도 여럿 있었지요. 다른 여자들에겐 눈엣가시 같았을 겁니다. 시기, 증오, 분노……. 그 외 생각할 수 있는 모든 악의들이 있었겠죠! 하지만 그녀를 의도적으로 살해할 만한 사람이 있다는 뜻은 아닙니다."

에르퀼 푸아로가 처음으로 입을 열었다.

"그렇다면 무슈, 당신 말씀은 부인의 적은 대개…… 혹은 전적으로 '여자'였다는 뜻이로군요?"

케네스 마셜은 푸아로 쪽을 돌아보았다.

"예, 그렇습니다."

경찰서장이 말했다.

"부인께 원한을 품은 남자에 대해서는 모르시고요?

"예."

"호텔의 투숙객 중 부인과 미리 알고 지내던 사람이 있습니까?"

"레드펀 씨와 아는 사이였던 것 같습니다. 무슨 칵테일 파티에서 만났다고 하던데요. 제가 아는 한 그 외엔 없습니다."

웨스턴은 입을 다물었다. 이 주제를 계속 파고들어야 할지 고심하고 있는 것 같았다. 그는 곧 길을 돌아가기로 결정한 모양이었다.

"우린 오늘 아침에 도착했습니다. 대위, 당신이 부인을 마지막으로 본 건 언제입니까?"

마셜은 잠시 침묵을 지키다가 대답했다.

"아침 식사를 하러 내려가다가 잠깐 아내에게 들렀죠."

"실례합니다, 각방을 쓰셨군요?"

"예."

"그럼 그때가 몇 시였죠?"

"9시경이 아닐까 합니다."

"부인은 뭘 하고 계셨더랍니까?"

"편지를 뜯어 보고 있던데요."

"무슨 얘길 하셨죠?"

"특별할 건 없었습니다. 잘 잤냐는 인사, 날씨가 좋다는 말…….
그런 거죠."

"부인의 태도는 어땠습니까? 이상한 점이라도?"

"아니요, 평소와 똑같았습니다."

"부인이 흥분했거나 우울해 보이지는 않았습니까?"

"분명 그렇지는 않았습니다."

에르퀼 푸아로가 말했다.

"편지의 내용에 관한 언급은 전혀 없었나요?"

이번에도 마셜의 입술에 희미한 미소가 번졌다.

"제 기억엔 그건 모두 청구서뿐이라고 한 것 같습니다."

"부인은 침대에서 식사를 했나요?"

"예."

"늘 거기서 아침을 드시고요?"

"예."

에르퀼 푸아로가 말했다.

"부인은 보통 몇 시쯤 아래층으로 내려옵니까?"

"대체로 10시에서 11시 사이입니다. 보통 11시가 다 되어서 내려
오죠."

푸아로는 계속했다.

"오늘은 부인이 10시에 내려왔다니 그건 좀 이례적인 일로 볼 수
있겠네요."

"그렇군요. 그렇게 일찍 내려 온 적은 별로 없었는데."

"하지만 오늘 아침엔 그렇게 하셨죠. 마셜 대위, 그 이유가 무엇이라고 생각하십니까?"

마셜은 무감각하게 말했다.

"전혀 모르겠습니다. 날씨 때문이 아닐까요. 오늘은 전에 없이 날씨가 좋았으니까요."

"그 후로 본 적이 없으시고요."

케네스 마셜은 앉은 자리를 약간 고쳐 앉았다. 그가 말했다.

"아침 식사 후에 아내를 찾아 다녔습니다. 방이 빈 걸 보고 조금 놀랐지요."

"그래서 당신은 바닷가에 나왔을 때 제게 부인을 보았냐고 물은 거로군요?"

"어……. 그렇습니다. 그런데 선생은 보지 못했다고 하셨죠."

그는 뒤의 말을 약간 강조했다.

에르퀼 푸아로의 천연덕스러운 눈빛은 조금도 흔들리지 않았다. 그는 크고 풍성한 콧수염을 부드럽게 쓰다듬었다.

웨스턴이 물었다.

"오늘 아침 부인을 찾았던 것엔 특별한 이유가 있습니까?"

마셜이 경찰서장에게 시선을 돌렸다.

"아닙니다. 그저 아내가 어디 있는지 궁금했던 것뿐이었습니다."

웨스턴은 말 없이 의자를 약간 움직이더니 다른 주제를 꺼냈다.

"방금 당신은 부인이 전에 패트릭 레드펀 씨를 알고 있었다고 하셨죠, 부인은 레드펀 씨와 얼마나 잘 아는 사이였습니까?"

케네스 마셜이 말했다.

"담배 한 대 피워도 될까요?"

그는 주머니를 뒤졌다.

"젠장! 파이프를 어디 두고 왔나 보네."

푸아로는 그에게 담배를 한 개비 건네 주었다. 불을 붙이며 마셜이 말했다.

"레드펀에 관해 물으셨죠. 아내 말로는 어딘가의 칵테일 파티에서 만났다고 합니다."

"그냥 아는 사이일 뿐입니까?"

"그렇다고 생각합니다."

"그때 이후로……."

경찰서장은 말끝을 흐렸다.

"그 관계가 좀 더 진전되었다고 알고 있습니다만."

마셜이 날카롭게 말했다.

"그러십니까? 누가 그렇게 말하던가요?"

"호텔에서 돌고 있는 공공연한 소문입니다."

마셜의 눈이 잠시 에르퀼 푸아로에게 머물렀다. 그 눈동자는 차가운 분노를 담고 있었다.

"그런 얘기는 호텔에서 떠도는 뜬소문일 뿐입니다!"

"그럴지도 모르죠. 하지만 레드펀 씨와 당신의 부인은 그 소문의 내용대로 행동했다고 알고 있습니다."

"내용이라뇨?"

"늘 같이 붙어 다녔다고요."

"그게 전부입니까?"

"그랬다는 사실을 부인하시진 않는군요?"

"그랬는지도 모릅니다. 저는 보지 못했지만."

"실례지만, 마셜 대위……. 부인과 레드펀 씨와의 '우정'을 막으려 하진 않으셨습니까?"

"저는 아내의 생활을 감시하는 버릇은 없습니다."

"반대나 항의를 하시지 않았다고요."

"물론입니다."

"그것으로 인해 소문이 나돌고, 레드펀 씨 부부 사이에 불화를 일으켰는데도 말입니까?"

케네스 마셜은 차갑게 말했다.

"전 제 일로 바빴고, 남들도 그럴 것으로 생각했습니다. 전 소문이나 객담에 귀를 기울이지 않습니다."

"레드펀 씨가 당신의 부인에게 빠져 있었다는 사실은 인정하시는군요."

"아마 그랬을 겁니다. 대부분의 남자가 그랬으니까. 아내는 무척이나 아름다웠다고 했지 않습니까."

"그럼 그 상황을 심각한 것으로 생각지 않으셨나요?"

"이미 말했듯 거기에 대해서는 생각해 본 적이 없습니다."

"그렇다면 우리가 그 둘이 매우 친밀한 사이였다는 것을 증명할 증인을 내세운다면 어떻겠습니까?"

다시 한 번 푸른 눈이 에르퀼 푸아로에게로 향했다. 그의 눈에 강렬한 혐오의 빛이 보였다. 마셜이 말했다.

"그런 얘기를 듣고 싶다면 그렇게 하십시오. 제 아내는 죽었고, 그러니 스스로를 변호할 수도 없으니까요."

"사람들의 말을 믿지 못한다는 뜻입니까?"

처음으로 마셜의 이마에 땀이 맺혔다.

"그런 류의 것들은 믿지 않는다고 했습니다. 그게 이번 사건과 관련이 있는 것인가요? 제가 그 소문을 믿건 말건 이번 살인과 무슨 관계입니까?"

거기에 대한 대답은 에르퀼 푸아로가 맡았다.

"잘 모르고 계시는군요, 마셜 대위님. 살인만큼 속성이 단순한 것도 없습니다. 살인은 십중팔구 피살자의 성격과 환경으로부터 발생합니다. 희생자는 바로 그런 종류의 사람이었기 때문에 살해된 것입니다! 알레나 마셜이 어떤 인간이었는지 우리가 완전히 알기 전에는 그녀를 죽인 사람을 찾아낼 수 없습니다. 그것이 바로 우리가 이런 질문을 하는 이유입니다."

마셜은 경찰서장을 돌아보았다.

"서장님의 의견도 같습니까?"

웨스턴은 약간 머뭇거렸다.

"어, 어떤 점에서는……. 말하자면……."

마셜이 짧게 웃었다. 그가 말했다.

"서장님은 다른 의견이실 줄 알았습니다. 무슈 푸아로는 성격이 특별한 분이시니까요."

푸아로는 웃으며 말했다.

"당신이 절대 날 돕지 않을 작정이었다면 지금까지는 잘 해 오신 겁니다."

"무슨 뜻이죠?"

"당신은 자기 아내에 대해 무엇을 말했습니까? 엄밀히 보아 아무 말도 하지 않았죠. 모든 사람이 알고 있는 것만 말했을 뿐입니다. 아름답고, 모두가 그녀를 숭배했다는 것 외에 아무것도 없지요."

케네스 마셜은 어깨를 으쓱했다. 그는 간단히 툭 던졌다.

"제정신이 아니시군요."

그는 경찰서장을 바라보고 강조했다.

"서장님, 그 이외에 더 묻고 싶으신 게 뭡니까?"

"음, 마셜 대위 당신이 아침에 한 일을 알려 주시지요."

케네스 마셜은 고개를 끄덕였다. 이 질문을 예상한 것 같았다.

"저는 평소처럼 9시쯤 아래층으로 내려 갔습니다. 아침을 먹고 신문을 읽었지요. 그리고 아까도 말했듯이 아내의 방에 들렀다가 그녀가 거기 없는 것을 알았습니다. 그래서 바닷가를 둘러보다가 푸아로 씨를 만나 아내를 보았는지를 물었습니다. 그리고 잠시 수영을 한 후에 호텔로 돌아갔지요. 그게 아마 10시 40분쯤 될 겁니다. 맞아요. 라운지에서 시계를 보았거든요. 딱 11시가 되기 20분 전이었지요. 저는 방으로 올라갔습니다. 그런데 하녀가 아직 청소를 끝내지 않은 걸 보고 서두를 것을 부탁했지요. 타자기로 쳐야 할 편지가 있어서 그랬습니다. 그 뒤에 다시 아래층의 칵테일 바로 가서 헨리와 잠시 얘기를 나누었습니다. 10시 50분에는 제 방으로 돌아가 편지를 쳤고요. 11시 50분까지는 타자기를 잡고 있었습니다. 그런 후 12시에 잡힌 테니스 약속을 위해 용구를 챙겼습니다. 전날 코트를 예약해 두었죠."

"누구와 함께 테니스를 치셨습니까?"

"레드펀 부인, 단리 양, 가드너 씨입니다. 12시에 테니스 코트로 가니 단리 양과 가드너 씨가 있었습니다. 레드펀 부인은 조금 늦었지요. 한 시간 정도 테니스를 치고 호텔로 돌아왔습니다. 그러고는…… 소식을 들은 겁니다."

"감사합니다, 마셜 대위. 그런데 형식적인 질문입니다만, 누군가 당신이 10시 50분부터 11시 50분까지 방에서 타자를 쳤다는 걸 증명할 사람이 있습니까?"

케네스 마셜은 엷은 미소를 지으며 대답했다.

"제가 아내를 죽였다고 생각하시는 겁니까? 어디 보자, 하녀가 방을 정리하고 있었으니까 타자기 소리를 들었을 겁니다. 그리고 그때 친 편지도 남아 있지요. 이런 소동 때문에 편지들을 아직 부치지 못했습니다. 그 정도면 훌륭한 증거가 되리라 생각합니다."

그는 주머니에서 세 통의 편지를 꺼냈다. 주소는 쓰여 있었지만 우표는 붙어 있지 않았다. 그가 말했다.

"민감한 내용이라 본문을 보여 드리기는 힘듭니다. 하지만 이것은 살인 사건인 만큼 경찰에 협조해야겠지요. 여기엔 사람들의 명단과 금전적 정보들이 담겨 있습니다. 누군가를 시켜 실험해 본다면 이 정도 내용을 타자기로 칠 때 한 시간은 족히 필요하다는 걸 알게 되실 겁니다."

그는 잠시 말을 멈췄다.

"어디 만족하셨습니까?"

웨스턴이 부드럽게 말했다.

"의심한 것이 아닙니다. 이 섬의 모든 사람들은 10시 45분에서 11시 40분 사이 취했던 행동에 관해 조사를 받을 겁니다."

케네스 마셜이 말했다.

"과연."

웨스턴이 말했다.

"한 가지만 더 묻겠습니다, 마셜 대위. 혹시 부인의 재산이 어떻게 처분될지에 대해 알고 계십니까?"

"유언장을 말하시는 겁니까? 그녀가 유언장을 만들었을 것 같지는 않은데요."

"확신하시는 건 아닌가 보죠?"

"아내는 베드퍼드 스퀘어의 '바켓, 마켓 앤드 애플굿'이라는 법률 사무소에 관련 업무를 위임하고 있었습니다. 연극 계약도 그들이 맡았지요. 하지만 유언장을 만든 일은 없다고 거의 확신합니다. 아내는 그런 걸 만드는 게 왠지 꺼림칙하다고 한 적이 있거든요."

"그렇다면, 부인이 유언장 없이 죽었다고 했을 때 남편인 당신이

유산을 상속받게 되겠군요."

"예, 그럴 겁니다."

"부인에게 가까운 친척은 없습니까?"

"없는 것 같습니다. 있었다고 해도 한 번도 그에 대한 얘기를 한 적이 없습니다. 그녀는 어렸을 때 양친을 잃었고, 형제도 없다고 들었습니다."

"부인 명의의 재산이 많지는 않을 것 같은데, 맞습니까?"

케네스 마셜은 차갑게 말했다.

"그 반대입니다. 겨우 2년 전, 그녀의 오랜 친구인 로버트 어스킨 경이 그녀에게 자기 재산의 대부분을 물려 주었습니다. 아마 5만 파운드는 될 것으로 생각합니다."

콜게이트 경위가 눈을 들었다. 뭔가 심상치 않다는 눈빛이었다. 지금까지 잠자코 있던 경위가 물었다.

"그렇다면 마셜 대위, 부인은 부자였군요."

케네스 마셜이 어깨를 으쓱했다.

"실제로 그랬습니다."

"그런데도 유언장을 만들지 않았다는 말입니까?"

"변호사들에게 물어 보시지요. 그래도 저는 거의 확신할 수 있습니다. 그녀는 그런 일을 불길하다고 생각했다고 말했지 않습니까."

잠시 침묵이 흐른 후에 마셜이 입을 열었다.

"이 이상은 없습니까?"

웨스턴은 고개를 끄덕였다.

"다 됐습니다. 음, 콜게이트 자넨? 없다고? 그럼 마지막으로 마셜 대위, 이번 일에 대해 깊은 유감의 뜻을 전합니다."

마셜은 눈을 깜박였다.

"아, 감사합니다."

그는 밖으로 나갔다.

V

세 명은 서로를 바라보았다.

웨스턴이 말했다.

"침착한 사람이군. 뭘 드러내 보인 것이 없어. 그렇지 않나? 콜게 이트 자네는 그를 어떻게 보았나?"

경위는 고개를 저었다.

"뭐라 말하기 힘들군요. 표현을 하지 않는 사람 같습니다. 저런 식으로는 증인석에서 좋은 인상을 주기는 어려울 겁니다. 하지만 그런 태도를 문제 삼는 건 잘못이지요. 월러스 사건 때는 바로 저런 태도 때문에 피고가 유죄 판결을 받기도 했지만요. 부인을 잃은 남 자가 그렇게 냉정하게 행동했다는 것이 미움을 산 경우라고나 할 까요."

웨스턴은 푸아로에게 얼굴을 돌렸다.

"어떻게 생각하나, 푸아로?"

에르퀼 푸아로는 두 손을 들었다.

"무슨 말을 할 수 있겠나? 꽉 닫힌 상자, 입을 다문 조개를 보는 느낌이로군. 스스로 그런 역할을 선택한 거지. 아무것도 보고 들은 게 없고, 아무것도 모른다니 말일세!"

"우리는 동기를 조사해야 하네. 질투, 그리고 돈이라는 동기가 있지. 물론 어떻게 보면 남편이 가장 유력한 용의자일 수 있어. 누구라도 저 사람을 첫손에 꼽을 거야. 자기 아내가 다른 남자와 놀아난다는 것을 알았다면……."

푸아로가 끼어들었다.

"그는 그 사실을 알았을 거야."

"무슨 뜻인가?"

"들어 보게, 친구. 어젯밤 나는 서니 레지에서 레드펀 부인과 얘기를 나눈 적이 있다네. 그 후 호텔로 돌아오는 길에 그 두 사람, 마셜 부인과 패트릭 레드펀이 함께 있는 광경을 보았지. 그리고 바로 1~2분 후에 마셜 대위를 만났는데, 얼굴이 바짝 굳어 있는 게 아닌가. 어떤 표정도, 아무 표정도 없었네! 완전히 공허한 얼굴이라 할까. 이해할 수 있겠나? 그는 모든 걸 알고 있었을 거라네."

콜게이트가 투덜거리듯 말했다.

"아, 자네라면 그렇게 생각할 수……."

"난 확신하네! 그렇다면 그건 무엇을 뜻하는 걸까? 케네스 마셜이 부인에게 느끼는 감정은 무엇이었을까?"

웨스턴 대령이 말했다.

"죽이고 싶었겠지. 퍽이나 침착하게."

푸아로는 불만스럽게 머리를 흔들었다.

콜게이트 경위가 말했다.

"조용한 사람들은 때로 과격한 성미를 숨기고 있는 경우가 있지 않습니까. 평소엔 뚜껑이 닫혀 있지만 말이죠. 그는 부인을 미칠 듯이 사랑했을지도 모릅니다. 동시에 미칠 듯이 질투했을지도……. 하지만 그는 감정을 내보이는 사람이 아니지요."

푸아로가 천천히 말했다.

"가능하지요. 그렇고말고. 이 마셜 대위란 사람은 매우 흥미로운 인간형입니다. 그에게 관심이 생기는군요. 그의 알리바이도 마찬가지고."

웨스턴이 짧은 너털웃음을 터뜨리며 말했다.

"타자기에 의존한 알리바이라……. 그 부분은 어떻게 생각하나, 콜게이트?"

콜게이트 경위는 눈살을 찌푸렸다.

"뭐, 서장님도 아시지 않습니까. 곰곰이 생각해 보았는데, 사실 쓸 만한 알리바이는 아닙니다. 무슨 말인지 아시겠지요. 자연스러운 알리바이긴 합니다만. 아까 말한 하녀가 정말로 방에서 타자치는 소리를 들었다고 한다면 우린 다른 곳을 찾아 봐야 할 겁니다."

"흠. 그래 어디를 찾아 볼 셈인가?"

웨스턴 대령이 말했다.

VI

잠시 동안 세 사람은 그 문제를 상의해 보았다.

콜게이트 경위가 먼저 의견을 냈다.

"이걸로 압축되는 것 같습니다. 외부인인가, 아니면 호텔의 투숙객인가? 종업원들을 완전히 배제할 수는 없지만, 그들에게 혐의를 두기는 어렵습니다. 호텔 투숙객 아니면 외부에서 온 사람이 분명합니다. 이렇게 시작해야죠. 첫 번째로, 동기입니다. 살인으로 얻는 이득. 그녀의 죽음으로 이득을 본 사람은 남편뿐인 것으로 보입니다. 다른 동기가 무엇이 있을까요? 저는 질투라고 보았습니다. 치정 범죄를 다뤄 보셨겠지만,(그는 푸아로에게 고개를 까딱했다.) 이게 바로 그런 종류입니다."

푸아로는 천정을 보고 중얼거렸다.

"치정 사건의 종류는 무수히 많소만."

콜게이트 경위가 계속했다.

"그녀의 남편은 아내에게 적이 없다고 말했습니다. 사전적인 의미의 적이라면 그렇겠지요. 하지만 전 그 말을 믿지 않습니다. 그 여자에겐 실은 꽤나 질 나쁜 적들이 많았을 겁니다. 푸아로 선생님께서는 어떻게 생각하십니까?"

"메 위(그렇습니다). 알레나 마셜은 적이 많았을 겁니다. 하지만 내 의견을 말하자면, 그 '적 이론'은 설득력이 별로 없는 것 같군요, 경위. 알레나 마셜의 적들은 언제나 여자였지 않았겠습니까."

웨스턴 대령이 끙 하고 입을 열었다.

"그렇다면 그 여자를 죽인 게 여자라는 소리가 되나?"

푸아로가 말을 이었다.

"여자가 이 범죄를 저질렀다고 보기는 힘든 구석이 많지. 의사의 소견은 어떻던가?"

웨스턴이 다시 신음 소리를 냈다.

"니스든은 부인의 목을 조른 게 남자라고 확신하고 있다네. 손이 크고 손아귀 힘이 셌다면서 말이지. 물론 덩치 크고 억센 여자라면 가능하겠지. 하지만 그런 여잔 드물지 않나."

푸아로는 고개를 끄덕였다.

"맞아. 차 속에 비소를 타거나, 초콜릿 속에 독약을 넣거나, 칼 또는 총을 쓴 것도 아니고 목을 졸라 죽였다……. 그건 아니지! 우리가 찾아야 할 사람은 남자일세. 하지만 그 때문에 문제는 더 어렵게 되었네. 이 호텔에서 알레나 마셜을 죽이고 싶어 할 동기를 가진 사람은 둘 있는데, 그 둘은 모두 여자이거든."

웨스턴 대령이 물었다.

"레드펀의 아내가 그중 하나겠지?"

"그렇지. 레드펀 부인이 알레나 스튜어트를 죽이려는 결심을 했을 수도 있네. 이유야 충분하잖나. 레드펀 부인이 살인을 저질렀다 해도 놀랄 게 전혀 없어. 하지만 이런 종류의 범죄는 아니야. 질투에 사로잡힌 불행한 여인일진 몰라도 그녀는 성격이 과격한 사람이 아니란 말이네. 사랑을 정열이 아니라 헌신적이고 신성한 어떤 것으로 믿는 인간형이라고 할까. 방금 말했듯 차에 비소를 탄다면 몰라도 교살을 택했을 리는 없네. 또 그녀에겐 신체적인 무리도 있지. 레드펀 부인의 손발은 평균보다도 작거든."

웨스턴이 끄덕이며 말했다.

"분명 여자의 범행은 아냐. 남자의 짓이지."

콜게이트가 헛기침을 했다.

"제가 의견을 제시해 보겠습니다. 살해된 부인이 레드펀 씨를 만나기 이전에 사귀고 있던 다른 남자가 있다고 해 보죠. 그를 X라고 부르겠습니다. 그녀는 X를 버리고 레드펀 씨에게 갔습니다. X는 분노와 질투에 사로잡혔죠. 그는 부인을 따라 이곳으로 내려와 어딘가 숨어 있다가, 섬에 도달해 그녀를 살해합니다. 가능한 설명 아닙니까?"

웨스턴이 말했다.

"가능성 있는 말이네. 그 말이 맞다면 입증하기도 쉬울 거야. 걸어 들어 왔을까, 보트를 타고 왔을까? 후자가 좀 더 가능성이 있겠군. 그렇다면 어디서 보트를 빌려야 했을 테고, 조사를 통해 밝혀낼 수도 있겠지."

그는 푸아로를 바라 보았다.

"콜게이트의 추리를 어떻게 생각하나?"

푸아로가 느릿하게 말했다.

"빈 곳이 너무 많아. 그림이 잘 그려지지 않네. 그 남자……. 분노와 질투로 정신이 나갔다는 그 남자 X를 잘 떠올릴 수가 없군."

콜게이트가 말했다.

"선생님, 그녀에게 미쳐 열광하는 남자들은 많았습니다. 레드펀을 보세요."

"그래, 그랬지요. 하지만……."

콜게이트는 이해할 수 없다는 듯이 그를 바라보았다.

푸아로는 고개를 흔들었다. 그의 미간에 주름이 졌다.

"어딘가, 우리가 놓친 뭔가가 있을 겁니다."

6장

I

웨스턴 대령은 호텔 투숙객의 명단을 펼치고 큰 소리로 읽었다.

코원 소령 부부

파멜라 코원 양

로버트 코원 군

이반 코원 군

— 레더헤드 시 라이들 산

마스터먼 부부

에드워드 마스터먼 씨

제니퍼 마스터먼 양

로이 마스터먼 씨

프레데릭 마스터먼 군

— 런던 NW 맬버러 가 5번지

가드너 부부

— 뉴욕

레드펀 부부

— 프린세스 리스버러 시 셸던 크로스게이츠

배리 소령

— 런던 세인트 제임스 구 SW1 카딘 가 18번지

호레이스 블래트 씨

— 런던 EC2 피커스길 5번지

무슈 에르퀼 푸아로

— 런던 W1 화이트헤븐 맨션

로저먼드 단리 양

— 런던 W1 카디건 코트 8번지

에밀리 브루스터 양

— 선버리 온 테임스 사우스게이트 구

스티븐 레인 목사

— 런던

마셜 부부

린다 마셜 양

— 런던 SW7 업콧 맨션 73번지

대령이 읽기를 멈추자 콜게이트 경위가 입을 열었다.

"서장님, 첫 두 가족은 빼도 무방할 것 같습니다. 캐슬 부인이 말하길 마스터먼 가족과 코윈 가족은 아이들과 함께 매년 이곳을 방문한다는군요. 오늘 아침 9시쯤 두 가족 모두 점심을 챙겨서 항해 여행을 떠났다는데요. 앤드류 배스턴이라는 사람이 그들을 목격했다고 전해 왔습니다. 그들을 조사할 수도 있겠지만, 그래도 제외시키는 쪽이 옳다고 생각합니다.

웨스턴은 고개를 끄덕였다.

"나도 동감일세. 가능한 많은 사람들을 미리 빼 두어야 해. 푸아로, 자네는 누구 지웠으면 하는 사람 없나?"

푸아로가 말했다.

"표면적으로야 쉽지. 가드너 부부는 여행을 좋아하는 중년 부부일세. 성격도 유쾌하지. 떠드는 쪽은 부인뿐이고, 남편은 고분고분 따르기만 하더군. 남편은 테니스, 골프를 좋아하며 사람들의 호감을 살 만한 유머 감각도 적당히 갖고 있다네."

"선량한 사람 같군."

"다음은 레드펀 가족이로군. 레드펀 씨는 젊은 데다 수영, 테니스, 춤에 고루 능하여 여성들에게 인기 있을 만한 유형일세. 부인에 대해서는 이미 들었지? 조용하고 깔끔하면서 생긴 것도 예쁘장한 여자라네. 남편을 극진히 위하는, 알레나 마셜이 갖지 못한 무엇을 갖고 있는 사람이지."

"그게 뭔가?"

"두뇌."

콜게이트 경위가 한숨을 푹 쉬었다. 경위가 말했다.

"남자는 여자의 두뇌를 보고 사랑에 빠지지는 않습니다."

"그럴지도 모르죠. 하지만 전 레드펀 씨가 마셜 부인에게 빠져 있음에도 불구하고 동시에 자기 아내를 사랑했다고 굳게 믿어요."

"그럴 수도 있죠. 한두 번 그런 게 아니라서 문제겠지만."

콜게이트의 말에 푸아로가 탄식했다.

"정말 유감이로군요! 여성들이 남자를 믿지 못하는 건 그 때문입니다."

그는 계속했다.

"배리 소령. 인도 주둔군에서 퇴역. 여성들을 존중하는 사람입니다. 길고 지겨운 이야기를 끝없이 늘어놓는 사람이기도 하지요."

콜게이트가 한숨을 쉬었다.

"말 안 해도 알 것 같습니다. 그런 사람이라면 몇 알고 있죠."

"호레이스 블래트 씨. 무척 부유한 사람입니다. 말이 많은데, 대부분은 자기에 대한 겁니다. 모두와 친해지고 싶어 하지만, 슬프게도 아무도 그를 좋아하지 않는 것 같아요. 그런데 한 가지, 블래트 씨가 어젯밤 내게 꽤 많은 질문을 퍼붓더군요. 뭔가 이상한 느낌을 받았어요. 그래요, 그에겐 좀 수상한 구석이 있습니다."

그는 잠시 말을 멈춘 다음 어조를 바꾸어 설명을 이었다.

"이제 로저먼드 단리 양이로군. 그녀가 사업상 쓰는 이름은 '로즈몬드'야. 유명한 드레스 디자이너이지. 무슨 말을 할 수 있을까? 그녀는 머리가 좋고, 세련되었고, 매력적이야. 외모도 훌륭하고."

그는 입을 다물었다가 덧붙였다.

"그리고 마셜 대위와는 아주 오래 전부터 친구지간이었다고 하더군."

웨스턴이 의자에서 일어났다.

"아, 친구였다고?"

"그렇네. 지난 몇 년간은 만나지 않은 것 같지만."

웨스턴이 물었다.

"그녀는 대위가 이곳에 있는 걸 알고 내려 온 건가?"

"몰랐다고 하던데."

푸아로는 잠시 멈추었다가 말을 계속했다.

"다음은 누구지? 브루스터 양이로군. 이 여자를 좀 주목할 필요가 있다네."

그는 머리를 흔들었다.

"브루스터 양의 목소리는 꼭 남자 같지. 성격이 무뚝뚝하긴 해도 실은 다정한 사람이야. 그녀는 노를 저을 줄 알며, 핸디캡이 무려 4일 정도로 골프의 명수라지."

푸아로는 잠시 말을 쉬었다.

"그러나 내 생각으론 그녀는 착한 사람 같네."

웨스턴이 말했다.

"그렇다면 이제 스티븐 레인 목사만 남았군. 이 목사는 뭐 하는 사람인가?"

"한 가지는 말할 수 있네. 신경과민이 아주 심한 사람이라는 것. 또한 광적인 기질을 가지고 있지."

콜게이트 경위가 말했다.

"아, 그런 사람이라."

웨스턴은 푸아로를 보며 말했다.

"그렇다면 완전히 당첨 아닌가! 그런데 자네, 무척이나 수심에 찬 것 같구면?"

푸아로가 말했다.

"맞아. 아까 마셜 부인이 오늘 아침 나가면서 자길 보았다는 얘기를 아무한테도 하지 말라고 내게 당부했다 하지 않았나. 그래서 난 즉시 속으로 이런 생각을 했지. 드디어 패트릭 레드펀과 그녀 사이의 '우정'이 말썽을 부른 모양이라고. 어딘가에서 패트릭 레드펀과 만날 약속을 했지만, 남편에게는 비밀로 해 달라는 요청으로 짐작한 거야."

그는 잠시 입을 다물었다.

"하지만, 결과적으로 내 생각은 틀린 걸로 밝혀졌네. 그 직후 마셜 대위가 바로 해변에 나타나서 자기 아내를 보았냐고 물어 오지 않았겠나. 그러더니 이번엔 패트릭 레드펀마저 나타나 안절부절못하며 그녀를 찾았더랬지. 그래서 친구들, 나는 지금 스스로에게 묻고 있다네. 그렇다면 알레나 마셜이 만나러 간 사람은 누구일까?"

콜게이트 경위가 말했다.

"아까 제 의견대로가 아닐까요. 런던이나 기타 어딘가에서 온 또 다른 남자 말입니다."

에르퀼 푸아로는 고개를 저었다.

"하지만 경위, 당신 이론에 따라 알레나 마셜이 이 미지의 인물을 차 버린 것이 맞다면, 왜 그 남자와 만나기 위해 그 고생을 했겠습니까?"

콜게이트 경위도 고개를 설레설레 흔들었다.

"그럼 선생님은 그게 누구라고 생각하십니까?"

"그건 아직 내 상상 밖에 있습니다. 우린 이제 겨우 호텔 투숙객의 명단을 한 번 훑어보았을 뿐이니까. 모두 중년에, 고리타분한 사람뿐이죠. 그들 중 패트릭 레드펀 이상으로 알레나 마셜의 관심을 받았을 사람이 한 명이라도 있을까요? 없어요. 불가능해요. 하지만 어쨌든 그녀는 누군가를 만나려 했으며, 그것은 패트릭 레드펀이 아니었다는 사실은 명백합니다."

웨스턴이 웅얼거렸다.

"그녀가 그냥 혼자 산책이라도 나간 건 아닐까?"

푸아로는 고개를 저었다.

"몽 셰르(친구), 자네는 죽은 그 여자를 만나 본 적이 없어서 그
래. 보 브러멜*형 인간과 뉴턴**형 인간 사이에 고독이 갖는 의미가
어떻게 다른지를 두고 누군가 현학적인 논문을 쓴 적이 있지. 내 친
애하는 친구, 알레나 마셜은 고독 속에선 존재의 의미를 찾지 못하
는 사람이었다네. 그녀는 남자들의 숭배 속에서만 살았네. 그래, 알
레나 마셜이 오늘 아침 사라진 이유는 절대적으로 누군가를 만나기
위해서라고. 그렇다면 그것은 과연 누구일까?"

II

웨스턴 대령은 한숨을 쉬며 머리를 흔들었다.

"뭐, 학구적인 이야기는 다음에 하세. 지금은 면담에 집중해서 누
가 깨끗하고 아닌지를 밝혀내는 게 먼저니까. 마셜의 딸부터 살펴
보는 게 좋겠어. 뭔가 쓸 만한 얘기를 해 줄지도 모르지."

노크 소리가 들리고 린다 마셜이 어색한 태도로 들어왔다. 가쁘

---

* 19세기 초 런던 사교계를 지배했다는 전설적인 멋쟁이.

** 대과학자 아이작 뉴턴.

게 숨을 몰아쉬는 소녀의 눈은 크게 팽창되어 있었다. 놀란 망아지가 따로 없었다. 웨스턴 대령은 연민의 정이 솟아오르는 것을 느끼며 이렇게 생각했다.

'불쌍한 아이 같으니……. 완전히 어린애잖아. 이번 일로 꽤나 충격이 컸겠지.'

그는 의자를 끌어와서 차분하게 말을 건넸다.

"이곳까지 오라고 해서 미안하구나. 이름이…… 린다라고 했지?"

"예, 린다예요."

그녀의 목소리엔 여학생들 특유의 수줍음이 깃들어 있었다. 손을 자기 앞의 테이블에 불안하게 올린 채였다. 가엾은 그 손은 혈색이 붉고 뼈대가 컸으며, 손목이 유난히 길었다.

웨스턴은 생각했다.

'이런 일에 애를 끌어들여선 안 되지.'

그는 다시 차분한 목소리로 말했다.

"너무 놀랄 필요는 없단다. 그냥 네가 뭐 도움이 될 얘기를 해 줄 수 있을까 해서 부른 거니까. 그게 다란다."

린다가 말했다.

"알레나 마셜……에 대해서요?"

"그래. 오늘 아침에 그 사람을 보았니?"

소녀는 머리를 흔들었다.

"아뇨. 알레나는 언제나 늦게 일어나는걸요. 만날 침대에서 아침을 먹어요."

에르퀼 푸아로가 말했다.

"너도 그렇니, 작은 아가씨?"

"오, 전 일어나서 먹어요. 침대 식사는 짜증나요."

웨스턴이 말했다.

"오늘 아침 일어난 일에 대해 말해 주겠니?"

"음, 먼저 목욕을 하고, 아침을 먹었고, 그 다음엔 레드펀 부인과 함께 걸 코브로 갔지요."

웨스턴이 말했다.

"두 사람이 출발한 시간은?"

"부인은 10시 30분에 로비에서 기다리고 있겠다고 약속했어요. 전 우물쭈물 하다가 늦은 줄 알고 뛰어 내려갔는데 아직 시간이 남아 있더라고요. 호텔을 떠난 게 10시 27분쯤일 거예요."

푸아로가 말했다.

"그러면 걸 코브에 가서는 뭘 했니?"

"제가 기름을 바르고 일광욕을 할 동안 레드펀 부인은 스케치를 했어요. 그 후엔 전 바다로 나가고, 부인은 테니스를 치러 호텔로 돌아갔지요."

웨스턴이 부드러운 목소리로 물었다.

"그게 몇 시였는지 기억나니?"

"레드펀 부인이 호텔로 돌아간 때 말이죠? 11시 45분이었어요."

"11시 45분이라는 건 확실하고?"

린다는 눈을 크게 떴다.

"예, 틀림없어요. 시계를 보았거든요."

"지금 차고 있는 그 시계 말이지?"

린다는 자신의 손목을 내려다 보았다.

"예."

웨스턴이 말했다.

"잠깐 내가 봐도 될까?"

그녀가 손목을 내밀었다. 대령은 그 시계를 자신의 것과 호텔 벽 시계에 차례로 비교해 보았다.

그가 웃으며 말했다.

"초까지 정확하구나. 그 다음에 수영을 했다고?"

"예."

"그리고 호텔로 돌아온 시간은 언제니?"

"1시 전후였어요. 그리고…… 새엄마에게 일어난 일을 알게 되었 죠……."

그녀의 목소리가 갈라졌다.

웨스턴 대령이 말했다.

"얘야, 너는…… 새엄마와 잘 지냈니?"

그를 잠시 멍하니 바라보던 린다가 말했다.

"아, 예."

푸아로가 말했다.

"아가씨는 새엄마를 좋아했다는 말이지?"

린다는 다시 말했다.

"예, 그래요. 새엄마는 제게 잘해 주었어요."

웨스턴이 어색한 익살을 담아 말했다.

"나쁜 새엄마는 아니었구나?"

린다는 미소 없이 고개를 끄덕였다.

웨스턴이 말했다.

"좋아, 좋아. 너도 알듯이 가족 관계란 쉽지 않은 거란다. 질투……도 그중 하나지. 가깝게 지내는 아빠와 딸 사이에 새엄마가 들어와서 생기는 불편함 있잖니? 너는 그런 느낌을 받은 적이 없는지 궁금하구나."

린다가 그를 바라보았다. 그녀는 확신에 차서 말했다.

"없었어요."

웨스턴이 말했다.

"내가 볼 때 아가씨 아버지는, 음…… 새엄마를 무척 감싸 준 것 같던데?"

린다는 간단히 대답했다.

"전 몰라요."

웨스턴은 계속했다.

"방금 얘기했듯이 가족끼리도 여러 힘든 일을 겪을 수 있는 거란다. 다툼이나 불화 같은 것 말이다. 특히 부모님이 부부싸움을 할 때면 자녀들은 큰 당혹감을 느끼지. 그런 일은 없었니?"

린다가 되물었다.

"아빠와 새엄마가 싸웠냐고요?"

"뭐, 그렇지."

웨스턴은 속으로 생각했다.

'이거 정말 죽을 맛이군. 친딸에게 아버지에 대한 걸 캐묻다니. 왜 난 경찰이 되었던 걸까? 젠장, 그래도 맡은 일이니 할 수 없잖아.'

린다가 딱 부러지게 말했다.

"그런 건 없었어요. 아버지는 싸움을 하지 않아요. 그런 걸 싫어 하시거든요."

웨스턴이 말했다.

"자, 린다 양. 아주 주의 깊게 내 말을 들어요. 혹시 새엄마를 죽였 을지도 모른다고 생각하는 사람이 있니? 또는 우리가 그걸 밝혀내 는데 도움이 될 만한 게 뭐 없을까?"

린다는 잠시 침묵을 지켰다. 진지하고 침착하게 그 질문의 의미 를 생각하고 있는 것 같았다.

"없어요. 새엄마를 죽이고 싶어 했을 사람이 누구인지 전혀 모르 겠어요. 물론 레드펀 부인은 제외하고 말이죠."

웨스턴이 말했다.

"레드펀 부인이 그녀를 죽이고 싶어 했다고? 왜?"

린다가 말했다.

"남편이 새엄마에게 홀딱 빠졌기 때문이죠. 그래도 그녀가 정말 새엄마를 죽였으리라고는 생각지 않아요. 그냥 속으로 새엄마가 죽 기를 바라는 정도였을 거란 말이죠. 그 둘은 확실히 다르잖아요?"

푸아로가 상냥하게 말했다.

"그렇고말고. 전혀 다르지."

린다가 끄덕였다. 묘한 경련이 그녀의 뺨 주위에 일었다. 그녀가 말했다.

"어쨌든 레드펀 부인은 그런 짓을 할 사람이 아니에요. 살인이라니…… 부인은 전혀, 전혀 폭력적인 사람이 아니거든요. 무슨 뜻인지 아시죠?"

웨스턴과 푸아로는 고개를 끄덕였다. 푸아로가 말했다.

"무슨 말인지 잘 안단다. 동감이야. 네 말대로 레드펀 부인은 소위 '피를 볼' 사람이 아니야. 전혀 아니지……."

그는 눈을 감고 뒤로 몸을 기댄 채 조심스럽게 말을 이었다.

"……감정의 폭풍우에 흔들리며…… 눈앞에 다가온 어려운 현실을 바라보며…… 혐오스러운 얼굴을 마주하고……. 혐오스러운 하얀 목…… 두 손이 꽉 죄어드는 것을 느끼지……. 손가락이 살 속으로 파고들기를 바라면서……."

그는 말을 멈추었다. 린다는 흠칫거리며 테이블 뒤로 물러섰다. 그녀가 떨리는 목소리로 말했다.

"이제 나가 봐도 되나요? 끝났어요?"

웨스턴 대령이 말했다.

"그래, 그래. 끝났다. 고맙구나, 린다."

서장은 그녀에게 문을 열어 주고서 테이블로 돌아와 담배에 불을 붙였다.

"휴, 이것도 참 할 짓은 못 되는군. 저 애한테 아버지와 어머니 사이가 어땠냐고 캐묻자니 내 자신이 무척이나 천한 놈으로 느껴지지 뭔가. 애한테 친아버지 목에 밧줄을 감으라고 시키는 격이지. 하지만 살인은 살인이니 어쩔 수 없잖아. 애가 뭔가를 아는 것도 같은데……. 비록 우리에게 말해 준 건 아무것도 없지만 난 그 애한테 감사하고 있어."

푸아로가 말했다.

"음, 그런 것 같더군."

웨스턴은 쑥스러운 듯 헛기침을 했다.

"그런데 푸아로, 자네 너무 지나치지 않았나? 살 속으로 파고드는 손이 어쩌니……. 어린애한테 들려 줄 이야기는 아니지 않은가."

에르퀼 푸아로는 생각에 잠긴 눈으로 그를 바라 보았다.

"그래, 자네는 내가 그 애한테 뭔가 암시를 주었다고 보는 거지?"

"그럼 아닌가? 솔직히 말해 보라고."

푸아로는 고개를 흔들었다.

웨스턴이 화제를 바꾸었다.

"정리해 보면 결국 그 애한테는 도움이 될 만한 걸 얻어 오지 못한 셈이네. 레드펀 부인의 알리바이밖에는 말이지. 그 둘이 10시 30분부터 11시 45분, 즉 레드펀 부인이 자리를 뜬 시간까지 같이 있었다면 그녀는 용의자 명단에서 탈락인 셈이야. 질투에 불타는 아내는 이제 빼 버리세."

푸아로가 말했다.

"그 여자를 용의자 명단에서 제외하는 데는 더 쓸 만한 이유가 있네. 나는 육체적으로나 정신적으로나, 그 여자가 누군가를 목 졸라 죽이는 것은 불가능하다고 확신하고 있다네. 그녀는 남편에게 충직하게 헌신하는 부인일세. 그러면서도 다감한 여자라기보다는 좀 차가운 여자이지. 피 끓는 정열의 소유자는 아니야. 무엇보다 손부터가 너무 작고 연약하니."

콜게이트가 말했다.

"무슈 푸아로의 의견에 동의합니다. 그녀는 뺩시다. 니스든 박사도 죽은 여자의 목에는 큼지막한 손자국이 뚜렷이 남아 있더라고 말했으니까요."

웨스턴이 말했다.

"음, 그렇다면 이번엔 레드펀 가족을 살펴보는 게 좋겠군. 지금쯤이면 충격에서 좀 회복하지 않았을까."

IV

패트릭 레드펀은 완전히 평온을 되찾은 것 같았다. 창백하고 맥이 풀린, 그리고 어째 아주 어려 보이는 인상이었지만 태도는 매우 침착했다.

"프린세스 리스버러 시 셸던 크로스게이츠에 사시는 패트릭 레드펀 씨이시죠?"

"그렇습니다."

"마셜 부인과는 얼마나 알고 지내셨습니까?"

패트릭 레드펀은 잠시 주저했다.

"3개월입니다."

웨스턴 대령이 계속했다.

"마셜 대위에게 듣기로 두 분은 칵테일 파티에서 우연히 만나셨다고요."

"예. 그렇게 시작했지요."

웨스턴이 말했다.

"또 마셜 대위 말씀은 이곳에서 다시 만나기 전까지 두 분은 별로 잘 알지 못하는 사이라고 하셨는데요, 그 말이 맞습니까?"

패트릭 레드펀은 다시 한 번 망설였다. 그가 말했다.

"음……. 그대로는 아닙니다. 사실 전 그녀와 적지 않은 횟수에 걸쳐 만나곤 했습니다."

"마셜 대위 몰래 말이죠?"

레드펀의 얼굴이 살짝 붉어졌다.

"그가 알았는지 아닌지는 모릅니다."

에르퀼 푸아로가 입을 열었다.

"그리고 당신의 부인에게도 몰래 말이죠, 레드펀 씨?"

"전 제 아내에게는 유명한 배우 알레나 스튜어트를 만나러 간다고 확실히 얘기했습니다."

푸아로는 눈도 꿈쩍하지 않았다.

"하지만 레드펀 부인께서는 당신들의 만남이 얼마나 자주 있었는지까진 모르지 않았습니까?"

"뭐, 그랬겠지요."

웨스턴이 말했다.

"당신과 마셜 부인은 여기에서 만나기로 미리 약속했습니까?"

잠시 동안 레드펀은 침묵을 지켰다. 그가 어깨를 으쓱했다.

"좋습니다. 다 털어놓아야겠군요. 숨겨서 뭘 하겠습니까. 실제로 저는 그 여자에게 미쳐 있었습니다. 두 분이 생각하시는 이상으로 푹 빠졌지요. 그녀가 제게 이곳으로 와 달라고 하더군요. 전 약간 망설였지만 결국 알았다고 승낙했습니다. 저…… 저는 그녀가 바라는 일이라면 무엇도 가리지 않았을 겁니다. 그녀는 그런 마력을 가진 여자입니다."

에르퀼 푸아로가 중얼거렸다.

"마셜 부인에 대해 아주 정확하게 설명하셨습니다. 그 여자는 키르케*의 현신입니다. 바로 그렇습니다!"

패트릭 레드펀의 목소리는 씁쓸했다.

"과연 남자를 돼지로 만드는 여자긴 하죠. ……이젠 솔직해지렵니다. 여러분께 그 무엇도 숨기지 않겠습니다. 그럴 필요가 없으니까요. 아까 말한 것처럼 전 그녀에게 빠져 있었습니다. 그녀가 절 좋아했는지 아닌지는 저도 모릅니다. 단지 그런 척했을 뿐인지도 모르죠. 하지만 그녀는 남자의 육체와 정신을 한 번 소유하고 나면 곧 그 남자에 대한 흥미를 잃어 버리는 여자였습니다. 그녀는 저를 완

---

* 그리스 신화에 나오는 마녀. 인간을 취하게 하여 돼지로 만들었다고 한다.

전히 정복했다고 생각했겠죠. 오늘 아침 죽어 있는 그녀의 모습을 보았을 때는 미간 사이를 뭔가로 강하게 얻어맞은 느낌이었습니다. 정신이 아찔해지는 것이, 거의 쓰러질 뻔했지요!"

푸아로는 몸을 앞으로 숙였다.

"그럼 지금은요?"

패트릭 레드펀은 그의 눈을 똑바로 바라보며 말했다.

"저는 진실을 말했습니다. 이제 제가 알고 싶은 것은 이것입니다. '이번 일이 얼마나 대중에게 공개될 것인가?' 그런 질문이 살인범을 잡는데 도움이 됩니까? 다만 여기에 대한 이야기가 퍼지면 제 아내는 무척이나 마음고생이 심할 겁니다."

그는 쉼 없이 말을 계속했다.

"오, 무슨 생각이실지 압니다. 지금껏 아내에게 소홀해 놓고는 무슨 소리냐 하시겠죠? 사실이 그랬습니다. 다만 제가 위선자인 것만큼이나, 제가 아내를 사랑하는 것 또한 사실입니다. 저는 정말로 아내를 사랑합니다. 아내는……."

그는 어깨를 비틀었다.

"미친 짓이었습니다. 남자들은 종종 바보 같은 실수를 저지르곤 하잖습니까. 하지만 크리스틴은 달라요. 그녀는 진짜입니다. 비록 제가 아내에게 못할 짓을 한 것은 맞지만, 이제 모든 걸 깨닫고 후회하고 있는 이상 그녀에게 정말 잘해 주렵니다."

그는 한숨을 내쉬었다. 목소리가 한층 애처롭게 잦아들었다.

"믿어 주시길 바랄 뿐입니다."

에르퀼 푸아로가 앞으로 몸을 굽혔다. 그가 말했다.

"저는 그 말을 믿습니다. 예, 그럼요. 진심으로 믿습니다!"

패트릭 레드펀은 감사의 눈으로 그를 바라보았다.

"고맙습니다."

웨스턴 대령이 헛기침을 했다.

"레드펀 씨, 이 점을 알아주십시오. 우리는 공연한 참견을 하려는 게 아닙니다. 당신이 마셜 부인에게 빠졌다는 사실이 살인과 관계없다면 그걸 문제 삼을 필요는 없겠지요. 하지만 당신과 그녀의 그…… 우정은 이번 사건과 밀접한 관계에 있는 것 같아서 말입니다. 이해하시겠죠? 그게 살인의 동기로 작용했을 수 있습니다."

패트릭 레드펀이 말했다.

"동기?"

웨스턴이 말했다.

"예, 레드펀 씨. 동기 말입니다! 예를 들어 마셜 대위가 불륜에 대해 몰랐다고 합시다. 그러다가 갑자기 모든 걸 알았다면 무슨 일이 일어났을까요?"

레드펀이 말했다.

"세상에! 설마 그가 그녀를…… 죽였다는 말씀이십니까?"

경찰서장은 건조하게 말했다.

"그런 생각을 해 보시지 않았나 보죠?"

레드펀은 머리를 흔들었다.

"전혀요. 웃기는 소리예요. 생각도 해 본 적 없습니다. 아시잖아요, 마셜은 차분한 친굽니다. 저는…… 오, 상상도 못했어요."

웨스턴이 물었다.

"남편에 대한 마셜 부인의 태도는 어땠습니까? 남편에게 탄로 났을 경우 그녀는 당황했을까요? 아니면 그저 태연했을까요?"

레드펀은 천천히 말했다.

"그녀는…… 조금 조바심을 내고 있었습니다. 꼭꼭 숨기고자 노력했죠."

"남편을 무서워하는 것 같았습니까?"

"무서워한다……. 아닙니다. 그렇게는 말하지 않았습니다."

푸아로가 끼어들었다.

"실례합니다, 무슈 레드펀. 혹시 한 번이라도 이혼에 대한 말이 나온 적은 없습니까?"

패트릭 레드펀은 머리를 단호히 흔들었다.

"아니요, 그 비슷한 무엇도 없었습니다. 저에겐 크리스틴이 있지 않습니까. 그리고 확신하건대 알레나 역시 그런 생각은 전혀 없었을 겁니다. 그녀는 마셜과의 결혼에 완벽히 만족하고 있었어요. 마셜은…… 잘나가는 친구니까요."

그는 갑자기 웃었다.

"땅도, 재산도 무척 많고요. 알레나는 저를 현실적인 남편감으로는 결코 생각한 적이 없습니다. 그럼요. 전 그저 불쌍한 얼간이 한 명이 추가된 데 지나지 않았습니다. 같이 어울려 잠시 시간을 보내는 거지요. 저도 그 모든 걸 머리로는 알고 있었으나…… 묘하게도 그걸로 충분하다는 생각 아래 그녀에 대한 감정에 휩쓸리고 말았습니다."

레드펀의 목소리가 잦아들었다. 그는 앉아서 생각하는 모습이었다.

웨스턴이 그의 주의를 다시 끌었다.

"그럼, 레드펀 씨. 오늘 아침에 마셜 부인과 특별한 약속을 하신 일은 있습니까?"

패트릭 레드펀은 약간 어리둥절한 것 같았다.

"약속이랄 건 없었습니다. 예. 우리는 대개 매일 아침 해변에서 만났습니다. 뗏목을 타고 여기저기 떠다니곤 했지요."

"마셜 부인이 오늘 아침 거기에 없어서 놀라셨나요?"

"예, 그랬습니다. 어찌 된 영문인지 알 수가 없었습니다. 아, 그녀가 곧 나타날 것으로 생각하고 기다리긴 했습니다."

"만약 그녀가 다른 곳에서 선약이 있었던 거라면, 그게 어떤 약속이었는지 짐작가는 바가 있으십니까?"

패트릭 레드펀은 멍하게 이쪽을 바라보더니 고개를 저었다.

"당신이 마셜 부인을 만나던 장소는 어디였습니까?"

"저, 가끔은 오후에 걸 코브 아래쪽에서 만났더랬죠. 아시다시피 걸 코브에는 오후에 해가 들지 않기 때문에 사람이 잘 없거든요. 한두 번 그렇게 거기서 본 것 같습니다."

"다른 골짜기에는 안 가셨고요? 픽시 코브라거나?"

"아닙니다. 픽시 코브는 서향으로 나 있어 오후에는 사람들이 많이 다니니까요. 우리는 눈에 띄기 쉬운 아침에는 만날 생각을 아예

안 했습니다. 낮잠을 자거나 사람들이 틀어박히는 오후 쪽을 이용했지요."

웨스턴이 끄덕였고, 패트릭 레드펀은 말을 계속했다.

"물론 저녁 식사 후에도 날씨가 괜찮으면 섬의 다른 쪽으로 함께 걷거나 했고요."

에르퀼 푸아로가 중얼거렸다.

"아, 과연!"

패트릭 레드펀은 그를 흥미롭다는 눈으로 쳐다보았다.

웨스턴이 말했다.

"결국 오늘 아침 마셜 부인이 픽시 코브로 간 이유에 대해서는 아시는 바가 없다는 뜻이로군요?"

레드펀이 동의의 뜻으로 고개를 끄덕였다.

"전혀 짐작도 가지 않습니다! 그런 행동은 알레나답지 않아요."

어느 때보다 진실된, 놀랍다는 목소리였다.

다시 웨스턴이 물었다.

"그녀에겐 이곳에 친구가 없었나요?"

"제가 알기론 없었습니다. 아니, 없었다고 확신합니다."

"그럼 레드펀 씨, 이제부터는 아주 신중하게 답해 주시기 바랍니다. 당신은 마셜 부인을 런던에서 알았습니다. 그렇다면 그녀 주위의 다른 사람들 역시 알게 되셨을 겁니다. 그중 마셜 부인에게 적개심을 품은 누군가가 있었던가요? 혹은 당신에게 잠깐 그런 속마음을 털어 놓은 사람은 없었습니까?"

패트릭 레드펀은 잠시 생각에 잠겼다. 이윽고 그가 머리를 저었다.

"솔직히 그런 사람은 아무도 생각이 안 납니다."

웨스턴 대령이 손가락으로 탁자를 두들겼다. 대령이 입을 열었다.

"뭐, 그런 거군요. 우리에겐 세 가지 선택지가 있습니다. 첫째는 정체불명의 살인자……. 편집증적 미치광이라고 합시다. 그런 남자가 근처에 숨어 있었다는 이론입니다. 사실 이쪽이 사실일 가능성도 꽤 큽니다만……."

레드펀이 끼어들었다.

"당연히 그게 제일 유력한 설명이겠지요."

웨스턴은 고개를 설레설레 흔들었다. 대령이 말했다.

"이건 소위 '수수께끼의 외로운 시체' 류의 범죄가 아닙니다. 범행이 일어난 픽시 코브는 사람들의 접근이 어려운 장소입니다. 거기에 가려는 사람은 호텔을 지나 인도를 걸어와서, 섬의 정상을 지나 사다리를 타고 다시 내려와야 합니다. 아니면 보트를 타고 오든지요. 우연히 발생한 살인이라고 보기는 힘듭니다."

패트릭 레드펀이 말했다.

"선택지는 세 가지라고 하셨습니다만."

경찰서장이 말했다.

"음, 그랬죠. 다음 가설은 이 섬에 그녀를 죽일 동기를 가진 두 사람이 있었다는 것입니다. 한 명은 그녀의 남편, 그리고 나머지 한 명은 당신의 아내."

레드펀은 멍청히 상대를 바라 보았다. 갑자기 벙어리가 된 것 같던 그가 곧 외쳤다.

"제 아내요? 크리스틴이? 크리스틴이 그 일에 뭐라도 했단 말인가요?"

벌떡 일어난 레드펀은 씩씩거리느라 다음 말을 잘 잇지 못했다.

"당신은 미쳤군요……. 완전히 미쳤어! 크리스틴이? 말도 안 돼, 웃기는 소리라고!"

웨스턴이 말했다.

"이봐요, 레드펀 씨. 질투란 아주 강력한 동기이지요. 질투에 빠진 여자들은 완전히 자제심을 잃기 마련이에요."

레드펀은 진지했다.

"크리스틴은 아닙니다. 아내는…… 오, 그런 여자가 아니에요. 그녀는 불행했습니다, 그럼요. 하지만 그런 사람은……. 아아, 아내는 전혀 폭력적인 성격이 아니란 말입니다!"

에르퀼 푸아로가 이해한다는 듯이 고개를 끄덕거렸다. 폭력적. 린다 마셜이 썼던 것과 동일한 단어였다. 그때와 마찬가지로 푸아로는 그 의견에 동감했다.

패트릭 레드펀은 목소리에 힘을 주어 말을 계속했다.

"게다가 가능한 일도 아니죠. 알레나는 크리스틴보다 두 배는 기운이 셌습니다. 크리스틴이 고양이라도 목 졸라 죽일 수 있을까 모르겠군요. 알레나처럼 건강하고 강단 있는 사람이면 하물며……. 그리고 크리스틴은 해변으로 가는 사다리를 내릴 줄조차 모릅니다. 기계 쪽엔 완전히 꽝인 사람이었으니까요. 더욱이……. 아, 아무튼 하나같이 터무니없는 소리라고요!"

웨스턴 대령은 애매하게 귀를 긁었다.

"뭐, 별 가능성 없는 소리라 칩시다. 하지만 우리가 제일 먼저 찾아야 할 게 동기라는 사실은 유념해 주시기 바랍니다. 동기, 그리고 기회!"

IV

레드펀이 방을 나가자, 경찰서장은 희미한 미소를 지어 보였다.

"레드펀 부인은 이미 알리바이가 있다고 말할 필요도 없었군. 그 가설을 들려줬을 때 무슨 소리를 하는지 듣고 싶었지. 우리가 그를 좀 놀래 줬나 봐. 그렇지 않나?"

에르퀼 푸아로가 중얼거렸다.

"그렇게 유난을 떠는 걸 보니 다른 어떤 알리바이보다도 수긍이 가던데."

"그러게 말일세. 오! 아내는 그러지 않았어요! 그럴 리가 없어요……! 자네 말대로 그녀에겐 육체적으로 무리야. 마셜이라면 가능했을지 모르지. 하지만 분명 그는 아니야."

콜게이트 경위가 기침을 했다. 그도 말했다.

"실례하겠습니다 서장님. 제가 마셜의 알리바이에 대해 생각해 보았는데요. 이 모든 걸 미리 계획한 거라면, 그러니까 편지를 미리 준비해 두었다면 범행이 가능합니다."

웨스턴이 말했다.

"좋은 지적이야. 그러니 그것을 조사해야……."

크리스틴 레드펀이 방으로 들어오자 대령은 입을 다물었다. 그녀는 언제나처럼 고요하고 절제된 분위기를 풍기고 있었다. 하얀 테니스복 위에 연한 푸른색 덧옷을 입은 복장이 그녀의 파리하고 창백한 미모를 강조하고 있었다. 하지만 에르퀼 푸아로에게 그 얼굴은 멍청함이나 나약함과는 거리가 멀게 느껴졌다. 결의, 용기, 그리고 예리한 감각이 함께 드러나는 표정이었다. 푸아로는 존중의 뜻을 담아 고개를 숙였다.

웨스턴 대령은 생각했다.

'괜찮은 여자로군. 조그만 것이 성격도 필시 유약하겠지. 바람이나 피우고 다니는 난봉꾼에겐 너무 과분해. 하긴 뭐, 그 친구도 아직 젊은 나이니까. 한 번쯤은 여자에게 당하기도 하고 그러는 거 아니겠어!'

그가 말했다.

"앉으십시오, 레드펀 부인. 형식적인 질문 몇 가지를 드릴 겁니다. 오늘 아침 일에 대해 모두에게 같은 걸 묻는 중이거든요. 그냥 기록을 위한 거라고 생각하시면 됩니다."

크리스틴 레드펀이 고개를 끄덕였다. 침착하고 또렷한 목소리로 그녀가 말했다.

"예, 좋아요. 이해합니다. 어디서부터 시작하면 될까요?"

에르퀼 푸아로가 말했다.

"가능한 이른 시각에서부터 부탁드립니다, 마담. 오늘 처음 일어나서서 어떤 일을 하셨습니까?"

크리스틴이 말했다.

"어디 보자, 아침을 먹으러 내려 오면서 린다 마셜의 방으로 들어갔었죠. 아침에 걸 코브에 같이 가자는 약속을 했어요. 10시 30분에 라운지에서 만나기로 정했고요."

푸아로가 물었다.

"아침 전에 수영을 하진 않으셨습니까, 마담?"

"안 했어요. 그런 일은 거의 없답니다."

그녀는 미소를 지었다.

"저는 바닷물이 충분히 더워졌을 때 들어가는 쪽이 좋아요. 몸이 좀 찬 체질이라."

"그런데 남편 분은 그런 때도 수영을 하시고요?"

"예, 그래요. 거의 항상이죠."

"마셜 부인도 그랬습니까?"

크리스틴의 목소리가 달라졌다. 차가운, 거의 경멸적인 말투였다.

"오, 아뇨. 마셜 부인은 아침이 완전히 밝기 전에는 굳이 모습을 드러낼 필요가 없다고 믿는 부류의 사람이었어요."

에르퀼 푸아로가 약간 허둥지둥하며 말했다.

"방해해서 죄송합니다, 마담. 린다 마셜 양의 방에 갔다고 하셨죠. 그게 몇 시였습니까?"

"어디 보자……. 8시 30분? 아, 조금 더 늦은 시간이었겠네요."

"그런데 마셜 양은 일어나 있었나요?"

"예. 어디 나갔던데요."

"나갔다고요?"

"예. 나중에 수영을 하고 왔다고 말하더군요."

크리스틴의 목소리에 희미한, 아주 희미한 부끄러움이 묻어 나왔다. 에르퀼 푸아로는 그것이 뭔지 알 수가 없었다. 웨스턴이 말했다.

"그러고선?"

"아침을 먹으러 내려왔죠."

"아침 식사 후에는요?"

"위층으로 올라갔어요. 우린 스케치 용구와 스케치북을 챙겨 밖으로 나갔답니다."

"부인과 린다 마셜 양 말입니까?"

"그렇죠."

"그게 언제였습니까?"

"10시 30분쯤 되었을 거예요."

"그리고 무슨 일을 하셨지요?"

"걸 코브로 갔답니다. 섬 동쪽에 있는 골짜기 있잖아요. 우린 거기에 자리를 잡고 저는 스케치를, 린다는 일광욕을 했죠."

"골짜기를 떠나신 시간은요?"

"11시 45분이었어요. 12시에 테니스 약속이 있었으니 옷을 갈아입어야 했지요."

"시계를 갖고 계셨습니까?"

"아뇨, 실은 없었어요. 린다에게 시간을 물어서 안 거죠."

"알겠습니다. 그 후에는요?"

"스케치 용구를 챙겨서 호텔로 돌아왔습니다."

푸아로가 말했다.

"마드무아젤 린다 쪽은?"

"린다? 아, 린다는 바다로 갔어요."

푸아로가 말했다.

"두 사람이 앉은 장소는 바다에서 먼 곳이었습니까?"

"음, 해수면보다 조금 높은 위치였던 것 같아요. 절벽 바로 밑이었거든요. 그래서 저는 그늘에, 린다는 햇볕 아래 있을 수 있었고요."

푸아로가 말했다.

"린다 마셜은 부인이 해변을 떠난 뒤 실제로 물에 들어갔습니까?"

크리스틴은 기억을 되살리는 듯 눈썹을 조금 찌푸렸다.

"어디 보자, 걔가 해변으로 뛰어갔죠. 전 짐을 쌌고……. 맞아요. 그 애가 물에 뛰어들어 첨벙 하는 소리가 나는 걸 들었어요. 그때 전 절벽을 오르고 있었고요."

"확신하십니까, 마담? 정말 애가 물에 들어갔다고요?"

"그럼요."

그녀는 푸아로를 조금 의아하다는 듯이 바라보았다. 웨스턴 대령의 눈빛도 마찬가지였다.

마침내 푸아로가 말했다.

"계속하십시오, 레드펀 부인."

"호텔로 돌아온 저는 옷을 갈아입고 테니스 코트로 가서 사람들을 만났습니다."

"누구였습니까?"

"마셜 대위, 가드너 부인, 단리 양이었어요. 두 세트 경기를 했지요. 그러고서 막 다음 게임을 시작하려 할 때 그 소식을 들었답니다……. 마셜 부인에게 일어난 사건 말이죠."

에르퀼 푸아로가 앞으로 몸을 숙이고 말했다.

"그런데 마담, 그 소식을 들었을 때 무슨 생각을 하셨습니까?"

"무슨 생각을 했냐고요?"

질문에서 살짝 불쾌함을 느낀 것 같은 얼굴이었다.

"그렇습니다."

크리스틴 레드펀은 천천히 말했다.

"무척…… 끔찍한 일이라는 생각을 했어요."

"아, 맞습니다. 소름 끼칠 정도로 끔찍한 일이죠. 하지만 그 사건은 부인께 무슨 의미였습니까? ……개인적으로 말입니다."

그녀는 푸아로에게 슬쩍 눈길을 주었다. 호소하는 표정이었다. 그는 확신에 찬 어조로 맞받았다.

"간청드립니다, 마담. 지성과 양식, 판단력을 갖추신 부인께 드리는 말씀입니다. 당신은 섬에 온 이래 마셜 부인에 대해 어떤 확고한 인상을 굳히셨을 겁니다. 그렇지 않습니까?"

크리스틴이 조심스럽게 대답했다.

"호텔에 같이 묵는 사람이라면 누구나 곧 서로에 대한 이미지를 얻게 되지요."

"당연합니다. 자연스러운 일이지요. 그러니 묻겠습니다, 마담. 당신은 그녀의 죽음을 알고 정말로 크게 놀랐습니까?"

크리스틴은 천천히 말했다.

"무슨 뜻이신지 알 것 같아요. 대답은 아마도 '아니요'가 될 것 같네요. 저는 놀라지 않았습니다. 충격을 받긴 했지요. 하지만 그 여자는 본래……."

푸아로가 대신 그녀의 말을 완성했다.

"그녀는 본래 그런 일을 당해도 이상하지 않을 부류의 사람이지요. 그렇습니다, 마담. 방금 이 말이 오늘 이 방에서 오간 대화들 중 가장 진실되고도 의미심장한 한마디입니다. 모든 '개인적인'(푸아로는 이 단어를 신중히 강조했다.) 감정을 접어 두고, 당신은 죽은 마셜 부인에 대해 어떻게 생각하셨습니까?"

크리스틴 레드펀의 어조는 고요했다.

"지금 그 말을 할 가치가 있을까요?"

"그러리라 생각합니다. 예."

"저…… 무슨 말을 해야 할까요?"

그녀의 창백한 피부가 갑작스럽게 홍조를 띠었다. 한결같이 절제된 것 같았던 태도도 조금 누그러졌다. 자연스럽고 평범한 여인의 모습이 약간이나마 드러난 순간이었다.

"그 여자는 제 생각에 그저 쓰레기에 불과했어요! 뭐 하나 가치 있는 일을 하는 게 없었죠! 생각도, 지성도 없는 여자였어요. 생각하는 거라곤 남자와 옷, 입에 발린 칭찬 뿐이었지요. 쓸모없는 기생충! 확실히 남자에게는 매력적인 여자였을지 몰라요. 아, 물론 그랬죠. 그리고 그런 종류의 삶을 살아갔고요. 그게 제가 그 여자의 비참한 말로를 보고 그리 놀라지 않은 이유겠죠. 협박, 질투, 폭력……. 온갖 지저분한 감정들을 한데 모은 여자였답니다. 사람들의 가장 취약한 곳을 파고드는 그런 사람 말이지요."

그녀가 말을 멈췄다. 약간 숨을 헐떡이고 있었다. 약간 짧은 윗입술이 혐오의 감정을 그대로 드러내고 있었다. 웨스턴 대령은 그 모습이야말로 알레나 스튜어트와 크리스틴 레드펀 사이의 가장 큰 차이점을 보여 준다고 느꼈다. 또한 그는 크리스틴 레드펀과 결혼한 사람은 어떤 극심한 허전함을 느낀 나머지 알레나 스튜어트에게 깊이 끌릴 수밖에 없으리라 납득했던 것이다.

이런 생각에 빠져 있던 대령은 레드펀 부인이 했던 말 중 어떤 한 단어가 유독 강렬하게 다가오는 것을 느꼈다.

그는 몸을 앞으로 끌어당기면서 물었다.

"레드펀 부인, 그녀에 대해 말씀하시면서 '협박'이라는 단어를 쓰신 이유가 뭡니까?"

7장

I

크리스틴은 대령이 말한 의미를 바로 알아듣지 못한 것처럼 그를 물끄러미 바라보았다. 그녀가 기계적으로 대답했다.

"제 뜻은…… 그녀가 협박을 받고 있던 것 같아서요. 그런 일을 당할 만한 여자였으니까요."

웨스턴이 진지하게 말했다.

"그렇다는 말씀은……. 그녀가 협박을 받고 있었다는 사실을 부인이 알았다는 겁니까?"

크리스틴의 뺨이 살짝 붉어졌다. 그녀는 조금 어색한 말투로 대답했다.

"실은 저도 우연히 알게 된 거예요. 어떤……. 어떤 말을 엿들었거든요."

뺨이 더욱 붉게 물든 채로 크리스틴 레드펀이 말했다.

"여…… 엿들으려는 뜻은 없었어요. 우연이었지요. 이틀? 아니, 사흘 전 밤이었군요. 우린 브리지 게임을 하고 있었답니다."

그녀는 푸아로에게로 얼굴을 돌렸다.

"기억나세요? 남편과 저, 단리 양과 함께 무슈 푸아로도 같이 계셨잖아요. 전 게임에서 잠시 빠진 틈을 타 바깥 공기를 쐬러 잠시 밖으로 나갔지요. 방 공기가 아주 답답했거든요. 그런데 해변 쪽에서 어떤 목소리가 들리지 않겠어요? 한쪽은 알레나 마셜의 목소리라는 걸 금방 알 수 잇었죠. 그녀가 이렇게 말하더군요. '다그쳐 봤자 아무 소용없어요. 이젠 더 이상 돈을 구할 수 없단 말이에요. 남편이 의심할 거예요.' 그리고 어떤 남자의 목소리가 들렸지요. '변명은 집어 치워. 결국은 내놓을 거면서.' 알레나 마셜이 다시 '이 짐승 같은 공갈꾼!'하고 외쳤지만 남자는 '내가 짐승이건 뭐건, 당신은 결국 돈을 가져 올 거야, 숙녀 씨.'라고 말했답니다."

크리스틴은 잠깐 말을 멈추었다가 계속했다.

"그 후 제가 돌아오고서 몇 분 뒤, 알레나 마셜이 황급히 제 옆을 지나 뛰어가는 모습을 보았어요. 아주……. 당황한 표정으로요."

웨스턴이 말했다.

"그 남자는 누굽니까? 아는 사람이었나요?"

크리스틴 레드펀은 머리를 흔들었다.

"목소리를 워낙 낮추고 있어 겨우 알아들을 정도였어요."

"아는 사람 목소리 같진 않았다는 겁니까?"

그녀는 다시 생각하는 것 같지만, 이번에도 결국 고개를 저을 뿐이었다.

"예. 모르는 사람이었어요. 굵고 탁한, 거친 목소리였지만 누구도 낼 수 있을 듯한 목소리였어요."

웨스턴 대령이 말했다.

"감사합니다, 레드펀 부인."

II

크리스틴 레드펀이 나가고 문이 닫히자 콜게이트가 말했다.

"이제 뭔가 걸려든 것 같군요!"

웨스턴이 말했다.

"그렇게 생각하나?"

"시사하는 바가 많지 않습니까, 서장님? 그건 인정하셔야 할 걸요. 이 호텔의 누군가가 알레나 마셜을 협박했습니다."

푸아로가 중얼거렸다.

"하지만 죽어서 입을 다문 쪽은 사악한 협박꾼이 아닙니다. 희생자였단 말이지."

경위가 말했다.

"그게 좀 이상하다는 것엔 저도 동의합니다. 협박범들은 자기들의 먹이를 제거하는 법이 없지요. 하지만 여전히 살펴봐야 할 점은 있습니다. 바로 이 이야기가 오늘 아침 마셜 부인이 했던 이상한 행동을 설명할 수 있다는 겁니다. 그녀가 남편이나 레드펀에게 자기 일정을 알리고 싶지 않았던 이유는 만나기로 약속한 사람이 자기를 협박하던 그 남자였기 때문입니다."

"그럴 수도 있겠군요."

푸아로가 동의했다.

콜게이트 경위는 말을 계속했다.

"그리고 범행 장소에 대해서도 생각해 보십시오. 약속 장소이기도 한 그 장소. 여자는 뗏목을 직접 저어 거기로 향합니다. 지극히 자연스럽지요. 매일 해 왔던 일이니까요. 그렇게 그녀는 사람들의 인적이 없어 은밀한 대화를 나누기에 적당한 픽시 코브에 도착한 겁니다."

푸아로가 말했다.

"그 점에 대해서는 나도 물론 생각해 봤어요. 경위 말대로 거기는 비밀 약속엔 아주 이상적인 장소지요. 사람이 잘 가지 않고, 육지로 가기 위해서는 수직 사다리를 이용해야만 합니다. 하지만 그 사다리 장치도 아무나 작동할 수 있는 것은 아니죠. 더욱이 그곳의 대부분은 절벽에 가려 외부에서 보이지 않는다지 않습니까? 거기다 더욱 안성맞춤인 것은 (이건 레드펀이 언젠가 내게 말해 준 내용입니다.) 그곳에 동굴이 하나 있는데, 동굴 입구를 찾기 힘들어서 아무에게도 들키지 않고 기다리기에 적당하다는군요."

웨스턴이 말했다.

"'요정의 동굴' 얘기인가……. 나도 그 말을 들은 기억이 나는군."

콜게이트 경위가 말했다.

"하지만 저는 몇 년째 그 동굴에 대한 이야기를 듣지 못했는걸요. 그 동굴로 가 보는 게 좋을 것 같습니다. 무슨 단서를 찾을 수 있을 지도 모르니까요."

웨스턴이 말했다.

"그래, 자네 말이 맞네, 콜게이트. 우린 수수께끼를 풀기 위한 실 마리를 잡은 거야. 마셜 부인은 왜 픽시 코브의 동굴로 갔을까? 하 지만 우린 여전히 나머지 절반에 대한 대답을 알지 못하네. 그녀는 거기에 누구를 만나러 간 것인가? 아마 이 호텔에 묵고 있는 사람 중 하나겠지. 그중에 마셜 부인의 다른 연인이라고 볼 수 있는 사람 은 없어. 하지만 협박범이라면 얘기가 다르지."

그는 콜게이트에게 투숙객 명부를 내밀었다.

"웨이터나 구두닦이, 그리고 해당 없어 보이는 기타 사람들을 제 외하면 이들이 남네. 미국인 가드너 씨, 배리 소령, 호레이스 블래 트, 그리고 스티븐 레인 목사."

콜게이트 경위가 말했다.

"조금 범위를 좁힐 수 있을 겁니다. 한데 서장님, 그 미국인은 빼 도 괜찮지 않을까요? 아침 내내 해변에 있었다니 말입니다. 그렇지 않습니까, 무슈 푸아로?"

푸아로가 대답했다.

"그는 자기 부인의 심부름으로 털실 뭉치를 가지러 가느라 잠시 자리를 비운 일이 있습니다."

콜게이트가 말했다.

"뭐, 글쎄요. 그 일은 고려하지 않아도 될 것 같은데요."

웨스턴이 말했다.

"그럼 나머지 세 사람은 어떤가?"

"배리 소령은 오늘 아침 10시에 밖으로 나갔다가 1시 30분에 돌아왔습니다. 레인 목사는 더 일찍 호텔을 떠났지요. 8시에 아침 식사를 하고는 산책을 나갔답니다. 블래트는 늘 하던 것처럼 9시 30분에 배를 타고 나갔고요. 두 사람 모두 아직 안 돌아온 것 같습니다?"

"배를 타?"

웨스턴 대령의 목소리가 아주 의미심장했다.

콜게이트 경위가 기다렸다는 듯이 받았다.

"꽤 잘 맞아떨어지는데요, 서장님."

웨스턴이 말했다.

"자, 그럼 그 소령과 면담을 해 보기로 하지. 그리고 가만 있자……. 또 누가 있었더라? 아, 로저먼드 단리, 그리고 레드편과 함께 시체를 발견한 브루스터란 여자가 있지. 그녀는 어떤가, 콜게이트?"

"묘한 여자입니다. 그 여자도 놓쳐선 안 될 것 같습니다."

"그녀는 이번 살인에 대해 뭐라고 하던가?"

경위는 고개를 저었다.

"아직입니다. 딱히 할 말이 있겠습니까. 하지만 확실히 물어 보도록 하죠. 미국인 부부한테도요."

웨스턴 서장이 고개를 끄덕이며 말했다.

"가능한 빨리 모두를 모아서 조사를 시작하세. 중요한 걸 알게 될지도 모르니까. 그 밖에 다른 게 없다면 협박에 대해서 좀 더 파헤쳐 보자고."

III

가드너 부부가 경관의 호위를 받으며 들어왔다. 가드너 부인은 즉시 이야기를 시작했다.

"얼마나 혼났는지 상상도 못하실 거예요, 웨스턴 대령님. 성함이 웨스턴이 맞죠?"

자기 말을 확인한 그녀가 말을 계속했다.

"이번 일에 대한 충격이 몹시 컸기 때문에 남편은 제 건강을 아주, 아주 세심히 챙겨 주고 있답니다……."

가드너 씨가 끼어들었다.

"아내는 아주 섬세하거든요."

"……그래서 남편이 이렇게 말했죠. '오, 캐리. 당연히 우리 둘이 함께 가야지.' 이 말을 우리가 영국 경찰을 못 믿는 거라고 오해하진 마세요. 영국 경찰들은 매우 정교하고 철저한 수사 능력을 갖고 있다고 들어 왔고, 또 그 점을 의심해 본 적도 없답니다. 일전에 사보이 호텔에서 팔찌를 잃어 버린 적이 있었는데, 그걸 조사하러 왔던 젊은이가 어찌나 친절하고 싹싹하던지! 그런데 결국 그 팔찌는"

잃어 버린 게 아니었어요. 딴 데 잘못 봐 둔 걸 착각한 거죠. 역시 뭐든지 당황하면 안 되는 거예요. 물건이 없어진 건지 다른 데 있는 건지 알 수가 없게 되니까……."

가드너 부인은 말을 중단하고 찬찬히 숨을 들이쉬었다. 그녀가 말을 다시 시작했다.

"그러니까 제 말뜻은, 남편도 물론 같은 생각이겠지만요, 우린 모든 점에서 영국 경찰을 돕기 위한 만반의 준비가 되어 있다는 것이에요. 빨리도 결심했지요. 그러니까 대령님은 알고 싶으신 게 있다면 뭐든지 어서 물어보셨으면 해요."

웨스턴 대령이 이 말에 응하기 위해 입을 여는 찰나, 가드너 부인이 말을 다시 꺼내는 바람에 그는 다음을 기약해야만 했다.

"내가 당신한테도 이 말을 했던가? 오델, 그랬죠? 아닌가요?"

"했지, 여보."

가드너 씨가 말했다.

웨스턴 대령이 황급히 끼어들었다.

"알겠습니다, 가드너 부인. 부인과 남편 분은 아침 내내 해변에 있었다면서요?"

처음으로 가드너 씨가 먼저 말을 했다.

"그렇습니다."

가드너 부인이 거들었다.

"그럼요, 맞아요. 어쩌나 아름답고 평화로운 아침이었는지. 지금까지 겪은 어떤 아침보다도 최고였어요. 그 시간 한적한 해변 구석

저편에서 무슨 일이 벌어지고 있다고는 꿈에도 몰랐지요."

"오늘은 종일 마셜 부인을 보지 못하셨습니까?"

"못 봤어요. 그래서 오델에게 말했지요. '아니, 이렇게 좋은 아침에 마셜 부인은 어디로 갔을까요?' 그러고 있으려니까 그 여자의 남편이 그녀를 찾으러 오더라고요. 그 다음에는 그 잘생긴 레드펀 씨가 오고…… 어째 무척이나 안절부절못하는 눈치던데요. 그러더니 인상을 한껏 찌푸리고 해변에 앉아서 사람들을 바라보기 시작했답니다. 그래서 전 혼잣말을 했어요. '아니, 저렇게 예쁘고 귀여운 부인이 있으면서 왜 그 무서운 여자를 쫓아다닐까?' 무섭다, 그게 제가 그 여자를 보고 느낀 감정이었어요. 볼 때마다 그런 생각을 했어요. 그렇죠, 오델?"

"그럼, 여보."

"그러니 그 멋진 마셜 대위가 그 여자와 결혼한 이유가 상상이 안 갔죠. 착한 어린 딸을 이미 두고 있는 사람이 말이에요. 애들에겐 환경이 아주 중요하잖아요. 마셜 부인은 새엄마로서 적당한 사람이 아니었어요. 자녀를 위한다는 게 뭔지도 모르죠. 전 또 그 여자가 아주 동물적인 성향을 가졌다고 믿었어요. 마셜 대위가 조금이라도 생각이 있는 사람이었다면 단리 양을 택했을 텐데. 정말 매력적이고 유능한 사람이죠. 단기간에 그렇게 많은 성공을 거둔 단리 양을 저는 높이 평가하고 있어요. 그런 일을 하려면 머리가 있어야지요. 로저먼드 단리 양은 딱 봐도 머리가 비상하다는 걸 알 수 있잖아요? 자신이 정한 일이라면 어떤 어려움도 이겨내고 해낼 그런 사람, 전 그녀를 존경한다고까지 서슴없이 말할 수 있어요. 저는 남편에게 마셜 대위에 대한 그녀의 사랑이 구체적인 결실을 맺는 날이 오리라 얘기한 적이 있더랬죠. 그녀는 마셜 대위에게 반해 있거든요. 그렇지 않아요, 오델?"

"그럼, 여보."

"두 사람은 어릴 적부터 알고 지내온 것 같아요. 그러니 또 모르죠. 누가 알겠어요? 그 여자가 없어졌으니 모든 게 잘 풀릴지 말이에요. 웨스턴 대령님, 저도 속 좁은 여자는 아니랍니다. 연극 일을 하는 여자들을 삐딱하게 보는 건 아니에요. 실제로 제 제일 친한 친구 중에도 배우인 애들이 있고요. 하지만 그 여자에게는 악마적인 뭔가가 있다고 남편에게 누누이 말했더랬죠. 그리고 보시다시피 제 말이 들어맞았잖아요."

그녀는 의기양양하게 말을 멈췄다. 에르퀼 푸아로의 입술이 작은 미소를 띠며 움찔거렸다. 그의 시선이 잠시 동안 가드너 씨의 빈틈없는 회색 눈 위에 머물렀다.

웨스턴 서장이 조금 절박한 목소리로 말했다.

"예, 감사합니다, 가드너 부인. 제 생각엔 이 사건과 관련해 부인께서 본 것이 아무것도 없는 것 같군요."

"아니요, 전 그렇게 생각하지 않습니다."

가드너 씨가 느릿하게 말했다.

"마셜 부인은 젊은 레드펀 씨 주위를 항상 어슬렁거리고 있었어요. 사람들 전부 알고 있었죠."

"마셜 대위는 어땠나요? 거기에 신경을 쓰고 있던 눈치였나요?"

가드너 씨가 신중하게 말했다.

"마셜 대위는 아주 점잖은 사람이더군요."

가드너 부인이 관용어구를 사용해 말을 끝맺었다.

"그러게요. 왜, 그 사람이야말로 진짜 영국인이었지요!"

IV

배리 소령의 조금 놀란 듯한 표정에는 알 수 없는 여러 감정이 섞여 있는 것처럼 보였다, 그는 짐짓 무섭다는 얼굴을 하려고 애썼지만 쑥스러운 눈치까지 감출 수는 없었다.

그는 거칠고 약간 헐떡거리는 목소리로 말했다.

"어떻게든 도움을 드릴 수 있으면 기쁘겠습니다. 하기사 거기에 대해 아는 건 아무것도 없지만요. 친한 사람들도 아니었는데요. 하지만 저도 한때는 방랑을 조금 했지요. 동양에서 오래 살았답니다. 인도의 어느 언덕에서 오랜 시간을 보낸 후 제가 얻은 깨달음이라면, 인간성에 대해 우리가 모르는 부분은 결국 알 가치가 없는 부분이라는 겁니다."

그는 잠시 말을 멈추고 호흡을 가다듬은 뒤에 다시 이야기를 계속했다.

"사실 이 사건을 보고 전 시믈라에서 일어났던 어떤 일을 떠올렸습니다. 로빈슨이었던가, 펠코너였던가…… 아무튼 그런 친구가 윌츠 남부에 있었습니다. 아니, 서리 주 북부였나? 잘 기억은 안 나지만 그게 중요한 건 아니니까요. 그는 조용한 성품을 가진 굉장한 독서광이었습니다. 우유처럼 부드럽다고 하면 될까요. 그가 어느 날 저녁 자기 방갈로로 아내를 찾아갔지요. 그러고는 그녀의 목을 졸랐습니다. 아내가 다른 남자와 불륜을 피웠다는 걸 알고서 한 일이었지요. 세상에, 여자는 거의 죽을 뻔했습니다! 조금만 더 오래 목을 졸랐으면 죽었을 거예요. 당연히 다들 깜짝 놀랐지요! 그에게 그런 면이 있으리라고는 상상도 못 했습니다."

에르퀼 푸아로가 중얼거렸다.

"그렇다는 건, 마셜 부인의 죽음과 그 사건이 어떤 유사점이 있다고 보시는 겁니까?"

"뭐, 제 말뜻은……. 목이 졸렸지 않습니까. 같은 방식이에요. 남자들이 갑자기 폭발하는 때가 있잖아요!"

푸아로가 말했다.

"마셜 대위가 바로 그랬으리라는 말씀이죠?"

"오, 보세요. 그렇게 말한 적은 없습니다."

배리 소령의 얼굴이 더욱 붉어졌다.

"마셜에 대한 말은 한마디도 안 했습니다. 분명 됨됨이는 괜찮은 친구죠. 그에 대해선 나쁜 말을 하고 싶지 않습니다."

푸아로가 말했다.

"아, 파르동(실례합니다). 하지만 불륜에 대한 남편들의 반응에 대해 얘기하고 계셨잖아요?"

배리 소령이 말했다.

"저, 제 말은 그녀가 꽤 뜨거운 여자였다는 겁니다. 젊은 레드펀을 온통 사로잡았으니까요. 그뿐입니까, 그 이전에도 많은 다른 남자들이 있었겠지요. 하지만 선생도 아시다시피 남편들이란 하나같이 멍청이들이니까요. 늘 있는 일이지요. 전 언제나 놀랍니다. 남자들은 여자들을 떠받드는 것은 잘 해도 자길 떠받드는 여자에겐 영 매력을 못 느끼니 말입니다. 푸나 지방에서 일어난 사건만 해도 그렇죠. 무척이나 예쁜 여자였는데……. 세상에 그 여자가 춤을 추자고 남편을 이끈 순간……."

웨스턴 대령이 약간 울컥한 듯이 끼어들었다.

"예, 예, 알겠습니다, 배리 소령님. 잠시 몇 가지만 확인하십시다. 소령님께서 이 사건에 대해 도움이 될 만한 뭔가를 알고 계신 게 있습니까?"

"뭐, 그다지 알고 있다고는 할 수 없죠. 그저 그 여자와 젊은 레드펀이 걸 코브에서 노닥거리는 것을 보기는 했지만……."

그 순간 그는 의미 있게 눈을 찡긋 하고는 거친 한숨을 쉬었다.

"그림 같은 장면이긴 했죠. 그래도 당신네들이 찾고 있는 증거까지는 되지 못하겠지만요, 하하!"

"오늘 아침엔 마셜 부인을 보지 못했습니까?"

"아무도 못 봤습니다. 세인트루에 갔거든요. 운도 참 없지, 몇 달 동안 아무 일도 안 일어나다가 드디어 뭔가 재밌는 사건이 터지려니까 때마침 자리를 비우다니!"

진심으로 아쉬워하는 목소리였다. 웨스턴 대령이 얼른 다른 질문을 던졌다.

"세인트루에 가셨다고요?"

"그렇습니다. 전화를 할 일이 있었거든요. 이곳엔 전화가 없는 데다, 레더콤 만의 우체국에 있는 전화는 사적인 통화를 하기에 적절치가 않아서 말이죠."

"아주 내밀한 용건이었던 모양이십니다?"

소령이 다시 한 번 쾌활하게 윙크했다.

"음, 그럴 수도 있고 아닐 수도 있지요. 친구의 사업상 비밀에 해당하는 이야기였거든요. 하지만 운이 없었는지 친구와 연결이 되지 않았습니다."

"세인트루 어디의 전화를 쓰셨습니까?"

"세인트루 우체국에 있는 공중 전화였습니다. 그런데 돌아오는 길에 길을 잃었지 뭡니까. 도로가 어찌나 헷갈리던지! 비비 꼬이고 꺾이는 길이 한두 개가 아니더군요. 한 시간은 족히 헤맸을 겁니다. 세상에 그런 곳은 또 없을 거예요. 그렇게해서 한 시간 전에야 이곳으로 막 돌아온 참입니다."

웨스턴 대령이 말했다.

"세인트루에서 얘기를 나누거나 만난 사람은 없습니까?"

배리 소령은 낄낄 웃었다.

"제 알리바이를 원하시는 거군요? 별로 쓸 만한 사람은 기억나지 않네요. 세인트루에서 약 만 오천 명을 만났지만 그들이 날 기억할지는 의문입니다."

경찰서장이 말했다.

"하지만 저희는 그걸 조사할 필요가 있습니다. 아시죠?"

"그럼요, 언제든 부르십시오. 기꺼이 도와드리겠습니다. 참 아까운 여자였어요. 범인을 잡도록 도와드리겠습니다. '수수께끼의 외로운 시체'라……. 신문 기사는 그런 식이 되겠죠? 전에 겪은 다른 일이 떠오르는군요……."

최신의 추억담이 떠오르는 것을 가로막으며 이 수다스러운 소령을 밖으로 내보낸 것은 콜게이트 경위였다. 그가 방으로 돌아오며 말했다.

"뭐가 됐든 현재 세인트루에서 조사를 한다는 건 거의 불가능합니다. 거긴 지금 한창 휴가철이거든요."

경찰서장이 말했다.

"그래도 그를 명단에서 뺄 수는 없어. 그가 결백하다고 확신할 수는 없으니까. 아무튼 이 사람도 세상에 널린 지루한 작자들 중 하나인 것 같구먼. 내 군대 시절에도 그런 친구들이 몇 명 있었지. 하지만 가능성은 열려 있는 거니……. 콜게이트, 이 사람은 자네에게 전부 맡기겠네. 그가 몇 시에 자기 차를 몰고 떠났는지를 조사해 보도록. 도중에 어딘가 주차를 해 놓고 걸어서 이곳으로 돌아와서는 그 해안가 절벽으로 향한 것인지도 모르니까 말이야. 그리 가능성 있는 설명은 아닌 것 같네만. 만일 그랬다면 본 사람이 있었겠지 않나."

콜게이트가 고개를 끄덕이며 말했다.

"오늘은 날씨가 좋아 이곳에 새로 도착한 관광버스가 많습니다. 11시 30분 경 버스들이 왔고, 만조 시간은 아침 7시, 썰물 시간은 오후 1시쯤이었죠. 해변에는 오전 내내 온통 사람들이 모여 있었을 겁니다."

웨스턴이 말했다.

"그래. 그러니까 소령이 해변의 둑길을 지나자면 눈에 띄었을 거란 말이네."

"꼭 그 길만 있는 것은 아닙니다. 둑길을 벗어나 섬 정상으로 오르는 다른 통로도 있거든요."

웨스턴이 의심스러운 목소리로 말했다.

"그가 남의 눈에 띄지 않고 지나가는 게 불가능하다는 뜻이 아닐세. 실제로 걸 코브에 있었던 레드펀 부인과 마셜의 딸을 제외한 모든 호텔 손님들은 해변의 해수욕장에 있었지. 그러면 절벽으로 가는 길은 호텔의 몇몇 방에서만 내려다보일 텐데, 그 길을 지나가는 모습을 아무도 보지 못하는 경우도 충분히 가능하네. 다만, 내 말은 그럴 확률은 꽤나 낮을 거라는 말이지."

콜게이트가 말했다.

"배를 타고 해안 절벽으로 돌아갈 수도 있었을 겁니다."

웨스턴이 고개를 끄덕이며 말했다.

"그게 훨씬 안전한 방법일 거야. 만일 근처에 쓸 수 있는 배가 있었다면 차를 세워 두고 픽시 코브까지 배로 갈아타서 가는 게지. 그러고는 살인을 마친 후에 배로 다시 돌아와 세인트루에 가서 길을 잃었다느니 하는 이야기를 꾸며 내고. 자기 알리바이에 만족하면서 말이네."

"맞는 말씀이십니다, 서장님."

경찰서장이 말했다.

"뭐, 콜게이트 자네에게 맡겨 둠세. 인근 사람들을 싹싹 훑어 봐. 해야 할 일은 다 알고 있겠지? 이젠 브루스터 양을 만날 차례겠군."

V

에밀리 브루스터에게서는 이미 알고 있는 사실 외에 별달리 나온 것이 없었다. 그녀가 자기의 얘기를 마치자 웨스턴이 말했다.

"그럼 저희에게 도움이 될 얘기들은 더 없으시다는 건가요?"

에밀리 브루스터는 짧게 말했다.

"죄송하지만 그렇네요. 끔찍한 사건이긴 하지만, 곧 여러분들이 해결해 주실 것으로 믿어요."

웨스턴이 말했다.

"저 역시 진심으로 그러길 바랍니다."

에밀리 브루스터가 건조하게 말했다.

"별로 어려우실 것도 없을 텐데요."

"지금 그 말씀은 어떤 의미입니까, 브루스터 양?"

"죄송해요. 선생님들 일을 무시한 건 아니었어요. 그냥 그런 여자의 사건이라면 충분히 간단하지 않겠느냐는 뜻이었지요."

에르퀼 푸아로가 중얼거렸다.

"그게 당신의 의견입니까?"

에밀리 브루스터가 대답했다.

"물론이죠. '데 모르투이스 니힐 니시 베네(죽은 자를 나쁘게 말하지 말라)', 하지만 우리는 사실을 직시해야 하죠. 그녀는 속속들이 사악한 여자였어요. 그 여자 과거를 살짝 들여다 보기만 해도 그걸 알 수 있지요."

에르퀼 푸아로가 부드럽게 말했다.

"그녀를 좋아하지 않으셨군요?"

"전 그 여자를 꽤나 잘 알고 있었거든요."

미묘한 표정을 지으며 그녀는 계속했다.

"제 가장 가까운 사촌이 어스킨 가문의 사람과 결혼했지요. 선생님도 늙은 로버트 경이 노망기가 있을 때 그 여자가 재산을 자기 앞으로 물려 주도록 꾄 일에 대해서는 알고 계시죠?"

웨스턴 대령이 말했다.

"그래서 어스킨 집안 사람들은 음……. 그녀를 미워했나요?"

"당연하죠. 경과 그 여자와의 관계는 일시적인 스캔들에 지나지 않았건만, 경은 그녀에게 거의 5만 파운드나 되는 돈을 남겼죠. 그 것만 봐도 그 여자가 어떤 종류의 인간인지 알 수 있어요. 너무 심한 표현인지는 모르지만, 알레나 스튜어트라는 여자는 동정받을 가치가 없다고 해도 좋아요. 저는 또 다른 이야기도 알고 있답니다. 그녀에게 빠져 완전히 이성을 잃은 젊은 남자에 대한 것이지요. 그는 항상 좀 거친 성격이었다는데, 알레나와의 관계에다 그 성격이 합쳐져 결국 파멸을 초래했어요. 주식을 가지고 좀 장난을 쳤다지요. 순전히 그 여자에게 쓸 돈을 마련하기 위해서 말이에요! 겨우 구속은 면하긴 했지만, 그 여자는 가는 곳마다 주변 사람들을 오염시켰어요. 젊은 레드펀 씨를 망쳐 놓은 것 좀 보세요. 전 그녀의 죽음에 어떤 유감도 느끼지 않아요. 물론 그녀가 스스로 물이나 절벽에서 몸을 던지는 쪽이 더 나았으리라는 생각은 하지만요. 목을 졸라 죽인다는 건 좀 불쾌하잖아요."

"그럼, 당신은 범인이 그녀와 예전에 관계를 맺었던 남성인 것으로 생각하시는군요?"

"그렇습니다."

"아무도 몰래 육지에서 건너온 제3자라는 뜻이고요?"

"누가 범인을 볼 수 있었겠어요? 사람들은 전부 해변에만 몰려 있었는데. 들자하니 마셜네 딸과 크리스틴 레드펀은 걸 코브에 있었다는군요. 그럼 단리 양을 빼고 그 사람을 봤을 가능성이 있는 사람은 없는 셈이죠."

"단리 양은 어디 있었답니까?"

"절벽 꼭대기에 앉아 있었대요. 서니 레지라고 하는 곳이죠. 우리, 그러니까 레드펀 씨와 제가 섬 주위를 보트로 돌다 거기에 그녀가 있는 것을 보기도 봤답니다."

웨스턴 서장이 말했다.

"당신 말이 맞을 수도 있습니다, 브루스터 양."

에밀리 브루스터가 기세 좋게 말했다.

"제 말이 맞다고 확신해요. 그만큼 추잡한 여자였으니, 발생한 사건의 원인도 스스로에게 있기 마련이지요. 그렇게 생각지 않으세요, 무슈 푸아로?"

에르퀼 푸아로가 그녀를 올려다 보았다. 그의 시선이 브루스터의 자신만만한 회색 눈동자와 마주쳤다. 푸아로가 말했다.

"오, 그렇습니다. 방금 말하신 내용에 동감입니다. 알레나 마셜 자신이야말로 그 죽음에 유일하고도 가장 유력한 원인이지요."

브루스터 양이 날카롭게 말했다.

"자, 그럼!"

그녀는 일어서서 꼿꼿하고 굳센 모습으로 사람들 하나하나와 씩씩한 눈인사를 나누었다.

웨스턴 대령이 말했다.

"브루스터 양, 우리가 마셜 부인의 과거를 조사하는 데 뭐 하나 빠뜨리지 않을 거라는 점은 믿으셔도 좋습니다."

에밀리 브루스터는 밖으로 나갔다.

VI

콜게이트 경위가 앉은 위치를 바꾸었다. 그가 생각에 잠긴 목소리로 말했다.

"아주 성격이 확실한 사람이군요. 죽은 여자를 서슴없이 매도하고 있어요. 여간내기가 아닙니다."

그는 잠시 말을 중단했다가 회상하듯이 말했다.

"어떤 면에서는 저 여자에게 무쇠같이 튼튼한 알리바이가 있다는 게 유감입니다. 서장님도 저 여자의 손을 보셨나요? 남자 손만큼이나 크던데요. 기운도 세 보이고요. 필시 웬만한 남자보다도 힘이 좋을 겁니다……"

그가 다시 말을 멈췄다. 그는 푸아로를 애원하는 시선으로 쳐다보았다.

"무슈 푸아로, 브루스터 양은 오늘 아침 내내 해변을 떠난 적이 없다고 하셨죠?"

푸아로가 고개를 끄덕였다.

"그녀는 마셜 부인이 픽시 코브에 도착하기도 전에 해변으로 내려왔고, 레드펀과 보트를 타러 나갈 때까지 줄곧 내 시야에 있었다오, 경위."

콜게이트 경위가 우울하게 말했다.

"그렇다면 그녀도 제외되는군요."

그는 아주 상심한 모습이었다.

VII

에르퀼 푸아로는 로저먼드 단리의 모습을 보고 언제나처럼 뛸 듯한 기쁨을 느꼈다. 살인의 추악한 이면을 파헤치는 딱딱한 질문 속에서도 그 느낌은 마찬가지였다. 그녀는 웨스턴 서장의 반대편에 앉아 차분하고 지적인 얼굴을 내보이고 있었다.

그녀가 말했다.

"제 이름과 주소가 필요하시겠지요? 로저먼드 앤 단리입니다. '로즈 몬드'라는 이름 아래 브룩 가 622번지에서 맞춤옷 사업을 하고 있고요."

"감사합니다, 단리 양. 그러면 저희에게 도움이 될 이야기를 해 주시겠습니까?"

"별로 그럴 만한 게 없을 것 같은데요."

"당신 자신의 행적이라거나……."

"전 9시 30분쯤 아침 식사를 했답니다. 그러고는 제 방으로 올라 가서 책 몇 권과 양산을 가지고 서니 레지로 떠났지요. 10시 25분경 이었을 거예요. 11시 50분에는 호텔로 돌아와 방에서 테니스 라켓을 가지고 코트로 나갔고요. 그 후엔 점심 때까지 테니스를 쳤답니다."

"그래 10시 30분부터 11시 50분까지 서니 레지라는 절벽 꼭대기에 계신 거로군요?"

"맞아요."

"혹시 오늘 아침에 마셜 부인을 보셨습니까?"

"못 보았습니다."

"그녀가 픽시 코브를 향해 뗏목을 저어가는 모습은 보셨습니까?"

"아니요, 아마 제가 서니 레지에 도착하기 전에 이미 그곳에 가 있었나 보죠."

"오늘 아침에 뗏목이나 보트를 타고 가는 사람을 전혀 보지 못했습니까?"

"예, 못 본 것 같아요. 저는 책을 읽고 있었거든요. 물론 때때로 책에서 눈을 떼기도 했지만 그때마다 바다는 그냥 텅 빈 채로 조용했더랬죠."

"레드펀 씨와 브루스터 양이 같이 배를 타고 있는 모습 역시 못 보았나요?"

"못 봤습니다."

"듣기로, 마셜 씨와 아는 사이시라면서요?"

"마셜 대위와는 옛날부터 가족끼리 친구였어요. 두 가족이 바로 이웃에 살았답니다. 하지만 우린 아주 오랫동안 만나지 못 했어요. 거의 12년은 된 것 같네요."

"그렇다면 마셜 부인과는 어떻습니까?"

"여기서 그녀를 만나기 전까지는 말 몇 마디 나눠 보지 못한 사이였죠."

"당신이 보시기에…… 대위와 그의 부인은 사이가 좋았나요?"

"완벽히 좋은 사이였다고 할 수 있을 거예요."

"마셜 대위가 아내에게 매우 충실했었나 보군요?"

로저먼드가 말했다.

"그랬을 거예요. 뭐라 더 드릴 말씀이 없군요. 마셜 대위는 조금 구식인 사람이에요. 밖에다 대고 결혼 생활의 불만을 터뜨리는 요즘 세태와는 거리가 먼 사람이었답니다."

"단리 양, 당신은 마셜 부인을 좋아했습니까?"

"아뇨."

이 짧은 대답은 차분하고 평온하게 들렸다. 의미 그대로의 소리였다……. 사실을 전하는 간명한 진술.

"왜 그랬죠?"

로저먼드의 입술에 반쯤 미소가 번졌다. 그녀가 말했다.

"물론 여러분도 알레나 마셜이 같은 여자들 사이에선 인기가 없다는 걸 알고 계시겠죠? 여자들 속에서 그녀는 늘 지루해 했고, 또 그것을 행동으로 표현했죠. 하긴 그녀가 가진 옷만은 탐나더군요. 옷을 고르는 그녀의 안목은 남다른 데가 있었어요. 언제나 적절한 옷을 멋지게 입을 줄 알았죠. 그 여자를 내 고객으로 삼고 싶었을 정도로."

"그녀는 옷에 돈을 많이 썼습니까?"

"당연하죠. 자기 명의의 재산도 있었는 데다 마셜 대위는 엄청난 부자니까요."

"마셜 부인이 협박당하고 있다는 느낌을 받은 적은 없습니까, 단리 양?"

로저먼드 단리의 얼굴에 지극히 놀란 표정이 드러났다.

"협박을 당해요? 알레나가?"

"놀라신 모양이군요."

"예, 좀 놀랐어요. 이상한 일이로군요."

"하지만 가능한 일 아닙니까?"

"불가능한 게 어디 있겠어요. 세상엔 별별 일이 다 있으니까. 하지만 이 세상의 누가 알레나를 협박할 수 있다는 건지 상상이 안 가는 걸요."

"제 생각에는 마셜 부인에게 남편에게 감추고 싶은 비밀이 몇 가지 있었던 것 같습니다."

"뭐……. 그래요.(그녀는 미소를 지으면서도 목소리 속에 의심을 거두지 않았다.) 제가 좀 회의적인 반응을 보인 것 같군요. 하지만, 아시다시피 알레나는 악명 높은 여자였어요. 결코 존경받을 만한 인물은 아니었지요."

"그럼 당신은 마셜 대위가 아내에겐 친분……이 깊은 다른 남자들이 있다는 사실을 알았다고 생각합니까?"

잠시 침묵이 흘렀다. 로저먼드는 이마를 찡그렸다. 그녀가 느린 목소리로 마지못해 입을 열었다.

"정말, 무슨 말을 해야할지 모르겠네요. 전 언제나 케네스 마셜이 자기 아내의 모습을 정말 진실하게 받아들였다고 보았어요. 그녀에 대해 어떤 환상도 품지 않았죠. 하지만 그게 아니었을지도 모르겠군요."

"그가 정말 그녀를 전적으로 믿었을까요?"

로저먼드는 약간 격앙된 목소리로 말했다.

"남자들은 그렇게 바보라니까요! 케네스 마셜은 드물게 태도가 세련된 사람이지요. 하지만 알레나를 그저 철석같이 믿고 있었어요. 눈뜬 장님이지요! 그냥 자기 아내가 인기가 많은가 보다 하고 생각했을지도 모르죠."

"그렇다면 혹시…… 마셜 부인에 적의를 품은 사람에 대해 알거나 듣지는 못하셨습니까?"

로저먼드 단리는 웃으며 말했다.

"화난 아내들이라면 알지요. 그렇지만 목이 졸려 죽었다는 걸 보니 그녀를 죽인 건 남자인 것 같던데요."

"그렇습니다."

로저먼드가 생각에 잠겨서 말했다.

"무리예요. 아무도 생각나는 사람이 없어요. 제가 알 만한 사람이 아닐지도 모르죠. 알레나와 가까웠던 누군가에게 물으시는 게 낫겠습니다."

"감사합니다, 단리 양."

로저먼드가 의자를 조금 돌리더니 입을 열었다.

"무슈 푸아로께서는 질문하실 게 없나요?"

희미하게 비꼬는 듯한 그녀의 미소가 푸아로를 향했다.

에르퀼 푸아로는 웃으며 고개를 흔들었다.

"생각나는 게 없습니다."

로저먼드 단리는 일어서서 밖으로 나갔다.

8장

I

그들은 알레나 마셜의 방이었던 침실에 서 있었다.

큰 창문 두 개가 해수욕장과 바다를 아래로 내려다보는 발코니로 뚫려 있었다. 햇빛이 알레나의 화장대 위 어지럽게 널려 있는 화장품 병 위로 반짝거리며 흩뿌려지고 있었다. 현재 시중에 나와 있는 모든 종류의 화장품과 크림이 구비된 사치스러운 숙녀의 방 안에서 세 남자들이 각자의 목적에 따라 움직였다. 서랍을 여닫으며 살펴보던 콜게이트 경위가 갑자기 신음 소리를 냈다. 그의 손에는 접혀진 편지 다발이 있었다. 그와 웨스턴은 즉시 그것들을 읽어 보았다.

에르퀼 푸아로는 장롱 쪽으로 이동했다. 그는 천정에 매달린 찬장 문을 열고 그 속에 있는 여러 가운과 운동복을 살펴보았다. 다른 쪽을 살펴 보니 거품처럼 하늘하늘한 속옷이 쌓여 있었는가 하면, 건너 편 선반 위에는 모자들이 놓여 있었다. 에르퀼 푸아로는 붉은 색과 옅은 노란색이 뒤섞인 해변용 종이 모자 두 개, 커다란 하와이 밀짚 모자, 푸른 리넨천 모자와 비싸게 주고 샀을 게 분명하지만 실은 싸구려인 물건들, 즉 진한 푸른색 베레모와 검은 벨벳 모자, 흐린 회색 터번 등을 훑어보고 있었다. 희미하게 혀를 차는 듯한 미소가 그의 얼굴에 번졌다. 그가 중얼거렸다.

"레 팜므(여자들이란)!"

웨스턴 대령은 편지들을 도로 접고 있었다. 그가 말했다.

"레드펀에게서 온 편지가 세 개일세. 못나 빠진 녀석 같으니. 얼마 있으면 여자들에게 편지를 쓰지 않는 법을 배우게 되겠지. 여자들은 말로는 태워 버렸다고 하면서도 꼭 어딘가에 편지를 보관하거든. 여기 또 한 통 있군. 판에 박힌 대사가 또 나오는구먼."

사랑하는 알레나에게

하늘도 무심하시지, 우울해 죽을 지경이에요. 중국으로 가게 되었어요. 아마 몇 년 동안은 당신을 보지 못하겠지요. 세상 어떤 남자도 내가 당신에게 미친 것만큼 당신을 좋아할 수는 없을 거예요. 수표는 고마워요. 거의 아슬아슬했었지만 이제 고발당하는 일은 없겠죠. 이게 다 당신을 위해 큰돈을 마련하려는 계획이라는 것을 알아줘요. 당신의 귀에 다이아몬드를, 당신의 목에는 우윳빛 진주를 걸어 주고 싶었죠. 아, 진주는 요즘 한물 갔다고 하던가요? 그렇다면 환상적인 에메랄드는 어때요? 그래, 그게 좋겠어요. 시원하고 푸른, 속에는 불꽃을 숨긴 최고의 에메랄드! 나를 잊지 말아요. 그러지 못하리란 걸 알아요. 당신은 내 것이니까. 언제나 말이죠.

안녕, 안녕, 안녕.

J. N.

콜게이트 경위가 말했다.

"J. N.이 정말로 중국에 갔는지를 알아 보는 것도 괜찮겠습니다. 만일 아니라면, 그가 우리가 찾고 있는 사람일 수도 있지요. 여자에 미쳐서 그녀를 이상화하다가, 갑자기 자신이 바보였다는 걸 깨닫는 거지요. 이 사람이 브루스터 양이 얘기한 그 남자가 아닐까 싶습니다. 좀 더 알아볼 필요가 있겠는데요."

에르퀼 푸아로가 고개를 끄덕이며 말했다.

"그렇습니다. 이 편지는 중요합니다. 매우 중요할 수 있다고 봅니다."

그가 뒤로 돌아 방 안을 돌아보았다. 화장대 위의 병들, 열려진 옷장, 침대 위에 아무렇게나 놓여진 광대 인형들.

그들은 케네스 마셜의 방으로 들어갔다. 그 방은 부인의 방 옆이었지만 둘 사이에는 연결된 통로나 발코니가 없었다. 창문이 두 개인 마셜의 방은 알레나의 방보다 훨씬 작았다. 두 창문 사이에 도금된 거울이 있는 것이 보였다. 오른쪽 창문 아래의 구석에 화장대가 있었고, 그 위에는 상아색 브러시가 두 개, 옷솔, 그리고 헤어 로션

이 놓여 있었다. 왼쪽 유리창 옆의 구석에는 책상이 있었는데, 그 위에는 빈 타자기와 함께 종이가 여러 장 널려 있는 모습이었다.

콜게이트는 재빨리 그것들을 조사했다. 그가 말했다.

"모든 게 명백하군요. 아, 여기 그가 아침에 언급한 편지가 있습니다. 어제인 24일 날짜로 되어 있군요. 이쪽의 봉투들에는 오늘 아침 레더콤 만의 소인이 찍혀 있고요. 다 그의 설명대로입니다. 이젠 그가 답장을 미리 써 두었을 가능성은 없었는지 조사해 봐야겠습니다."

그가 자리에 앉자 웨스턴 대령이 말했다.

"그건 자네에게 맡김세. 우리는 나머지 방을 둘러보려고. 아침 이후로 복도 출입을 통제했으니 다들 어지간히 신경이 곤두서 있을걸."

그들은 린다 마셜의 방으로 들어갔다. 그 방은 아래의 바다 쪽에 있는 바위들을 향해 동쪽으로 창문이 나 있었다.

웨스턴이 주위를 둘러보며 중얼거렸다.

"여긴 볼 것이 없는 것 같은데. 하지만 마셜이 우리에게 들키고 싶지 않은 물건을 딸 방에 숨겼을 가능성도 있으니까. 그리 가능성이 높은 얘기는 아니지만 말이네. 무기나 다른 어떤 것을 감춘 것 같진 않아."

그가 다시 밖으로 나가고 에르퀼 푸아로는 혼자 남았다. 그는 난로의 쇠살대에서 뭔가 흥미로운 것을 발견했다. 최근에 물건을 태운 흔적이 있었던 것이다. 그는 무릎을 꿇고 자세히 들여다보았다. 종이 위에 그것들을 펼쳐 놓자 곧 내용물이 불규칙한 모양의 커다란 촛농 조각이라는 것을 알 수 있었다. 초록색 종잇조각이나 마분지 조각, 또 커다란 5자와 인쇄된 글자 일부('올바른 일을 하라')가 남아 있는 것으로 미루어 한 장씩 뜯는 달력으로 생각되는 종이도 있었다. 흔히 보는 핀 하나와 머리카락 같은 물체가 탄 흔적도 남아 있었다.

푸아로는 그것들을 가지런히 한 줄로 늘어놓고 유심히 들여다 보았다.

그가 중얼거렸다.

"올바른 일을 행하라. 다만 하루 종일 그것만을 꿈꾸진 말고. 세 포시블(그럴 수도 있겠지). 그나저나 이것들은 뭐에 쓰는 물건이었을까? 세 판타스티크(야릇해)!"

푸아로는 핀을 주워들었다. 순간, 그의 초록 눈은 예리한 빛을 띠었다.

그는 중얼거렸다.

"푸르 라무르 드 디외(하느님 맙소사)! 그게 가능할까?"

에르퀼 푸아로는 무릎을 꿇고 있던 곳에서 일어났다. 천천히 방을 둘러보던 그의 표정이 변했다. 엄숙함에 더해 경건한 것처럼까지 보이는 표정이었다.

벽난로 선반 왼쪽에는 책들이 일렬로 놓인 책장이 있었다. 푸아로는 책의 제목들을 주의깊게 살펴 보았다. 성서가 한 권, 헤진 셰익스피어 희곡집 한 권, 험프리 워드 여사의 『윌리엄 애쉬의 결혼』, 샬럿 영의 『젊은 계모』, 앨프레드 하우스먼의 『시럽셔의 소년』, 엘리

엇의 『대성당의 살인』, 버나드 쇼의 『성녀 조앤』, 마거릿 미첼의 『바람과 함께 사라지다』, 딕슨 카의 『화형법정』.

푸아로는 그중 두 권을 꺼내들었다. 『젊은 계모』와 『윌리엄 애쉬의 결혼』이었다. 그는 속표지에 붙어 있는 색 바랜 우표를 살펴보았다. 그 책들을 다시 제자리에 돌려 놓으려던 그의 눈이 책장 안쪽 깊숙이 숨겨진 책을 발견했다. 갈색 송아지 가죽으로 장정한 작은 책이었다. 그는 그 책을 꺼내서 펼쳐 보더니, 아주 천천히 고개를 끄덕였다.

그는 중얼거렸다.

"역시 내가 맞았어……. 그래, 맞았다고. 하지만 다른 쪽도 가능했을까? 아니야, 그럴 리가 없지. 아니면……."

그는 그곳에서 꼼짝 않고 수염을 만지작거리면서 속으로 그 문제를 깊이 고민했다. 그가 다시 작게 중얼거렸다.

"아니면……."

II

웨스턴 대령은 문을 열고 들여다보았다.

"어이, 푸아로, 아직 거기 있나?"

"가네, 간다고."

푸아로가 외쳤다. 그는 얼른 복도로 들어섰다.

린다의 방 옆방은 레드펀 부부의 방이었다. 푸아로가 방 안을 들여다보았지만, 부부의 개성을 드러내 줄 만한 물건은 하나도 없었다. 크리스틴을 생각할 때 자연스럽게 떠오르는 단정함이나 깔끔함, 또는 패트릭의 특징이었던 활달한 무질서함 등이 드러나 있지 않았던 것이다. 주인의 성격이 드러나 있지 않은 그 방은 푸아로의 흥미를 끌지 못했다.

그 다음 방은 로저먼드 단리의 방이었다. 그곳에서 그는 주인의 개성을 흡족하게 음미하며 잠시 서 있었다. 그는 침대 옆에 펼쳐진 책 몇 권과 화장대 위에 놓인 값비싼 화장품 몇 개를 살펴보았다. 그의 콧속에 로저먼드 단리가 사용하는 이름 모를 고급 향수 냄새가 살며시 스며 들었다.

로저먼드 단리의 방 옆, 복도의 북쪽 끝에는 아래쪽에 있는 바위로 이어지는 비상계단용 발코니로 통하는 창문이 있었다.

웨스턴이 말했다.

"저게 사람들이 아침 식사 전에 수영을 하러 내려가는 계단이로군. 투숙객들이 주로 수영하는 바위 근처의 해수욕장으로 통하나 본데."

에르퀼 푸아로의 눈이 호기심으로 반짝였다. 그는 바깥으로 발을 내딛고 아래를 내려다보았다. 아래에는 계단에 이어진 좁은 길이 바다의 바위까지 지그재그로 나 있었다. 그 끝에는 호텔을 돌아 왼편으로 이어지는 작은 길이 하나 나 있었다.

푸아로가 말했다.

"누군가 이 계단을 통해 둑길로 통하는 큰길로 나갈 수도 있겠군."

웨스턴이 고개를 끄덕였다. 그가 푸아로의 말을 거들었다.

"호텔을 통하지 않고서도 섬 쪽으로 곧바로 지나갈 수도 있다는 뜻이지."

대령은 이렇게도 덧붙였다.

"하지만 그 와중에 창문을 통해 다른 손님의 눈에 띌 가능성은 여전히 있네."

"어떤 창문 말인가?"

"그 방향으로 나 있는 공용 목욕탕 창문이나 종업원용 욕실, 1층에 있는 겉옷 보관소 말이야. 당구장에서도 마찬가지네."

푸아로가 고개를 끄덕이며 말했다.

"하지만 그 방들에 있는 창문은 불투명 유리일세. 그리고 오늘처럼 날씨가 좋은 날 아침에 당구를 치는 사람은 없다네."

"과연."

웨스턴이 잠깐 말을 멈췄다가 다시 입을 열었다.

"만일 그가 범인이라면 이곳을 이용했겠군."

"마셜 대위를 두고 하는 말인가?"

"그래. 협박이 실제로 있었든 아니든, 나는 범인이 마셜이었다고 생각하네. 그리고 그의 태도 말인데……. 태도가 어째 좀 불길하지 않던가?"

에르퀼 푸아로가 건조하게 말했다.

"그럴지도 모르네……. 하지만 태도만으로 살인자라고 단정할 수는 없지!"

웨스턴이 말했다.

"그렇다면 자네는 그가 아니라고 생각하나?"

푸아로는 머리를 흔들었다.

"아니, 그렇게 말하지는 않았네."

웨스턴이 말했다.

"콜게이트가 그의 타자기 알리바이를 두고 뭘 알아내는지 보세 나. 그 동안 나는 객실 담당 하녀와 이야기를 해 보겠네. 뭐 쓸 만한 증언이 있는지 보자고."

하녀는 활발하고 유능하며 똑똑한 인상의 30대 여자였다. 그녀는 마치 기다렸다는 듯 말을 쏟아내기 시작했다. 마셜 대위는 10시 30 분을 크게 넘지 않게 방으로 돌아 왔다고 한다. 하녀는 그때 방 청소를 마무리하고 있는 중이었다. 대위는 그녀에게 되도록 청소를 빨리 마쳐 달라고 부탁했으며, 그녀는 그가 방으로 다시 돌아오는 것을 눈으로 보진 못했지만 곧 타자 치는 소리를 들었다. 그때가 10시 55분쯤이었다고 했다.

그러고서 그녀는 레드펀 부부의 방으로 가서 청소를 마치고 복도 끝에 있는 단리 양의 방으로 갔다고 한다. 거기서는 타자기 소리가 들리지 않았다. 11시가 막 지날 무렵이었다. 레더콤 교회의 종이 때 마침 울리는 것을 들었기 때문에 기억하고 있다고 했다.

11시 15분에 그녀는 매일 11시에 준비되는 간식과 차를 들기 위해 아래층으로 내려갔다. 얼마 후 그녀는 호텔의 반대편에 있는 객실로 일을 떠났다.

경찰서장의 질문에 대답하며 그녀는 다음과 같은 순서로 방을 청소했다고 정리해 주었다.

린다 마셜의 방, 공동 목욕탕 두 곳, 마셜 부인의 방과 개인 욕실, 마셜 대령의 방. 레드펀 부부의 방과 욕실, 단리 양의 방과 욕실. 마셜 부부의 방에는 딸린 욕실이 없다는 설명이 있었다. 그녀는 자신이 단리 양의 방과 욕실을 청소하는 동안 문을 통과하거나 바위 쪽으로 난 계단을 이용하는 인기척을 듣지 못했다고 했다. 하지만 누군가가 발소리를 죽이고 걸어갔다면 눈치 채지 못했으리라는 설명도 덧붙였다.

웨스턴은 마셜 부인에 관해 집중적으로 질문을 던졌다.

"아니요, 마셜 부인은 대체로 일찍 일어나는 사람이 아니었어요."

하녀, 즉 글래디스 내러콧은 그래서 그녀의 방 문이 열려 있는 것을 보고서 마셜 부인이 겨우 10시가 넘은 시각 밖으로 나가는 모습을 보고 적지 않게 놀랐다고 한다. 아주 드문 일이었기 때문이었다.

"마셜 부인은 항상 침대에서 아침 식사를 했습니까?"

"오, 그랬어요, 서장님. 별로 많이 먹지는 않았죠. 그냥 차와 오렌지 주스, 토스트 한 쪽 정도. 부인 분들이 대개 그렇듯 간소했죠."

그녀 역시 오늘 아침 마셜 부인의 태도에서 별달리 특별한 점을 발견하지 못했다고 했다. 아주 평범했다는 것이다.

에르퀼 푸아로가 중얼거렸다.

"마드무아젤, 당신은 마셜 부인을 어떻게 생각했습니까?"

글래디스 내러콧은 그를 바라보았다. 그녀가 말했다.

"저, 제가 말씀드리기는 좀 뭐한 일이니까요……. 그렇지 않나요, 선생님?"

"그래도 말씀해 주셔야 합니다. 우리는 몹시 다급합니다. 그러니 귀하의 의견이 꼭 필요합니다."

글래디스는 그 말에 동의하는 듯 간청하는 눈길을 보내고 있는 경찰서장을 좀 불편한 시선으로 바라보았다. 서장은 자신의 외국인 친구가 취한 질문 방식이 약간 부끄러운 기색 같기도 했다. 웨스턴이 말했다.

"어……. 그 말대로입니다. 계속해 주시죠."

글래디스 내러콧의 활발함이 처음으로 사라졌다. 그녀는 무늬가 인쇄된 옷 표면을 손가락으로 만지작거렸다. 그녀가 말했다.

"저, 마셜 부인은……. 보통의 숙녀답지가 않았어요. 제 말뜻은, 그녀는 역시 배우였다고나 할까요."

웨스턴 대령이 말했다.

"실제로 배우였습니다."

"맞아요, 서장님. 제가 말하는 게 그거예요. 그냥 내키는 대로 사는 분이었지요. 그녀는…… 예의를 차리고 싶지 않을 때는 굳이 예의를 따지지 않았어요. 간혹 활짝 웃음 짓고 있다가도 어떤 물건이 보이지 않거나, 호출 벨에 즉시 응답이 없거나, 세탁물이 돌아오지 않는다거나 하면 그…… 바로 거칠게 화를 내며 폭발해 버렸죠. 그래서 우리들 중 그녀를 좋아하는 사람은 아무도 없었답니다. 그래도 그 여자의 옷은 정말 아름다웠어요. 외모도 아주 예뻤고. 생각해 보면 그녀에게서 높이 평가할 만한 점은 그것뿐이었던 것 같네요."

웨스턴 대령이 말했다.

"지금부터 드릴 말씀은 좀 죄송한 질문이 될지도 모르겠습니다. 하지만 아주 핵심적인 사항입니다. 그녀와 그녀의 남편 사이가 어땠는지 말해 주실 수 있습니까?"

글래디스 내러콧은 잠시 주저했다.

"설마…… 그럴 리가……. 그 사람이 한 짓이라고 말씀하시는 건 아니죠?"

에르퀼 푸아로가 재빨리 말했다.

"당신은 그렇게 생각합니까?"

"오! 그런 생각은 해 본 적도 없어요. 그분, 마셜 대위님은 보기 드문 신사이세요. 그런 일을 할 만한 사람이 아니죠. 절대 아니라고 확신해요."

"하지만 '아주' 확신하고 계시는 건 아니군요……. 목소리를 들으니 알겠습니다."

글래디스 내러콧이 마지못해 말했다.

"신문에서 보는 그런 일들 있잖아요! 질투가 어쩌니 하는. 그런 일이 벌어지고 있었으니……. 또 사람들 모두가 눈치를 채고 있었죠. 그녀와 레드펀 씨 사이를 말이에요. 레드펀 부인은 그렇게나 조용하고 착한 사람인데! 정말 낯뜨거운 일이에요! 레드펀 씨도 원래는 훌륭한 신사이지만, 마셜 부인 같은 여자를 앞에 두고서는 어쩔 수가 없었던 것 같아요. 자기 멋대로 하는 것에 익숙한 여자죠. 아내들은 참고 견뎌야 할 일이 많아요. 저는 그렇게 믿어요."

그녀는 한숨을 쉬고 잠시 말을 끊었다.

"하지만 마셜 대위님이 그 일을 눈치챘다면……."

웨스턴 대령이 날카롭게 말했다.

"그렇다면?"

글래디스 내러콧은 천천히 말했다.

"저는 가끔 마셜 부인은 남편에게 발각되는 것을 몹시 두려워하지 않았을까 하는 생각을 했답니다."

"왜 그런 생각을 하게 되셨죠?"

"구체적인 건 없어요, 서장님. 그냥 제 생각일 뿐이죠. 가끔 그녀는…… 남편을 두려워하는 것 같았거든요. 대위님은 몹시 차분한 신사이시지만……. 대하기 편한 사람은 아니죠."

웨스턴이 말했다.

"구체적인 예를 들어 주실 순 없습니까? 그들이 실제로 나눈 대화라든가요."

글래디스 내러콧은 고개를 저었다. 웨스턴은 한숨을 쉬었다. 그가 말했다.

"그렇다면, 오늘 아침 마셜 부인에게 도착했다는 편지 얘기를 해 봅시다. 그것들에 대해선 뭐 들려 줄 말씀이 없습니까?"

"여섯 통인가 일곱 통이었어요, 서장님. 정확치는 않네요."

"당신이 마셜 부인에게 직접 가져다 줬나요?"

"예, 서장님. 늘 그렇듯이 사무실에서 그것을 수거해서 아침 식사

접시에 받쳐 들고 간 걸요."

"겉보기에 뭐 특별한 것은 없었나요?"

여자는 머리를 흔들었다.

"그냥 흔한 편지 같았는데요. 몇 개는 고지서였고, 일부는 회람용 안내문으로 보였죠. 나중에 보니 뜯은 채 그대로 접시 위에 있더군요."

"편지들은 어떻게 됐습니까?"

"쓰레기통으로 들어갔죠, 서장님. 경찰관 한 분이 지금 그걸 뒤지고 있어요."

웨스턴이 고개를 끄덕였다.

"폐지를 모아 두는 바구니의 내용물은 지금 어디 있죠?"

"그것 역시 쓰레기통으로 갑니다."

웨스턴이 말했다.

"음……. 그래, 지금으로선 여기까지인 것 같군."

그는 묻는 듯한 시선으로 푸아로를 보았다.

푸아로가 몸을 앞으로 기울였다.

"린다 마셜 양의 방을 정리하던 때, 벽난로도 청소했습니까?"

"거긴 청소할 만한 게 없었어요, 선생님. 불을 땐 적이 없으니까요."

"벽난로 속에 있는 물건도 없었고?"

"예, 선생님. 전부 깨끗했어요."

"그 애의 방을 청소한 시간이 언제였죠?"

"9시 15분쯤이었을 거예요. 아이가 아침을 먹으러 내려간 때였습니다."

"아이가 아침 식사를 마치고 다시 방으로 올라갔는지 압니까?"

"예, 선생님. 한 9시 45분쯤에 올라왔지요."

"그 애가 방 안으로 들어갔나요?"

"그랬던 것 같아요. 10시 30분 좀 못 미쳐선 조금 서두르는 기색으로 다시 뛰어나오던데요."

"그러고서 아이의 방에 다시 가 보진 않으셨고요?"

"안 갔죠. 그 방은 이미 청소를 마쳤으니까요."

푸아로가 고개를 끄덕이며 말했다.

"알고 싶은 것이 하나 더 있습니다. 오늘 아침 식사 전에 수영을 한 사람들은 누구누구입니까?"

"호텔 반대편 투숙객이나 위층 손님들에 대해선 잘 모르겠어요. 여기 있는 사람들만 알 뿐이죠."

"제가 듣고 싶은 건 그들에 대해서 뿐입니다."

"음, 오늘 아침엔 마셜 대위와 레드펀 씨만 수영을 했을 것으로 생각해요. 두 분은 언제나 아침에 수영을 하시죠."

"그들을 보셨습니까?"

"아뇨, 선생님. 하지만 늘 그렇듯 두 사람의 수영복이 젖은 채로 발코니 건조대에 매달려 있던걸요."

"린다 마셜 양은 오늘 아침에 수영을 하지 않았습니까?"

"예. 그 애의 수영복은 바짝 말라 있었죠."

푸아로가 말했다.

"아, 바로 내가 알고 싶어하던 것이군요."

글래디스 내러콧이 추가 설명을 했다.

"그 아이는 대체로 아침에 수영을 하는 편이었지만요."

"그러면 나머지 셋, 단리 양과 레드펀 씨, 마셜 부인은요?"

"마셜 부인은 절대 수영을 하지 않아요. 단리 양은 한두 번 하던 것도 같고, 레드펀 부인은 아침 식사 전에는 거의 수영을 하지 않죠. 아주 더울 때엔 물에 들어가지만 오늘 아침은 아니었네요."

푸아로가 다시 고개를 끄덕였다. 그가 물었다.

"혹시 건물 이쪽 편에서 당신이 담당하는 방들 중에서 병 하나가 없어진 걸 아시는지 모르겠군요."

"병이라고요, 선생님? 어떤 종류의 병인가요?"

"불행히도 저도 모르겠습니다. 하지만 그걸 눈치 채지 못했습니까. 거꾸로, 하나가 없어진다면 눈치를 챌 수 있겠나요?"

글래디스는 솔직하게 말했다.

"마셜 부인의 방에서는 무리겠지요. 사실이에요, 선생님. 그 방엔 병이 워낙 많으니까요."

"다른 방에서는요?"

"뭐, 단리 양의 방도 자신하지는 못하겠어요. 크림이나 로션 병이 꽤 많으니까. 하지만 다른 방에서라면……. 예, 할 수 있을 것 같네요. 꼼꼼히 살핀다면 말이에요."

"실제로 없어진 일이 있는지는 모르고요?"

"예, 말씀드린 대로 꼼꼼히 보지 않았으니까요."

"그렇다면 지금 훑어 보는 것은 어떻습니까?"

"기꺼이 해 드리죠, 선생님."

그녀는 드레스를 팔랑거리며 방을 떠났다. 웨스턴은 푸아로를 바라보더니 입을 열었다.

"무슨 짓을 한 건가?"

푸아로가 중얼거렸다.

"내 질서정연한 마음이 하찮은 일들로 방해를 받고 있다네! 브루스터 양이 말하길, 오늘 아침 바위 주변에서 수영을 하고 있을 때 하늘에서 병이 떨어져 하마터면 거기에 맞을 뻔했다지 뭔가! 에 비엥(그러니), 누가 왜 그 병을 던졌는지 알아 봐야 하지 않겠나?"

"이 친구야, 누구든 무심히 병을 던질 수도 있지."

"천만에. 일단 병을 던질 수 있었던 건 호텔의 동쪽 창문뿐이네. 다시 말해 여태껏 우리가 조사한 방 중 하나에서였다는 거지. 그럼 자네에게 물어 봄세. 만약 자네 방 탁자나 욕실에 빈 병이 있다면 자넨 그걸 어찌 하겠나? 답은 물론 '쓰레기통에 넣는다'가 되어야 하지 않을까? 굳이 발코니로 나가서 바다 쪽으로 집어 던지는 수고를 하지 않고 말이네! 누군가 병에 맞을 수도 있고, 다른 사고가 생길 수도 있는데. 그래, 그 행동은 다른 사람들이 그 특정한 병을 보지 못하도록 숨긴 것이라고 볼 수밖에 없네."

웨스턴은 그를 멀거니 바라보았다.

"난 사실 얼마 전에 재프 경감과 일을 같이 한 적이 있는데, 그가 말하길 자네 성격이 말도 못하게 뒤틀려 있다고 하더구먼. 자네 지금 알레나 마셜이 목졸려 죽은 것이 아니라 수수께끼의 병에 들어 있던 수수께끼의 독약으로 독살된 거라고 말하고 싶은 건가?"

"아니, 아닐세. 그 병에 독이 들어 있었다고 말한 적은 없어."

"그렇다면 뭐가 들어 있었나?"

"전혀 짐작도 가지 않네. 그게 내가 흥미를 가지는 이유야."

글래디스 내러콧이 돌아왔다. 약간 숨이 차 보이는 그녀가 말했다.

"죄송하지만 뭐가 없어졌는지 도무지 찾을 수가 없던데요. 마셜 대위나 린다 마셜, 레드펀 부부의 방에선 없어진 물건이 없는 게 확실하고, 단리 양의 방도 아마 그렇다고 생각해요. 다만 마셜 부인의 방은 잘 모르겠네요. 그 방에는 아까 말씀드린 것처럼 병이 워낙 많아서요."

푸아로는 어깨를 으쓱했다. 그가 말했다.

"상관없습니다. 그쯤 해 둡시다."

글래디스 내러콧이 말했다.

"더 시키실 일은 없으세요, 선생님?"

그녀는 그들을 차례로 쳐다보았다.

웨스턴이 말했다.

"없는 것 같군요. 고마웠습니다."

푸아로가 말했다.

"저 역시 감사드립니다. 그런데 깜빡 잊고 우리에게 말하지 않은 게 혹시 있진 않습니까? 잘 생각해 보세요."

"마셜 부인에 대해서인가요, 선생님?"

"무엇에 관해서라도 상관없습니다. 뭔가 이상하고 수상한 것, 설명하기 어려운 것이나 특이한 것……. 엉뚱(그러니까), 당신 자신이나 친구에게 '그거 참 웃겼어!'라고 말할 만한 것이면 됩니다."

글래디스는 좀 의심스럽게 말했다.

"저, 선생님이 말하시는 그런 건 아닐지 몰라도……."

에르퀼 푸아로가 말했다.

"제 말뜻은 신경쓰지 마시고요, 제가 확실히 뭘 말하는지 모르실 수도 있으니까요. 하지만 정말로 '그거 참 웃겼어!'라고 오늘 혼자서나 주위에 말한 적이 없었습니까?"

그는 그 세 마디 말에 반어적인 의미를 담아 강조했다.

글래디스가 말했다.

"사실 대수로운 건 아니었어요. 그냥 욕실 물소리가 들린 거였죠. 그리고 저는 아래층에서 엘시에게 낮 12시에 목욕을 하다니 우습다고 말했답니다."

"목욕을 한 사람이 누구였습니까?"

"모르겠습니다, 선생님. 그냥 건물 하수구로 물이 내려가는 소리를 들었을 뿐이에요. 엘시와 얘기를 하고 있을 때였죠."

"목욕물 소리라는 게 확실합니까? 혹시 세면대 물소리는 아니었고요?"

"아! 그건 절대 확실해요. 두 가지 소리는 확실히 다르거든요."

푸아로는 그녀를 더 잡아 두려 하지는 않았다. 글래디스 내러콧은 이제 떠나도 좋다는 허락을 받았다.

웨스턴이 말했다.

"푸아로, 목욕이 어쩌고 하는 그 문제가 중요하다고 보는 건 아니겠지? 뭐 하나 특이할 게 없지 않나. 씻어낼 핏자국도 뭣도 없어. 그게 바로……."

푸아로가 끼어들었다.

"자네 말 잘했네. 그게 바로 교살의 장점이지! 혈흔도, 무기도, 없애거나 감출 물건이 없다는 점일세! 육체적 완력 외에는 아무것도 필요 없지. 사람을 죽이고자 하는 의지를 제외하고는 말이야."

푸아로의 어조가 하도 격하고 감정에 차 있어 웨스턴은 몸을 움찔했다. 에르퀼 푸아로가 곧 그에게 사과하는 듯한 미소를 지어 보였다.

"아마 그 목욕은 중요한 게 아닐 수도 있네. 누구라도 목욕을 할 수 있지. 테니스를 치기 전의 레드펀 부인이나, 마셜 대위, 단리 양 모두 가능해. 다시 말하지만 '누구나'일세. 아무 의미 없는 사실이라는 거지."

노크 소리가 들리더니 경관 한 명이 얼굴을 내밀었다.

"서장님, 단리 양이십니다. 잠깐 다시 보고 싶으시다는데요. 잊어버리고 말하지 않은 게 있다고 합니다."

웨스턴이 말했다.

"내려가려는 참일세. 지금 바로."

그들의 눈에 처음 들어온 사람은 콜게이트였다. 우울한 얼굴이었다.

"잠시만요, 서장님."

웨스턴과 푸아로는 그를 따라 캐슬 부인의 사무실로 들어갔다.

콜게이트가 말했다.

"힐드와 함께 그 타자기 알리바이를 조사해 봤습니다. 틀림없이 한 시간 내로 치기엔 무리가 있는 양이었습니다. 때때로 멈추고 쓸 말을 생각하다 보면 더 오래 걸렸겠죠. 의심할 건 없을 것 같습니다. 그리고 이 편지를 보십시오."

그는 편지를 펼쳐 들었다.

친애하는 마셜에게

휴가 중에 기분을 망치게 했다면 죄송합니다. 하지만 벌리와 텐더 간 계약에 전혀 예상치 못한 문제가 생겨서요……

콜게이트가 말했다.

"그런 후에 어쩌고저쩌고 말이 많지만 이 편지는 바로 어제인 24일 날짜로 되어 있습니다. 어제 저녁 EC1 우체국에서 찍은 소인과 오늘 아침에 레더콤 만 우체국에서 찍은 소인이 함께 있고요. 갑작스러운 이 내용에 대해 마셜 씨가 답신을 미리 준비하는 건 불가능합니다. 완전히 헛짚었습니다."

웨스턴이 우울하게 말했다.

"흠, 그렇다면 마셜도 빠져 나갔군. 다른 사람을 찾아봐야겠구먼."

그는 그러면서 이렇게 덧붙였다.

"단리 양을 다시 만나 봐야지. 지금 기다리고 있다고 하네."

로저먼드는 힘차게 걸어 들어왔다. 그녀는 조금 미안한 듯한 미소를 띠고 있었다.

그녀가 말했다.

"너무 죄송해요. 굳이 성가시게 해 드릴 것까지도 없는 일 같지만, 그래도 잊은 걸 말씀드리는 게 좋을 것 같아서요."

"예, 단리 양."

경찰서장은 그녀에게 의자를 권했다. 그러나 그녀는 즉시 검은 머리를 흔들었다.

"아, 앉아서 얘기할 만한 것도 아니에요. 얼마 되지도 않으니까. 전엔 제가 아침을 서니 레지에 누운 채 보냈다고 말씀드렸잖아요? 꼭 그랬던 건 아니에요. 아침 동안 잠깐 호텔에 들어갔다가 나온 적이 있다는 걸 깜빡했답니다."

"그때의 시간이 몇 시였습니까, 단리 양?"

"11시 15분이 확실합니다."

"호텔로 돌아가셨다고요."

"예, 선글라스를 두고 왔었거든요. 처음엔 그냥 있었지만 갈수록 눈이 피곤해져서 안으로 들어가 가지고 나오자고 결심했지요."

"곧장 방으로 갔다가 바로 나오셨습니까?"

"예. 하지만 그 와중에 켄…… 그러니까 마셜 대위의 방을 살짝 들여다봤어요. 타자기 소리가 들려서 그런 건데, 그렇게 날씨가 좋은 아침에 방 안에 틀어 박혀 있는 게 우습다고 생각했더랬지요. 밖으로 나오라고 말해 줄까 싶었죠."

"거기에 대해 마셜 대위는 뭐라고 했습니까?"

로저먼드는 약간 부끄러운 듯 웃었다.

"그게…… 제가 문을 열었을 때 그가 하도 열심히, 얼굴까지 찌푸려 가면서 잔뜩 집중한 채 타자기를 두드리고 있어서요. 별 수 없이 그냥 조용히 도로 나왔답니다. 제가 들어온 것조차 몰랐으리라 생각해요."

"그리고 그때의 시간은요? 단리 양?"

"11시 20분 정도일 겁니다. 나오면서 홀에 있는 시계를 보았던 기억이 나요."

IV

"이걸로 아주 결정타를 날렸군요. 객실 담당 하녀의 말이 10시 55분까지 그가 타자 치는 소리를 들었다고 했죠. 또 단리 양은 11시 20분에 그를 보았다고 하는데, 여자가 죽은 시간은 11시 45분입니다. 그러니 그가 한 시간 동안 방에서 타자를 친 것은 사실로 보입니다. 마셜 대위는 깨끗이 씻겨 나갔는데요."

콜게이트 경위는 말을 멈추고 푸아로를 조금 흥미롭다는 듯이 바라보았다. 그가 말했다.

"무슈 푸아로의 표정이 아주 심각하시군요."

푸아로는 곰곰이 생각하며 말했다.

"단리 양이 갑자기 이 추가적인 증언을 자청한 이유가 궁금하군요."

콜게이트는 머리를 잽싸게 위로 치켜올렸다.

"거기에 뭔가 구린 거라도 있다고 보시는 겁니까? 그저 깜빡 잊고 빠트렸다고 보는 게 옳지 않을까요?"

잠깐 고민하던 경위가 다시 천천히 말을 꺼냈다.

"보세요, 선생님. 이렇게 생각하면 어떻습니까. 단리 양이 자기 말과는 달리 오늘 아침 서니 레지에 없었다고 해 보죠. 거짓말을 한 거라고 말입니다. 그러고서 우리와 면담을 하고 나니까, 누군가 그녀를 다른 곳에서 보았다거나 서니 레지에 간 사람이 그녀가 거기 없다는 걸 알았을 가능성이 떠오른 겁니다. 그래서 그녀는 아까와 같은 이야기를 만들어 자기가 거기 없었던 이유를 설명하러 온 거지요. 마셜 대위의 방을 들여다 보았을 때 대위는 자신을 보지 못했다고 굳이 강조한 것을 보십시오."

푸아로가 중얼거렸다.

"그래요, 나도 그건 눈치챘습니다."

웨스턴이 회의적으로 말했다.

"단리 양이 관련되었다고 말하는 건가? 말도 안 돼, 허튼 소리네. 그 여자가 왜?"

콜게이트 경위가 헛기침을 했다.

"서장님, 가드너 부인인가 했던 그 미국 여자를 기억해 보십시오. 그 여자 말이 린다 양은 마셜 대위를 좋아한다고 했지 않습니까. 그게 이유지요."

웨스턴은 초조하게 말했다.

"알레나 마셜을 살해한 사람은 여자가 아닐세. 우리가 찾아야 할 건 남자라고. 이 사건에서는 남자만 눈여겨 보면 돼."

콜게이트 경위가 한숨을 쉬었다. 그가 말했다.

"예, 그건 사실입니다. 늘 거기로 되돌아가는군요."

웨스턴이 말을 계속했다.

"경관 몇 명을 풀어야겠어. 호텔에서 출발해 절벽의 사다리 꼭대기까지 가는 길을 조사해 보도록 해야지. 사다리도 꼼꼼히 살펴 보고. 그리고 해수욕장에서 그 해안까지 뗏목으로 건너가는 데 얼마나 걸리는지도 조사해 보는 것이 좋겠군."

콜게이트 경위는 고개를 끄덕였다. 그가 자신 있게 말했다.

"그쪽은 제가 다 알아서 하겠습니다."

경찰서장이 말했다.

"내가 지금 직접 그 해안으로 가 보겠네. 필립스가 뭐라도 발견했을까? 그리고 전에 얘기가 나온 그 요정의 동굴, 거기에 누가 왔다간 흔적이 있는지도 봐야겠어. 어이, 푸아로. 어떻게 생각하나?"

"그것도 괜찮겠군."

웨스턴이 말했다.

"만약 외부에서 이 섬으로 숨어 들어온 자가 있다면 그 동굴이 은신처로 삼기 좋거든. 거길 미리 알고 있었다면 말일세. 이곳 주민들은 다 그 동굴을 알고 있었던 것 같고."

콜게이트가 말했다.

"젊은 세대는 그곳을 잘 모릅니다. 이 호텔을 연 이후로 그 해안은 개인의 사유지였으니까요. 어부나 관광객들도 거기까진 가지 않습니다. 한편 호텔 투숙객들은 이 지역 주민이 아니고, 캐슬 부인은 런던 출신인 만큼 더 모르겠지요."

웨스턴이 말했다.

"아무래도 레드펀을 함께 데려가야겠군. 그 동굴에 관해 얘기를 꺼낸 사람이니까. 자네도 같이 가면 어떤가, 푸아로?"

에르퀼 푸아로는 잠깐 망설이는 듯하다가 외국인 억양으로 말했다.

"음, 나는 브루스터 양이나 레드펀 씨처럼 그 수직 사다리를 오르고 싶진 않네."

웨스턴이 말했다.

"보트로 둘러 가면 되잖나."

다시 한 번 푸아로는 한숨을 쉬었다.

"바다에선 내 위장이 그리 행복해 하지 않아서 말이지."

"무슨 소리! 이 친구야, 이렇게 날씨가 좋지 않나. 물도 저수지만큼이나 잔잔해. 김새게 만들지 말게."

에르퀼 푸아로는 그 영국식 초청에 응할 생각이 없어 보였다. 하지만 그때 캐슬 부인이 숙녀다운 얼굴과 공들여 매만진 머리 모양으로 문 앞에 나타났다.

"제가 방해한 게 아니라면 좋겠는데요……. 레인 목사님 아시죠? 그분이 돌아오셨어요. 아시는 게 좋을 것 같아서요."

"아, 알겠습니다. 감사드립니다, 캐슬 부인. 즉시 만나 보죠."

캐슬 부인이 방 안쪽으로 조금 더 들어왔다. 그녀가 말했다.

"얘기를 꺼낼 필요가 있나 싶은데요, 아무리 작은 사건도 그냥 넘겨서는 안 된다고 들어서……."

"물론이죠. 그래서요?"

웨스턴이 다급하게 물었다.

"그냥 1시경 처음 보는 여자와 남자 한 분씩이 건너왔다는 얘기랍니다. 육지에서 이곳 섬으로 식사를 하러 오신 거래요. 하지만 그런 사고가 있었으니 식사를 준비해 드리는 건 무리라는 대답을 드렸죠."

"그 사람들이 누구인지 혹시 아십니까?"

"전혀 모르겠어요. 이름도 밝히지 않았는걸요. 둘은 실망하면서도 무슨 사고인지 궁금하다는 눈치더군요. 물론 제가 그들에게 해 줄 수 있는 말도 없었죠. 여름 휴가를 온 상류층 관광객인 것 같다고 보았습니다."

웨스턴이 무뚝뚝하게 말했다.

"뭐, 좋습니다. 알려 주셔서 고맙습니다. 중요하진 않을 수도 있지만 잘 하셨습니다. 음……. 모든 걸 감안해야 하니까요."

캐슬 부인이 말했다.

"당연히 제가 할 일을 했을 뿐인데요."

"그럼요, 그럼요. 자, 이제 레인 씨에게 여기 오시라고 전해 주시 겠습니까?"

V

스티븐 레인은 평소와 같은 활기찬 발걸음으로 걸어 들어왔다.

웨스턴이 말했다.

"레인 씨, 제가 이곳의 경찰서장입니다. 여기서 무슨 일이 있었는 지는 들으셨겠지요?"

"그럼요, 그럼요. 돌아오자마자 전해 들었습니다. 끔찍…… 끔찍 하더군요."

그의 마른 체격이 부르르 떨렸다. 그는 낮은 목소리로 말을 계속 했다.

"여기 도착한 이후로 계속 느낄 수 있었습니다. ……손에 잡힐 듯 가까이 느껴지는 악의 기운을 말입니다."

그의 불타는 눈은 에르퀼 푸아로에게로 향했다.

"기억하십니까, 무슈 푸아로? 우린 바로 며칠 전에 그 얘기를 나 눴지 않습니까? 악의 존재에 대해서요!"

웨스턴은 잔뜩 흥분한 이 키 크고 수척한 인물을 관찰했다. 그는 그 사람을 꿰뚫어 보기가 쉽지 않음을 알 수 있었다. 레인의 시선이 대령에게로 돌아왔다. 목사가 살짝 미소를 지으며 말했다.

"죄송하지만 서장님께는 좀 이해가 가지 않는 이야기일 수도 있겠네요. 오늘날에는 악마에 관심을 두지 않지요. 우리는 지옥불의 존재를 무시합니다! 더 이상 악마를 믿지 않아요! 하지만 요즘처럼 사탄과 사탄의 하수인들이 위세를 떨치는 때도 없었습니다!"

웨스턴이 말했다.

"어……. 에……. 그렇군요. 아마 그럴 겁니다. 뭐 그쪽은 레인 씨 당신의 전문 분야니까요. 제 전공은 좀 더 무미건조한 거라서요. 살인 사건 조사라거나."

스티븐 레인이 말했다.

"살인이라니! 구역질나는 단어군요. 이 땅의 태초부터 존재해 온 범죄……. 죄없는 형제의 피를 잔인하게 흘리고……."

그는 반쯤 눈을 감으며 말을 멈추더니 보다 평범한 목소리로 말했다.

"제가 어떤 식으로 도울 일이 있을까요?"

"먼저 레인 씨, 오늘 무엇을 하셨는지 말씀해 주시겠습니까?"

"기꺼이 알려드리죠. 저는 아침 일찍 산책을 떠났습니다. 걷는 것을 좋아하거든요. 이곳 주변에서도 여러 곳을 걸어다녔지요. 오늘 간 곳은 세인트 페트로크 인더콤이었습니다. 10킬로미터 정도 가면 나오는데, 데번의 언덕과 계곡을 따라가는 아주 기분 좋은 산책이었네요. 점심은 싸 가지고 간 것으로 숲에서 먹었고요. 그곳 교회를 방문했더니 스테인드글라스(아쉽지만 파편 일부만 남아 있었습니다.)의 흔적이 남아 있어 흥미로웠습니다."

"감사합니다. 그런데 산책 중에 만난 사람은 없으신가요?"

"누구와 얘기를 한 적은 없었습니다. 마차 한 대가 옆으로 지나갔고, 자전거 탄 소년이 두 명, 소 몇 마리 정도였으려나요."

그는 미소를 지었다.

"하지만 제 말을 입증해 보고 싶으시다면 앞서 말한 교회의 방명록을 펼쳐 보시면 될 겁니다. 거기에 제 이름을 써 놓았거든요."

"교회 안에서는 아무도 못 보셨습니까? 목사라든가 교회 직원이라도?"

스티븐 레인이 고개를 흔들었다.

"아니요. 그곳엔 아무도 없었습니다. 제가 유일한 방문객이었죠. 거긴 1킬로미터는 더 가야 다른 마을이 나올 정도로 아주 외딴 곳이거든요."

웨스턴 대령이 상냥하게 말했다.

"목사님의 말을 의심하는 것이 아닙니다. 그저 모두를 빠짐없이 조사하는 것뿐이니까요. 형식적이라고 할 수 있지요. 이런 종류의 사건엔 형식이 무엇보다도 중요하답니다."

스티븐 레인도 점잖게 말했다.

"아, 그렇군요. 충분히 이해합니다."

웨스턴이 계속 말했다.

"그럼 다음 사항입니다. 우리에게 도움이 될 만한 것 좀 알고 계시는 게 있습니까? 죽은 여자에 관한 무엇이든 좋습니다. 누가 그녀를 살해했는지 알려 줄 만한 뭔가는? 듣거나 본 것 무엇이든지요."

스티븐 레인이 말했다.

"저는 들은 게 없습니다. 제가 할 수 있는 말이라면 이것뿐이군요. 알레나 마셜을 처음 본 순간, 저는 본능적으로 그 여자가 악의 결정체라는 걸 알 수 있었습니다. 그 여자는 악마였습니다! 악마의 화신! 여자를 남자의 희망이나 삶의 활력이라고 한다면, 그 여자는 남자의 지옥이었습니다! 남자를 동물의 위치로 끌어 내리는 여자였지요. 죽은 그녀는 그런 여자였습니다. 남자의 본성 저 아래에 있는 모든 걸 자극하는……. 제저벨*과 오흘리바** 같은 여자요. 이제 그녀는 자기 사악함의 절정에서 거꾸러진 것입니다!"

에르퀼 푸아로가 꿈틀해서 외쳤다.

"거꾸러진 게 아니라 교살되었습니다! 레인 씨, 그녀는 인간의 손에 의해 목이 졸려 죽은 거예요."

목사의 두 손이 떨렸다. 그의 손가락은 비틀려져 꿈틀거리고 있었다. 그는 낮고 잠긴 목소리로 말했다.

"무서운…… 정말 무서운 일이군요. 꼭 그렇게 말하셔야 합니까?"

에르퀼 푸아로가 말했다.

"그저 사실을 말했을 뿐입니다. 레인 씨, 당신은 그게 누구의 손이었는지 짐작 가는 게 있습니까?"

목사는 고개를 저으며 말했다.

---

* 이스라엘 왕 아합의 방종한 왕비.

** 구약 성서 속의 탕녀.

"저는 아무것도 모릅니다. 아무것도……."

웨스턴이 일어났다. 그는 거의 눈치채지 못할 만큼 작은 몸짓으로 콜게이트에게 고개를 까딱했다.

"좋아, 픽시 코브로 가세."

레인이 말했다.

"거기가 그…… 일이 일어난 곳인가요?"

웨스턴은 고개를 끄덕였다.

레인이 말했다.

"제가…… 같이 가도 될까요?"

퉁명스럽게 거절의 말을 하려는 웨스턴을 푸아로가 제지했다.

"물론이지요. 레인 씨, 저와 함께 가십시다. 바로 출발하죠."

9장

I

　패트릭 레드펀은 그날 아침 두 번째로 픽시 코브를 향해 보트를 저어 가고 있었다. 다른 동행자로는 몹시 창백한 얼굴로 배에 한 손을 얹은 모습의 에르퀼 푸아로, 그리고 스티븐 레인이 있었다. 웨스턴 대령은 육지를 통해 가는 길을 택했다. 그는 조금 길이 지체되었는지 보트로 출발한 사람들과 동시에 그 해안으로 도착했다. 경관 한 명과 사복 형사 한 명씩이 이미 그 해안에 와 있었다. 보트에서 내린 세 사람이 다가오는 동안 웨스턴이 부하들에게 질문을 했다.

　필립스 경사가 말했다.

　"이만하면 해안 전체를 샅샅이 뒤져 본 셈입니다, 서장님."

　"좋아, 뭘 발견했나?"

"여기 있는 게 전부입니다. 와서 보시죠."

바위 위에 잡다한 물건이 가지런히 놓여 있었다. 가위 하나, 빈 아침 식사용 시리얼 상자, 병뚜껑 다섯 개, 타 버린 성냥개비 몇 개, 실세 줄, 신문 조각 한두 개, 찌그러진 파이프 담배, 단추 네 개, 닭다리 하나와 빈 일광욕 기름병이 늘어선 모습이 보였다.

웨스턴은 그 물건들을 어이가 없다는 듯이 바라 보았다.

"흠, 요즘 해수욕장이 다 그렇지만, 이 사람들 해변을 쓰레기장이랑 착각하는 거야 뭐야? 저 빈 병은 상표가 다 헤진 것으로 봐서 벌써 오래된 것 같은데. 다른 것들도 대체로 그렇지만, 가위는 새 거로군. 반짝거리잖나. 어제 내린 비를 맞은 느낌이 아닌데, 이 가위 대체 어디서 났나?"

"사다리 바로 아래에 있었습니다, 서장님. 이 파이프 담배도 그렇고요."

"음, 사다리를 오르내리면서 떨어뜨린 거겠지. 누구 것인지 짐작가는 사람 있나?"

"없습니다. 극히 평범한 손톱용 가위니까요. 파이프 상표도 좋은 겁니다. 가격도 비싸지요."

푸아로가 의미심장하게 중얼거렸다.

"마셜 대위가 파이프를 잃어버렸다고 말했던 것이 기억나는군."

웨스턴이 말했다.

"마셜은 빼야 해. 게다가 그 사람만 파이프를 피우는 것도 아니고."

에르퀼 푸아로는 스티븐 레인의 손이 주머니에 들어갔다 나오는 것을 보고 있었다. 그가 활기차게 말했다.

"당신도 파이프를 피우시는군요, 맞죠? 레인 씨?"

목사는 몸을 움찔했다. 그가 푸아로를 보았다.

"예, 예, 맞습니다. 오래도록 몸에 지녀온 파이프가 있습니다."

그는 주머니에 다시 손을 넣어 파이프를 꺼내고는 담배를 채워 불을 붙였다.

에르퀼 푸아로는 레드펀이 서 있는 곳으로 다가갔는데, 그의 눈이 반짝 하고 빛났다.

푸아로가 낮은 목소리로 말했다.

"기쁘군. 그녀의 시체를 치워서 말이야……."

스티븐 레인이 물었다.

"그녀는 어디서 발견됐습니까?"

경사가 유쾌하게 말했다.

"지금 선생이 서 있는 곳 바로 근처랍니다."

레인은 펄쩍 옆으로 물러섰다. 그는 자신이 방금까지 있었던 자리를 멀거니 쳐다보았다.

경사는 말을 계속했다.

"그녀가 여기 10시 45분에 도착했다고 할 때 뗏목이 발견된 지점과 거리상으로 들어맞습니다. 만조와 석조 시간을 비교해 알 수 있는 건데요, 지금은 또 물이 바뀌었군요."

"사진은 다 됐나?"

웨스턴이 물었다.

"예, 서장님."

웨스턴은 레드펀 쪽을 향했다.

"자, 그럼 그 동굴 입구가 어디인지 알려 주시겠습니까?"

패트릭 레드펀은 여전히 레인이 서 있던 해변의 그 자리를 주시하고 있었다. 마치 이제는 없는 그 쓰러진 시체를 바라보고 있는 것 같았다. 웨스턴의 말이 그를 깨웠다.

"여기, 이쪽입니다."

그는 절벽 옆의 돌들이 멋지게 흩어진 길로 일행을 이끌었다. 큰 바위 두 개로 곧장 다가가서, 그 사이의 좁은 틈으로 들어가는 모습이었다.

"이곳이 입구죠."

웨스턴이 놀라서 물었다.

"여기? 도저히 사람이 통과할 길로는 안 보이는데."

"그래서 속기 쉽지요. 보시면 압니다. 지나갈 수 있다니까요."

웨스턴은 조심스럽게 그 틈으로 몸을 밀어 넣었다. 그곳은 과연 보이는 만큼 좁지는 않았다. 속에 들어가자 공간이 넓어져서 몸을 똑바로 세우고 돌아다닐 수도 있는 수준이었다.

에르퀼 푸아로와 스티븐 레인이 경찰서장을 따라 들어갔다. 나머지 사람들을 밖에 남겨 두고, 웨스턴은 강력한 손전등으로 안을 비췄다.

"편리한 곳이군. 밖에서는 절대 눈치 채지 못할 거야."

그는 조심스럽게 바닥을 전등으로 훑었다. 에르퀼 푸아로는 가만

히 공기 중의 냄새를 맡는 모습이었다. 그것을 눈치채고 웨스턴이
말했다.

"공기는 꽤 신선해. 비린내나 해초 냄새도 없고. 만조선 훨씬 위
에 있어서 그런 거겠지만."

그러나 푸아로의 민감한 코에는 그 공기가 그저 신선한 것만은
아닌 것처럼 느껴졌다. 희미한 향이 있었다. 그는 이 냄새의 향수를
쓰는 사람을 둘 알고 있었다…….

웨스턴의 전등이 잦아들었다. 대령이 말했다.

"여기엔 뭐 있는 물건이 없군."

푸아로의 두 눈이 그의 머리 약간 위로 튀어나온 돌에 가 멈췄다.
그가 중얼거렸다.

"저기에 뭔가 있지 않을까?"

웨스턴이 말했다.

"누가 의도적으로 숨겨 두지 않았다면 아무것도 없겠지. 그래도
살펴 보는게 좋겠네."

푸아로가 레인에게 말했다.

"무슈, 제가 볼 땐 당신이 우리 중 키가 제일 큰 것 같군요. 저 튀
어나온 돌 위에 뭐 있는 물건이 없는지 확인해 주시겠소?"

레인이 몸을 쭉 폈으나 그 돌의 안쪽까지 볼 정도는 되지 않았다.
그러다 바위벽의 갈라진 틈을 발견한 그가 거기에 발을 끼워 넣고
올라섰다.

"호오, 여기 상자가 하나 있는데요."

1~2분이 지나고 그들은 이제 목사가 발견한 상자를 조사하기 위해 다시 햇볕 아래 나와 있었다.

웨스턴이 말했다.

"조심하게, 손을 대는 건 최소한으로 해야 해. 누군가의 지문이 남아 있을지도 모르니까."

그것은 암녹색의 양철 상자로, '샌드위치'라는 글자가 씌어 있었다. 필립스 경사가 말했다.

"소풍이나 뭐 그런 걸 나왔다가 두고 간 것 같은데요."

그는 손수건을 싼 채로 뚜껑을 열었다. 안에는 소금, 후추, 겨자라고 표시된 작은 양철 상자와 샌드위치용이 분명한 좀 더 큰 상자 두 개가 가지런히 정리되어 있었다. 필립스 경사가 소금통의 덮개를 벗기자 소금이 빈틈없이 꽉 들어찬 모습이 보였다. 연달아 다음 통의 뚜껑을 열고서 필립스 경사가 말했다.

"흠, 후추 통에도 소금이 들어 있는데요."

겨자 통에도 소금이 들어있긴 마찬가지였다.

경위의 얼굴이 갑자기 굳어졌다. 그는 황급히 더 큰 양철통을 열어 보았고, 그들 모두에서 똑같이 하얀 가루가 들어 있는 것을 확인했다.

매우 조심스럽게, 필립스 경사는 그 가루를 손가락으로 찍어 맛을 보았다.

그의 얼굴색이 변했다. 흥분한 목소리로 그가 말했다.

"여러분, 이건 소금이 아닙니다. 소금 비슷한 것도 아니죠! 이 쓴 맛! 전 이게 어떤 약이 아닐까 하는 생각이 드는군요."

II

"또 다른 국면의 시작이군."

웨스턴 대령은 신음을 토해 냈다.

호텔로 돌아가며 경찰서장이 다시 입을 열었다.

"마약 조직이 연루된 거라면 몇 가지 추측이 가능해. 우선, 죽은 여인이 제 발로 그중 한 명을 만나러 간 것일 수도 있고. 그럴 듯 하다고 생각하나?"

에르퀼 푸아로는 신중하게 말했다.

"가능하지."

"그녀가 마약 중독자였을까?"

푸아로는 머리를 흔들고 말했다.

"그런 것 같지는 않네. 그녀는 정신이 또렷했고 활력이 넘쳤는 데다, 주사기 자국도 없었네. 간혹 어떤 인간들은 코로 마약을 들이마시니 꼭 주사기 자국을 찾는 게 능사는 아니지만 말야. 그래도 난 그녀가 마약을 하고 있던 건 아니라고 생각하네."

웨스턴이 말했다.

"그 경우, 그녀가 우연히 마약 거래에 말려든 것은 아닐까? 그래서 장사를 하는 작자들이 입을 막으려 한 거고. 현재로선 우린 이게 마약이라는 것만 알 뿐이네. 니스든에게 이 가루를 조사하도록 해 보자고. 앞으로는 마약쟁이들을 상대해야 하는 건지 원……. 그 친구들은 물불을 안 가려서 말이야."

그가 문을 열자 호레이스 블래트가 활기차게 방으로 뛰어들어 왔다. 블래트는 잔뜩 흥분해 보였다. 앞이마에서 땀을 닦는 그의 열정적인 목소리는 작은 방을 가득 채웠다.

"방금 돌아와서 그 소식을 들었네요. 댁이 경찰서장이시죠? 여기 계시다고 들었습니다. 제 이름은 블래트, 호레이스 블래트입니다. 뭔가 도울 일이 없을까요? 뭐 이른 아침부터 보트를 타고 나가 있었으니 별 도움은 안 될 것 같지만. 그러느라 쇼의 하이라이트를 홀랑 놓쳐 버렸네요. 거 참 이렇게 꼭 자리를 비웠을 때에만 일이 터진다니까. 그게 인생 아니겠습니까? 어, 푸아로 씨로군. 아까까진 계신 줄 몰랐네요. 이 일에 한몫하고 계신가 보죠? 역시……. 그러리라고 생각했습니다. 셜록 홈즈와 지역 경찰의 대결! 그런 거 아니겠습니까, 하하! 거기서는 레스트레이드 경감이었나요. 뭐 상관없습니다. 환상적인 추리력을 펼쳐 보이시길 기대하겠습니다."

블래트는 의자에 앉더니 담뱃갑을 꺼내어 하나를 웨스턴 대령에게 권했다. 하지만 대령은 머리를 흔들고 엷은 미소를 띄웠다.

"저는 파이프만 피웁니다."

"저도 마찬가집니다. 필터 담배도 간간이 피우지만 역시 파이프가 제일이죠."

웨스턴 대령의 기분이 갑자기 바뀐 것 같았다.

"그렇다면 한 대 주시죠."

블래트가 고개를 저었다.

"지금은 파이프가 없어서요. 그나저나 무슨 일인지나 좀 알려 주세요. 지금껏 들은 거라곤 마셜 부인이 여기 해변 어딘가에서 살해된 채 발견되었다는 것 뿐이라서."

"픽시 코브에서였죠."

그를 바라보며 웨스턴 서장이 말했다. 하지만 블래트는 그저 흥미롭다는 듯 다음 질문을 해 올 뿐이었다.

"그 여자가 목이 졸렸다면서요?"

"예, 블래트 씨."

"불쾌해……. 무척이나 불쾌하군. 하지만 이 말만은 해야겠습니다. 그건 그 여자가 자초한 겁니다! 뜨거운 여자였지. 무슈 푸아로, 누가 그랬는지 짐작 가시는 게 있습니까? 아, 묻지 말아야 할 질문인가요?"

희미하게 웃으며 웨스턴 대령이 말했다.

"저, 질문해야 할 쪽은 저희입니다."

블래트가 담배를 이리저리 휘둘렀다.

"죄송, 죄송합니다. 실수했군요. 계속하세요."

"오늘 아침 배를 타고 나가셨다고요. 언제였습니까?"

"9시 45분요."

"일행이 있었나요?"

"전혀. 쭉 고독했답니다."

"어디를 향해 가신 겁니까?"

"플리머스로 향하는 해변을 따라갔지요. 점심은 혼자 먹었고, 돛을 밀어 줄 바람이 별로 없어 그리 멀리 가진 못했습니다."

한두 가지 질문을 더 한 후에 웨스턴은 이렇게 물었다.

"마셜 부부에 대해서는 어떻습니까? 뭐 도움 될 만한 뭔가를 알고 계신 거 없나요?"

"뭐, 이미 의견을 말했잖습니까. 크림 파쇼넬(정욕의 범죄)! 제가 말씀드릴 수 있는 것은 전 아니라는 것뿐입니다! 금발 미녀 알레나는 제게 아무 의미 없는 존재였어요. 제가 나설 곳이 없었죠, 그 여자에겐 벌써 파란 눈의 애송이가 있었는걸! 분명히 말하지만 마셜도 어느 정도는 눈치 채고 있었을 겁니다."

"그렇게 생각하시는 증거라도 있습니까?"

"그가 레드펀을 쳐다보는 눈이 마치 벌레라도 보는 듯한 시선인 것을 한두 번 느꼈습니다. 마셜이야말로 유력한 다크호스죠. 점잖고 온화하다 못해 늘상 반쯤 졸고 있는 것 같지만, 도시에서의 평판은 또 다르더군요. 몇 가지 소문을 들은 적이 있어요. 한 번은 폭행으로 거의 잡혀 들어갈 뻔 했다던데……. 상대가 꽤 더러운 사기를 친 모양입니다. 마셜은 그를 믿었지만 그 친구는 입을 싹 닫고 배신했다나 뭐라나. 그래서 마셜은 놈을 찾아가 반쯤 죽여 놨대요. 하지만 상대 친구는 고소를 하지 않았대요. 그럴 경우에 어떤 일을 당할지 후환이 두려웠던 거지요. 사건에 도움이 될 만한 이야기라 생각해 알려드립니다."

"그렇다면 당신은 마셜 대위가 자기 아내를 목졸라 죽였다고 보는 거군요?"

푸아로가 말했다.

"천만에. 그런 말은 하나도 하지 않았습니다. 그냥 그는 상황에 따라 폭발할 수도 있는 친구라는 걸 알려드리려던 뜻이었습니다."

"블래트 씨, 마셜 부인이 오늘 아침 픽시 코브에 온 것은 누군가를 만나기 위해서였다는 게 밝혀졌습니다. 그게 누구일지 어디 짐작 가는 게 있으십니까?"

블래트는 눈을 찡긋했다.

"짐작이고 뭐고 없지요. 뻔하니까. 레드펀입니다!"

"레드펀 씨가 아니었습니다."

블래트 씨는 깜짝 놀란 것 같았다. 그는 주저하면서 말했다.

"그렇다면 난 모르겠는데요……. 허, 생각할 수도 없군요……."

그는 조금 평정을 찾은 듯이 말을 계속했다.

"아까 말했듯 전 아닙니다! 그런 천운이 있을 리가! 어디 보자, 가드너일 리도 없겠군요. 부인이 워낙 눈을 부릅뜨고 있어야지. 그럼 그 괴팍한 늙은이 배리 소령? 얼어 죽을! 그 목사도 해당 없지요. 비록 그녀를 바라보는 목사 선생의 눈길이 꽤나 뜨겁기는 했지만. 성직자로서 거부하려고 애썼겠으나 그 육감적인 몸을 바라보는 시선은 똑같았을 거요. 안 그렇습니까? 목사 중에 위선자가 한둘이어야지. 지난 달 시끄러웠던 사건 기억하세요? 목사와 교구 위원의 딸이 저지른 그거! 깜짝 놀랄 일이었지 뭐요."

블래트가 킬킬거렸다.

웨스턴 대령이 차갑게 말했다.

"우리에게 도움이 될 만한 얘기가 그것 말고는 생각나지 않으십니까?"

상대는 머리를 흔들었다.

"없네요. 하나도 없어요. 아무튼 이건 꽤 시끄러운 일이 될 겁니다. 언론이 벌떼처럼 몰려들어 졸리 로저 호텔에 관해 수위 높은 특종 기사를 쏟아 놓을 테죠. 꽤나 신나는 시간이 될 거예요."

에르퀼 푸아로가 중얼거렸다.

"여기 계시는 동안 별로 즐거운 일이 없으셨나 봅니다."

블래트의 붉은 얼굴이 약간 더 빨개졌다. 그가 말했다.

"저, 사실 그렇습니다. 항해는 좋았고, 경치, 서비스, 음식 모두 훌륭했소. 하지만 여긴 인간미가 없어요. 무슨 뜻인지 아실 거예요. 한 마디로 제 돈도 다른 사람 돈만큼이나 가치가 있다는 겁니다. 우린 여기 즐기러 왔어요. 그렇다면 왜 모두 함께 어울리지 않는 거죠? 그저 꿍하게 저희들끼리 모여 앉아서 건성으로 인사만 하면 답니까. '좋은 아침입니다, 좋은 밤이죠? 날씨가 참 좋군요.' 하는 꼴이란! 살아 있다는 기쁨이 없는 거죠. 꽉 막힌 샌님들 같으니!"

블래트는 말을 멈췄다. 그의 얼굴은 이제 새빨갛다고 해야 맞을 지경이었다.

그는 이마의 땀을 닦아 내고 사과하듯이 말했다.

"제 말엔 신경 쓰지 마십시오. 너무 흥분했군요."

III

"그래, 블래트 씨를 어떻게 생각하나?"

에르퀼 푸아로가 말했다.

웨스턴 서장이 싱긋 웃었다.

"자네야말로 어떻게 생각하나? 자네가 나보다 더 오래 그를 보지 않았나."

푸아로는 부드럽게 말했다.

"자네들 나라 영국엔 그를 표현할 만한 관용구가 많더군. 다듬어지지 않은 다이아몬드! 자수성가한 사람! 벼락출세한 졸부! 그는 보기에 따라 가엾기도 하고 우습기도 하고 뻔뻔스럽기도 해. 시각의 차이야. 하지만 나는, 그가 또 다른 일면을 가지고 있을지 모른다고 생각한다네."

"그게 뭔가?"

에르퀼 푸아로는 눈을 들어 천정을 보며 중얼거렸다.

"내 생각에 그는…… 초조해 하는 것 같네!"

IV

콜게이트 경위가 말했다.

"시간을 조사해 보았습니다. 호텔에서 픽시 코브의 사다리까지는 3분이 걸립니다. 호텔에서 보이는 지점까지는 걷고, 이후부터는 죽어라 뛰었을 때 가능한 시간입니다."

웨스턴의 눈썹이 움찔했다. 그가 말했다.

"생각했던 것보다 빠른걸."

"사다리를 내려가서 해변까지는 1분 45초가 걸립니다. 2분이라고 해도 무방하겠습니다. 거의 운동 선수급인 플린트 순경의 기록이니까요. 평범하게 걷고 사다리를 탄다면 모든 일을 끝마치는 데에 15분쯤이 걸리겠습니다."

웨스턴이 고개를 끄덕이며 말했다.

"생각해야 할 점이 또 있어. 파이프 건일세."

콜게이트가 말했다.

"블래트가 파이프 담배를 피우고, 마셜과 목사도 그렇습니다. 레드펀은 필터 담배를, 그 미국인 관광객은 시가를 피우더군요. 배리 소령은 전혀 담배를 하지 않습니다. 마셜의 방에서 하나, 블래트의 방에선 둘, 목사의 방에서 하나씩의 파이프가 각각 발견되었습니다. 하녀 말로는 마셜은 원래 두 개를 가지고 있었다고 하는데, 다른 두 사람의 객실 담당 하녀는 머리가 좀 나쁜지 그들이 가진 파이프 개수를 모르고 있습니다. 그저 방에 파이프가 두세 개씩은 있었다고만 했습니다."

웨스턴이 고개를 끄덕였다.

"다른 것은?"

"직원들에 대해서도 조사해 보았습니다. 다 문제없어 보이던데요. 바에서 일하는 헨리는 10시 50분에 그를 보았다는 마셜의 이야기를 확인해 주었습니다. 해변 안내원 윌리엄은 아침 시간 대부분을 그 사다리 고치는 데 썼고요. 깨끗한 것 같습니다. 조지는 테니스장에 선을 긋고는 식당 주변에 식물 몇 개를 심었다고 합니다. 그들 중 아무도 둑길을 가로질러 섬으로 걸어오는 사람을 보지 못한 모양입니다."

"언제 밀물이 빠지고 둑길을 이용할 수 있나?"

"9시 30분경입니다, 서장님."

웨스턴은 콧수염을 잡아당겼다.

"누가 그 길로 왔을 수도 있어. 콜게이트, 이제 다른 각도에서 사건을 봐 볼까?"

그는 동굴에서 발견한 샌드위치 상자에 관한 이야기를 꺼냈다.

V

누군가 문을 두드리는 것이 느껴졌다.

"들어오시오."

웨스턴이 말했다.

모습을 나타낸 것은 마셜 대위였다. 그가 말했다.

"장례식을 치르는데 제가 알아야 할 점이 있는지 해서 왔습니다."

"내일 모레쯤이면 조사가 끝날 것 같습니다, 대위님."

"감사합니다."

콜게이트 경위가 말했다.

"실례합니다, 대위님. 이걸 돌려 드리려 합니다."

그는 편지 세 통을 내밀었다.

캐네스 마셜은 조금 냉소적인 미소를 지었다. 그가 말했다.

"경찰에서 제 타자 속도를 검증해 봤겠죠? 제 말이 확실해졌길 바랍니다."

웨스턴 대령이 넉살 좋게 말했다.

"그렇습니다, 마셜 대위. 이상 없이 깨끗하다는 성적표를 드릴 수 있을 것 같군요. 그 편지를 치는 데엔 너끈히 한 시간은 필요합니다. 더구나 하녀가 당신의 타자 소리를 10시 55분까지 들었다고 하고, 또 다른 증인 한 명이 20분 후에 당신을 보았다고 하니까요."

마셜 대위가 중얼거렸다.

"정말입니까? 그렇다면 정말 만족이죠."

"예, 단리 양이 11시 20분에 당신 방으로 갔다고 합니다. 당신은 타자에 열중한 나머지 그녀가 온 줄도 몰랐다더군요."

캐네스 마셜의 표정은 태연했다.

"단리 양이 그렇게 말했다고요?"

그는 잠시 말을 쉬었다.

"실은 그녀가 잘못 안 겁니다. 그녀는 몰랐겠지만, 나는 그녀를 보았습니다. 거울에 비친 모습을 봤거든요."

푸아로가 중얼거렸다.

"그렇지만 타자 치는 일을 멈추진 않으셨고요?"

마셜은 즉시 답했다.

"예. 일을 끝내길 원했으니까."

침묵을 지키던 그가 돌연히 입을 열었다.

"더 도와드릴 게 있을까요?"

"아니요. 감사합니다, 마셜 대위."

케네스 마셜이 꾸벅 인사를 하고 방을 빠져나갔다. 웨스턴이 한숨을 쉬며 말했다.

"저기 또 하나 용의자가 빠져 나가는군. 결백을 증명 받고 말이야! 엇, 이게 누구야. 니스든 아닌가."

의사는 약간 흥분된 눈치로 말했다.

"꽤나 질 나쁜 약가루를 보내 주셨던데요."

"그게 뭐였는데?"

"뭐냐고요? 디아모르핀 염산염, 흔히 헤로인이라고 불리는 물질입니다."

콜게이트 경위가 휘파람을 불었다.

"좋아! 이제 제자리를 찾았군요. 그 말대로라면, 마약 거래가 모든 사건의 중심에 있는 게 확실합니다."

10장

I

레드 불에서 사람들이 쏟아져 나왔다. 심리는 2주일 후로 다시 미뤄졌다. 마셜 대위와 함께 있던 로저먼드 단리가 나지막이 말했다.

"나쁘진 않았지, 켄?"

마셜은 바로 대답을 피했다. 드러내 놓고 의식하진 않았지만, 사람들의 이목이나 비난을 신경 쓰고 있는 것 같았다.

"여보, 저 사람이에요."

"저기 저 사람 좀 봐. 저 남자가 그 여자 남편이라니까."

"저 사람이 남편이래."

"저것 좀 보라고. 그 사람이 가고 있잖아?"

물론 이런 수군거림이 마셜 대위의 귀에 들어가지는 않았지만,

그는 계속 신경을 곤두세운 채로 있어야 했다. 요즘 세상이란 이런 것이다. 그가 겪어온 여러 일들……. 침묵을 지키는 그를 교묘히 구슬리는 사람들, 그들은 그가 오해를 피할 수 있길 바라며 신중하게 고른 몇 마디 말조차 전혀 엉뚱하게 왜곡하여 신문에 싣곤 했다. 이를 테면 이런 식이었다.

'아내를 죽인 살인자가 그 섬으로 몰래 숨어 들어갔다는 것에 동의하냐고 묻는 질문에 마셜 대위는…….'

카메라의 셔터 소리가 쉴 새 없이 울렸다. 바로 그때 어떤 낯익은 목소리가 그의 귀에 들어 왔다. 그는 몸을 반쯤 돌려 소리 나는 쪽을 향했다. 목표를 달성한 젊은 기자가 미소를 지으며 흐뭇하게 고개를 끄덕이고 있었다.

로저먼드가 중얼거렸다.

"마셜 대위와 그의 친구, 심문 후에 레드 불을 떠나다."

마셜은 얼굴을 찡그렸다.

로저먼드가 말했다.

"어쩔 수 없어, 켄! 현실을 인정해야 해. 알레나의 죽음뿐만이 아닌, 그를 둘러싼 온갖 추악한 것들을 말이야. 따가운 시선, 수군거리는 입들, 제멋대로 떠드는 신문 기사들……. 그에 대처하는 가장 좋은 방법은 그저 웃어넘기는 거야! 그 상투적이고 무례한, 아무 의미 없는 말들을 전부 받아들여. 그러고선 크게 비웃어 줘."

마셜이 말했다.

"그게 네 방식인가?"

"그래."

그녀는 잠시 기다리다가 입을 열었다.

"그런 게 당신 생리에 맞지 않는다는 것은 알아. 보호색으로 몸을 감싸고 피하는 것이 당신의 성격이니까. 꼼짝도 하지 않고 배경 속으로 슬며시 사라지는 거지. 하지만 지금 당신은 모두의 시선 앞에 가차 없이 드러나 있어. 하얀 장막 앞에 선 줄무늬 호랑이처럼. 살해된 여자의 남편이라는 이름으로 말이지!"

"제발, 로저먼드……."

그녀가 상냥하게 말했다.

"나도 당신을 위로해 주고 싶어!"

둘은 아무 말 없이 몇 발짝을 걸었다. 마셜이 다른 어조로 말했다.

"네가 내 곁에 있어 줄 줄은 이미 알고 있었어. 고마워."

그들은 마을을 벗어났다. 사람들의 시선이 그들 주위를 여전히 맴돌았지만 가까이 오는 사람은 없었다. 로저먼드 단리의 말투는 언제나처럼 평온했다.

"사실 생각했던 것만큼 나쁘진 않았잖아?"

마셜은 잠시 생각하다가 말했다.

"난 모르겠어."

"경찰은 뭐래?"

"가르쳐 주질 않더군."

잠시 후 로저먼드가 말했다.

"그 작은 남자…… 무슈 푸아로 말이지. 그 사람은 이 사건에 정말 관심이 많더라고!"

케네스 마셜이 말했다.

"전에 보기론 경찰서장 말에 꼼짝 못 하고 따르는 것 같던데."

"나도 알아. 하지만 그 사람이 정말로 잠자코 있는 걸까?"

"내가 어떻게 알겠어?"

그녀는 곰곰이 생각하는 모습이었다.

"꽤나 나이든 노인이던데. 노망이 들었는지도 모르지."

"그럴지도."

두 사람은 둑길에 도착했다. 눈앞에 고요한 섬이 햇살에 온통 빛나고 있었다.

로저먼드가 불쑥 말을 꺼냈다.

"가끔은…… 이게 다 현실이 아닌 것만 같아. 바로 지금도 그런 일이 일어났다는 게 믿기지가 않는걸."

마셜이 부드럽게 말했다.

"무슨 뜻인지 알 것 같아. 그게 자연의 냉엄한 섭리지! 인간은 그 앞에서 너무나 무력해……. 자연은 늘 거기 있다고!"

로저먼드가 말했다.

"맞아. 그것이야말로 현실을 바라보는 올바른 방식이야."

그는 그녀를 힐끗 쳐다보고는 조용히 말했다.

"걱정할 거 없어. 괜찮아, 다 괜찮을 거야."

II

린다가 그들을 맞이하러 둑길로 나오고 있었다. 소녀는 병적으로 초조해 보였다. 앳된 얼굴과 어울리지 않는 눈가의 짙은 화장은 보기 흉했고, 입술은 트고 갈라져 있었다.

린다가 숨을 헐떡이며 말했다.

"어떻게 됐어요? 거기서 뭐라고 하던가요?"

소녀의 아버지가 성마르게 대답했다.

"2주 후로 미뤄졌다."

"그럼 아직도 결론이 안 났단 뜻인가요?"

"그래. 증거를 더 모아야 한다는구나."

"그래도…… 그 사람들도 생각하고 있는 게 있을 거 아니에요?"

마셜은 살짝 미소를 지었다.

"얘야, 그걸 누가 알겠니? 그나저나 '그 사람들'이라는 게 누구냐? 형사? 판사? 경찰? 기자들? 아니면 레더콤 만의 어부들?"

린다가 천천히 말했다.

"그…… 경찰이죠."

마셜의 목소리는 냉정했다.

"경찰이 무슨 생각을 하고 있는지는 몰라도 지금까지는 전혀 알려 주는 게 없구나."

그 말을 끝으로 그의 입술은 굳게 닫혔다. 마셜은 호텔로 들어가 버렸다.

로저먼드 단리가 그 뒤를 따르려 하자 린다가 외쳤다.

"로저먼드 아줌마!"

로저먼드는 뒤를 돌아보았다. 소녀의 불만스러운 얼굴에 나타난 무언의 호소가 그녀의 마음을 흔들었다. 그녀는 린다와 팔짱을 끼고 호텔 밖으로 걸어 나가 섬을 가로지르는 좁은 길로 향했다.

로저먼드가 부드럽게 말했다.

"너무 신경 쓰지 말거라, 린다. 온통 끔찍한 일투성이였으니 네 충격이 컸겠지. 그런 일을 혼자서 곱씹어 보았자 소용없는 일이야. 자기만 힘들 뿐이지. 그러면 손해 보는 건 너란다. 더욱이 넌 알레나를 전혀 좋아하지 않았잖니?"

그녀는 린다의 대답 속에서 이 소녀가 소리 없이 몸서리 치고 있다는 것을 알 수 있었다.

"그래요. 전 정말 그 여자를 싫어했어요……."

로저먼드가 계속 말했다.

"사람마다 슬픔의 종류도 다르단다. 슬픔은 피할 수 없지. 하지만 그걸 자기 힘으로 몰아 내고서야 고통과 괴로움을 극복할 수 있는 거야."

린다가 날카롭게 반박했다.

"아줌마는 제 마음을 몰라요."

"나는 다 이해할 수 있어."

린다는 머리를 격렬히 흔들었다.

"아니요, 모르세요. 전혀 모른다고요! 크리스틴 아줌마도 똑같아요! 두 분 다 제게 잘해 주시죠. 하지만 제가 무슨 생각을 하는지는 아무것도 몰라요. 그냥 좀 이상한 어린애라고 여길 뿐이죠. 그냥 저 애는 일 없이 엉뚱한 상상에만 빠져 있다면서요."

소녀는 잠시 말을 쉬었다가 계속했다.

"하지만 사실은 전혀 달라요. 제가 무슨 생각을 하고 있는지 아시면……."

로저먼드가 우뚝 멈춰 섰다. 그녀의 몸은 떨리고 있지 않았다. 오히려 그 반대로, 딱딱하게 굳어 버린 모습이었다. 그녀는 잠시 그렇게 서 있다가 팔짱을 낀 팔을 빼냈다.

"린다, 넌 뭘 알고 있는 거니?"

소녀가 로저먼드를 쳐다보았다.

린다는 머리를 흔들며 중얼거렸다.

"아무것도 아니에요."

로저먼드가 소녀의 팔을 잡았다. 그녀가 팔을 너무 꽉 쥐는 바람에 린다는 얼굴을 찡그렸다. 로저먼드가 말했다.

"조심해, 린다. 정말 조심해야 해."

린다의 얼굴이 하얗게 질렸다.

"전 언제나 신중해요. 언제나……."

로저먼드가 다급하게 말했다.

"얘, 린다. 내가 조금 전에 말한 것을 기억해. 내 쪽이야말로 백 배는 더 노력하고 있어. 모든 생각을 떨쳐 버리는 거야. 생각하지 말란 말이야. 잊어, 잊어 버려! 하면 되는 일이야! 네 새엄마는 죽었고, 다시는 살아나지 못해. 모든 걸 잊어 버리고 미래를 사는 거야. 그리고 무엇보다도, 말을 조심하거라."

린다가 어깨를 조금 움츠렸다.

"아줌마는 다 알고 있군요?"

로저먼드가 힘차게 말했다.

"나는 아무것도 몰라! 나는 어떤 미친 부랑자가 섬에 숨어 들어와서 알레나를 죽인 거라고 생각해. 그게 가장 자연스러운 설명이니, 경찰도 결국 그 설명을 인정할 수밖에 없을 거야. 그게 제일 합당한 결론이야! 아니, 사건은 바로 그렇게 일어난 거야!"

린다가 말했다.

"만일 아빠가……."

로저먼드가 그녀의 말을 가로막았다.

"그 얘기는 꺼내지 마."

린다가 말했다.

"한 가지 얘기는 해야겠어요. 새엄마는……."

"그래, 그녀가 어쨌다는 거니?"

"새엄마는 전에 살인 사건으로 재판받은 적이 있어요. 맞죠?"

"그랬지."

린다가 천천히 말했다.

"그리고 그 때문에 아빠는 새엄마와 결혼했어요. 그렇다는 건 아빠는 살인을 별로 대수롭지 않은 것으로 여긴다는 말이 되지 않겠어요? 그렇게 볼 수 있잖아요."

로저먼드가 엄하게 말했다.

"그런 말은 하지 말거라! 적어도 내 앞에서는! 경찰은 네 아버지를 어쩌지 못해. 그 사람에겐 알리바이가 있으니까……. 경찰도 뒤집을 수 없는 알리바이가 있단 말이야. 그러니 네 아버지는 더 없이 안전해."

린다가 속삭였다.

"경찰은 처음에 아빠를 의심했었잖아요?"

로저먼드가 소리쳤다.

"그 사람들이 무슨 생각을 했는지는 몰라! 하지만 경찰도 네 아버지가 그러지 않았다는 걸 알고 있어. 내 말 알겠니? 네 아버지는 그럴 사람이 아니야."

그녀의 목소리엔 위엄이 있었다. 그녀의 눈빛이 린다를 침묵하게 만들었다. 소녀는 긴 한숨을 내쉬었다. 로저먼드가 말했다.

"너는 곧 여기를 떠나겠지. 그러면 모든 걸 잊게 될 거야. 모든 것을……!"

린다가 갑자기 폭발하듯 외쳤다.

"전 결코 잊지 못할 거예요!"

그녀는 화난 것처럼 몸을 돌려 호텔로 뛰어갔다. 로저먼드는 소녀의 뒷모습을 멍하게 바라보고만 있었다.

III

"알고 싶은 게 있습니다, 마담."

크리스틴 레드펀은 푸아로가 이렇게 얘기를 꺼낸 것이 당황스러운 모양이었다. 그녀가 말했다.

"예?"

에르퀼 푸아로는 그녀의 우물쭈물한 태도에 별 신경을 쓰지 않았다. 그는 그녀의 눈길이 칵테일 바 밖에서 테라스를 오르내리는 자기 남편의 모습을 보고 있는 것을 눈치챘다. 그러나 그는 그런 것엔 관심이 없었다. 그는 그저 정보가 필요할 뿐이었다.

"좋습니다, 마담. 바로 그 대목이었습니다. 당신이 전에 말씀하신 그 대목이 마음에 걸렸습니다."

크리스틴은 여전히 패트릭을 쳐다보는 채였다.

"예? 제가 무슨 말을 했었죠?"

"경찰서장의 질문에 하신 대답 말씀입니다. 당신은 범죄가 일어난 아침 린다 마셜 양의 방에 들어가서 그녀가 방에 없는 걸 확인했다고 했죠. 그리고 서장은 그 애가 어디 갔는지를 당신에게 물었습니다."

크리스틴은 조금 초조하게 말했다.

"그래요, 전 걔가 수영을 하고 돌아왔다고 말씀드렸죠. 그렇지 않았나요?"

"아, 하지만 정확히 그런 말은 아니었습니다. '그 애는 수영을 하고 있었어요.'라고 한 게 아니라 '그 애는 수영을 했다고 말했어요.' 라고 말씀하셨죠."

크리스틴이 말했다.

"어쨌거나 그 두 말은 똑같잖아요."

"아니요, 똑같지 않습니다! 그 말투는 부인 마음속의 특정 상태를 대변합니다. 린다 마셜이 방으로 돌아옵니다……. 아이가 수영복을 입고 있네요. 하지만 어떤 이유로 당신은 그 애가 수영을 하고 왔다는 걸 바로 납득하지를 못합니다. 그건 당신의 말에서 드러나죠. '그 애는 수영을 했다고 말했어요.' 아이의 모습, 태도, 아니면 다른 무엇이었든 간에, 아이의 '수영하고 왔다'는 말을 의외라고 받아들이도록 한 뭔가가 있었던 것 아닐까요?"

비로소 크리스틴의 주의가 패트릭을 떠나 온전히 푸아로에게로 돌아왔다. 그녀는 흥미를 느낀 것 같았다.

"아주 예리하시군요. 바로 짚으셨어요. 이제 기억나네요……. 린다가 수영을 하고 왔다고 말했을 때 미약하게나마 놀란 게 사실이랍니다."

"하지만 왜, 마담, 왜였습니까?"

"그러게, 왜일까요? 저도 기억해 내려 애쓰고 있어요. 아, 맞다! 그 애의 손에 들린 꾸러미 때문이었네요."

"꾸러미를 들고 있었다?"

"네."

"그게 무엇인지는 모르시나요?"

"아, 알아요. 그걸 묶은 끈이 끊어졌거든요. 대충 느슨하게 묶어 가져온 것 같던데. 속에 들어 있던 건 양초였어요. 바닥에 흩어진 양초를 주워 담는 걸 도와줬죠."

"아, 양초."

푸아로가 말했다. 크리스틴은 그를 바라보았다.

"관심이 동하신 것 같네요, 무슈 푸아로."

푸아로가 물었다.

"린다가 양초를 산 이유를 말해 주던가요?"

크리스틴은 기억을 돌이켜보는 모습이었다.

"아뇨, 그랬던 것 같진 않아요. 그냥 밤에 책을 읽으려나 보다 했지요. 전등 상태가 좋지 않았던 게 아닐까요."

"천만에요, 마담. 린다의 침대맡 독서등의 상태는 완벽했습니다."

크리스틴이 말했다.

"그렇다면 왜 양초가 필요했는지 이유를 모르겠군요."

푸아로가 말했다.

"줄이 풀리고 꾸러미 속 양초가 바닥에 쏟아졌을 때 아이의 태도는 어땠습니까?"

크리스틴이 천천히 말했다.

"당황……했지요. 쑥스러워하기도 했고."

푸아로는 고개를 끄덕였다. 그가 물었다.

"아이의 방에 달력이 있는지 보셨습니까?"

"달력요? 어떤 달력?"

푸아로가 말했다.

"초록색 달력일까요. 하루하루 낱장을 뜯어 버리는 종류요."

기억을 더듬는 듯 크리스틴은 눈을 굴리고 있었다.

"초록색 달력…… 밝은 초록이었나……. 예, 그런 달력을 봤어요. 어디 걸려 있는지는 기억이 안 나는군요. 린다의 방이었겠지만 확신은 못하겠네요."

"하지만 분명히 그런 걸 보셨다는 거죠."

"예."

다시 푸아로는 고개를 끄덕였다.

크리스틴이 조금 차갑게 말했다.

"무슈 푸아로, 무슨 생각을 하고 계신 거예요? 이 모든 게 다 무슨 뜻인 거죠?"

그 대답으로 푸아로는 빛바랜 갈색 가죽으로 장정된 책을 꺼냈다. 그가 말했다.

"이것을 보신 적이 있습니까?"

"음, 저…… 확실하진 않지만, 예. 본 적 있어요. 일전에 린다가 마을의 책 대여점에서 그걸 들여다보고 있었지요. 하지만 내가 다가가자 바로 덮어 버리던데요. 그래서 그게 무엇일까 궁금했었죠."

조용히 푸아로는 그녀에게 책의 제목을 보여 주었다.

『주술, 마법, 추적 불가능한 독약의 역사』

크리스틴이 말했다.

"이해가 안 가는군요. 이런 게 다 무슨 의미죠?"

푸아로가 우울하게 말했다.

"그건 말입니다, 마담……. 많은 걸 말해 줍니다."

그녀의 호기심 어린 눈초리에도 불구하고, 푸아로는 그에 대한 설명을 하지 않았다. 대신 그가 이렇게 물었다.

"질문이 하나 더 있습니다, 마담. 그날 아침 테니스를 치러 가기 전에 목욕을 하셨습니까?"

크리스틴이 눈을 크게 떴다.

"목욕요? 아뇨. 그때는 시간이 없었고……. 테니스 전에는 목욕을 하고 싶지 않거든요. 오히려 테니스 후에 목욕을 하는 편이죠."

"돌아와서는 목욕을 하셨나요?"

"세면대에서 얼굴이랑 손을 씻었을 뿐이에요. 그게 다랍니다."

"일절 욕실을 쓰지 않으셨다고요?"

"예, 절대 쓰지 않았다고 확실히 말할 수 있어요."

푸아로는 고개를 끄덕였다.

"뭐 중요한 일은 아닙니다."

IV

에르퀼 푸아로는 가드너 부인이 조각 그림 맞추기 퍼즐과 씨름하고 있는 탁자 옆으로 가 섰다. 그녀가 고개를 들어 그를 올려보았다.

"어머, 무슈 푸아로 아니세요? 어쩜 이리 조용히 오셨을까! 아무 소리도 못 들었어요. 수사를 마치고 오신 건가요? 어쩜, 그 수사라는 것 때문에 신경과민에 걸릴 지경이에요. 뭘 해야 할지 모르겠다니깐. 그래서 이렇게 퍼즐이나 붙잡고 있답니다. 전처럼 해변에 나갈 수가 없어요. 남편도 아는 거지만 이 퍼즐이 바로 곤두선 신경을 진정시키는 데 특효약이랍니다. 이런, 이 흰 조각은 어디에 들어가야 할까? 털이 있는 걸 보니 양탄자의 일부인 것 같긴 한데, 도무지 어디인지……."

푸아로는 그녀의 손에서 퍼즐 조각을 점잖게 빼앗았다.

"마담, 여기입니다. 고양이를 이루는 한 부분이지요."

"그럴 리가 없어요. 그건 검은 고양이인데요."

"검은 고양이, 맞습니다. 하지만 이 고양이는 꼬리만은 하얗군요. 보이시죠?"

"어쩜, 정말 그렇네요! 대단하세요! 그나저나 퍼즐을 만드는 사람들도 참 치사하죠. 어떻게 하면 사람들을 헷갈리게 할까 궁리만 하고 있으니."

그녀는 또 다른 퍼즐 조각을 집어 들고 작업을 계속했다.

"저기, 무슈 푸아로. 어제오늘 선생님을 지켜봤는데 말이죠. 아, 그냥 탐정의 수사란 게 어떤 건지 보고 싶었을 뿐이에요. 아시죠? 그런데 이렇게 말하면 좀 무정한 것 같긴 하지만……. 그게 꼭 게임처럼 보이더라고요. 물론 희생자는 불쌍하게도 진짜로 목숨을 잃었죠. 오 세상에, 그 생각을 할 때마다 얼마나 몸이 떨리는지! 그래서 오늘 아침엔 남편에게 당장 여길 떠나자고 말했더랬죠. 남편은 이제 수사가 끝났으니 내일 떠날 수 있을 거라고 하더군요. 이제 안심이에요. 그래도 전 선생님의 수사 방법이 궁금해서요. 그걸 알려 주신다면 참 우쭐할 거 같네요.”

에르퀼 푸아로가 말했다.

“그건 마담이 하고 계신 퍼즐과 닮은 점이 있습니다. 조각을 모으는 것, 모자이크를 생각하시면 됩니다. 여러 다양한 색깔과 형태, 이상한 모양을 한 작은 조각들이 본래 있어야 할 자리에 맞춰져야 하는 겁니다.”

“흥미로운데요? 무척이나 훌륭한 비유세요.”

푸아로가 계속했다.

“우리는 퍼즐 조각들을 아주 체계적으로 배열합니다. 색깔을 면밀히 비교해 가면서요. 그러고는 특정 조각을 특정 위치에……. 예를 들어 털 양탄자 부분이라고 할까요, 그곳으로 집어넣는 겁니다. 실은 검은 고양이의 꼬리인데도.”

“어쩜! 너무 재밌겠는데요! 물론 거기엔 퍼즐 조각들이 수없이 많겠죠, 무슈 푸아로?”

“그렇습니다, 마담. 이 호텔의 거의 모든 사람들이 제 퍼즐의 한 부분이 된답니다. 부인도 그중 하나입니다.”

“제가요?”

가드너 부인의 목소리가 흠칫했다.

“예, 마담의 말씀이 특히 도움이 되었습니다. 정말 귀중한 얘기를 해 주셨더군요."

"오, 영광이에요! 좀 더 자세히 알려 주세요, 무슈 푸아로."

"아! 마담, 그것은 마지막 장의 설명을 위해 남겨 놓겠습니다."

가드너 부인이 중얼거렸다.

"나쁜 결말이 아니라면 좋겠건만!"

V

에르퀼 푸아로는 마셜 대위의 방문을 부드럽게 노크했다. 안쪽에서 타자기 소리가 들리고 있었다.

"들어오시오." 하는 무뚝뚝한 말소리가 들리자 푸아로는 안으로 들어갔다.

마셜 대위의 등이 보였다. 그는 두 창문 사이의 탁자에서 타자를 치고 있는 중이었다. 얼굴을 가만히 둔 채 대위는 벽에 붙은 거울을 통해 푸아로의 눈을 마주보았다. 그가 성마르게 물었다.

"예, 무슈 푸아로. 무슨 일이죠?"

푸아로가 재빨리 말했다.

"방해해서 정말로 죄송합니다. 바쁘십니까?"

마셜이 짧게 말했다.

"약간요."

푸아로가 말했다.

"여쭈어 볼 질문이 하나 있습니다."

마셜이 말했다.

"맙소사, 이젠 질문에 대답하는 것도 신물이 납니다. 경찰의 질문 공세에 시달리고 나니 도저히 선생 말에 대답할 기분이 아닙니다."

푸아로가 말했다.

"제 질문은 무척 간단한 겁니다. 부인이 돌아가신 날 아침, 타자를 치거나 테니스를 하기 전에 목욕을 하신 일이 있습니까? 그것뿐이랍니다."

"목욕? 아니요, 당연히 안 했습니다! 그 한 시간 전에 이미 목욕을 했었으니까!"

에르퀼 푸아로가 말했다.

"감사합니다. 그럼 제 볼일은 끝났습니다."

"아니, 이봐요. 어……."

그가 우유부단하게 말끝을 흐렸다. 푸아로는 부드럽게 문을 닫으며 물러가고 말았다.

케네스 마셜이 말했다.

"미친 사람 다 보겠군."

VI

칵테일 바 바로 바깥에서 푸아로는 가드너 씨를 만났다. 그는 칵테일 두 잔을 손에 들고 있었는데, 퍼즐에 몰두해 있는 가드너 부인 쪽으로 가는 게 분명해 보였다.

그는 푸아로를 보고 온화하게 웃었다.

"함께 한잔하시겠습니까, 무슈 푸아로?"

푸아로는 고개를 흔들었다.

"가드너 씨는 조사를 받으신 감상이 어떻습니까?"

가드너 씨는 목소리를 낮추었다. 그가 말했다.

"의도를 짐작하기 힘든 질문뿐이던데요. 선생네 경찰이 소매 속에 뭔가를 감추고 있다는 느낌을 받았습니다."

에르퀼 푸아로가 말했다.

"그럴 수 있지요."

가드너 씨의 목소리가 한층 더 낮아졌다.

"저는 아내를 어서 데리고 나가고 싶습니다. 아내는 정말, 정말 예민한 여자라서 이런 사건에서 충격을 받을 것이 걱정입니다. 몹시 긴장한 모양이에요."

에르퀼 푸아로가 말했다.

"가드너 씨, 한 가지 질문을 해도 괜찮으시겠습니까?"

"그럼요, 무슈 푸아로. 무엇이든 제가 도울 수 있다면 기쁘겠습니다."

에르퀼 푸아로가 말했다.

"저는 가드너 씨를 세상 경험이 많고 아주 예리하신 분이라고 보았습니다. 솔직히, 고(故)마셜 부인을 어떻게 생각하셨습니까?"

가드너 씨의 눈썹이 놀라움으로 치켜올라갔다. 그는 신중하게 주위를 둘러보며 목소리를 낮추었다.

"저, 무슈 푸아로. 주변에서 몇 가지 소문이 도는 것을 들은 적이 있습니다. 더 구체적으로는 여자들 사이에서 말이죠……."

푸아로가 고개를 끄덕였다. 가드너 씨가 말을 계속했다.

"하지만 제 생각은 다릅니다. 솔직한 의견으로, 저는 그 여자가 상당히 멍청하다고 보았습니다!"

에르퀼 푸아로는 의미심장하게 말했다.

"그것 참 흥미롭군요."

VII

로저먼드 단리가 말했다.

"그래서 이젠 제 차례로군요, 그렇죠?"

"예? 무슨 말씀인지?"

그녀는 웃었다.

"전에는 경찰서장이 한바탕 질문을 하더니 오늘은 선생님이 오셨다고요. 전 선생님을 지켜보고 있었어요. 처음엔 레드펀 부인과, 다음엔 그 끔찍한 조각 퍼즐 게임을 하고 있는 가드너 부인과 얘기를 하시던데요. 그러니 이젠 제 차례가 된 거죠."

에르퀼 푸아로는 그녀 곁에 앉았다. 그들이 앉은 곳은 서니 레지였다. 그들 아래에는 바다가 짙은 녹색으로 넘실대고 있었다. 더 먼 바다의 물은 눈부신 푸른색이었다.

푸아로가 말했다.

"당신은 매우 현명하십니다, 마드무아젤. 저는 여기 온 처음부터 그렇게 생각했습니다. 그러니 이 일에 관해 당신과 토론할 수 있다면 기쁠 것 같습니다."

로저먼드 단리는 부드럽게 말했다.

"사건 전체에 관한 제 생각을 알고 싶으신 건가요?"

"그러면 정말 좋겠습니다."

로저먼드가 말했다.

"저는 이게 아주 간단하다고 봐요. 실마리는 여자의 과거죠."

"과거? 현재가 아니고?"

"오! 아주 먼 과거일 필요는 없어요. 전 이렇게 생각한답니다. 알레나 마셜은 남자들이 좋아하는 매력, 치명적인 매력을 가진 여자였어요. 또한 남자들에게 쉽게 싫증을 내는 사람이기도 했죠. 그녀의 소위…… 추종자 중에 그 사실을 못 참는 사람이 있다고 해 보세요. 아, 오해하지는 마시고요. 특별히 누구를 가리키는 말은 아니니까. 아마 소심하고 시시하며 예민한 남자, 그러면서도 공상이 풍부한 남자였겠죠. 그런 남자가 그녀를 쫓아 여기로 온 걸로 생각해요. 기회를 엿보아 그녀를 죽인 걸로 말이죠."

"범인은 육지에서 건너 온 외부인이라는 말씀이군요."

"예. 아마 기회가 올 때까지 동굴에 숨어 있었겠지요."

푸아로는 머리를 흔들었다.

"그녀가 당신이 묘사한 그런 남자를 만나러 거기로 갔다? 아닙니다, 그녀는 웃어넘기고는 그걸 무시했으리라 보는데요."

로저먼드가 말했다.

"그 남자를 보게 될 것을 예상 못 했을 수도 있죠. 남자가 다른 사람 이름으로 연락했을 수도 있으니까."

푸아로가 중얼거렸다.

"가능할 법하군요."

그는 말을 이었다.

"하지만 한 가지를 빠트리셨습니다. 살인을 결심한 사람이 멀쩡한 대낮에 둑길을 가로질러 호텔을 지나가는 위험을 무릅쓰진 않습니다. 누가 그를 볼지도 모르니까요."

"그럴 수도 있겠죠. 하지만 확실하진 않잖아요. 아무에게도 눈에 띄지 않고 숨어들 기회가 있었을 지도 몰라요."

"예, 그도 그렇죠. 인정합니다. 하지만 중요한 건 범인이 그런 불확실한 확률에 의지할 순 없었을 거란 뜻입니다."

로저먼드가 말했다.

"잊고 계신 게 있지 않아요? 날씨 말이에요."

"날씨?"

"예. 살인이 있기 전날 아침은 아주 화창했지요. 하지만 기억하실지 몰라도, 그 전날은 비가 오고 안개가 짙었거든요. 그러니 누구라도 눈에 띄는 일 없이 섬으로 숨어들 수 있었을 거예요. 범인은 그저 해변으로 내려가 동굴에 숨어 있기만 하면 되죠. 무슈 푸아로, 안개가 중요한 거랍니다."

푸아로는 잠시 동안 그녀를 진지하게 바라보았다.

"거 참, 말씀하신 내용에 아주 많은 것이 담겨 있군요."

로저먼드의 얼굴이 붉어졌다.

"제 생각일 뿐이에요. 어떨진 모르겠네요. 이제 선생님의 의견을 말해 주시겠어요?"

"아."

푸아로가 말했다. 그는 바다를 내려다 보았다.

"에 비엥(좋습니다), 마드무아젤. 저는 매우 단순한 사람입니다. 범죄를 저지르는 건 언제나 가장 그럴 법한 사람이라는 신조를 가지고 있지요. 그래서 처음 보자마자 가장 유력하다고 본 사람이 한 명 있었습니다."

로저먼드의 목소리가 약간 굳어졌다. 그녀가 말했다.

"계속하세요."

에르퀼 푸아로가 말을 이었다.

"하지만 왜, 소위 길 위의 암초란 게 불쑥 나타나지 뭡니까. 마치 그 사람이 범죄를 저지르는 건 불가능하다고 말하는 것 같았지요."

그는 로저먼드가 가쁘게 한숨을 내쉬는 것을 들었다. 그녀는 숨찬 목소리로 물었다.

"그래서요?"

에르퀼 푸아로는 어깨를 으쓱했다.

"그래서, 우리는 뭘 해야 하는 걸까요? 그게 제 문제입니다."

그는 잠깐 말을 멈추더니 다시 시작했다.

"한 가지 질문을 해도 될까요?"

"물론이죠."

그녀는 긴장되고 경계심 어린 표정으로 그를 마주보았다. 하지만 질문의 내용은 전혀 예상치 못한 것이었다.

"그날 아침 테니스를 치기 전에 옷을 갈아입을 때, 목욕을 하셨습니까?"

로저먼드는 그를 바라보았다.

"목욕요? 무슨 말씀이세요?"

"말한 그대로입니다. 목욕! 도자기로 된 통에 물을 채워 넣고, 안에 들어갔다 나온 다음, 물을 콸콸, 콸콸거리면서 하수구로 내려보내는 것!"

"무슈 푸아로, 정신이 어떻게 되신 거 아니에요?"

"아니요. 전 지극히 정상입니다."

"뭐 좋아요. 어쨌든 전 목욕을 하지 않았어요."

푸아로가 말했다.

"하! 결국 아무도 목욕을 하지 않았다. 정말 흥미롭군요."

"왜 누가 목욕을 했다고 생각하시죠?"

에르퀼 푸아로는 되물었다.

"왜일까요, 도대체?"

로저먼드가 무릎을 탁 치며 말했다.

"아하, 이게 바로 셜록 홈즈식 접근법이죠?"

에르퀼 푸아로는 미소지었다. 그러고서 그는 공기 중의 냄새를 킁킁거리며 맡기 시작했다.

"마드무아젤, 조금 주제 넘은 이야기를 해도 될까요?"

"무슈 푸아로께서 주제 넘은 말을 하실 리가 있나요."

"정말 친절하시군요. 마드무아젤이 쓰시는 그 향수는 향이 정말 좋다는 말이었습니다. 오묘한 매력이 있어요. 아주 섬세하고 우아한 향기라고 할까요."

그는 손을 흔들면서 태연한 목소리로 덧붙였다.

"제 생각엔 가브리엘 No.8 같은데, 맞습니까?"

"대단하시네요. 예, 제가 항상 쓰는 그 향수랍니다."

"죽은 마셜 부인도 같은 향수를 썼고요. 멋진 향수죠, 예? 또 아주 비싸고!"

로저먼드는 희미하게 웃으며 어깨를 으쓱했다.

푸아로가 말했다.

"마드무아젤, 당신은 범죄가 일어난 아침 바로 이곳 서니 레지에 앉아 계셨지요. 당신, 아니 적어도 당신이 쓴 양산이 배를 타고 있던 브루스터 양과 레드펀 씨의 눈에 띄었습니다. 마드무아젤, 당신은 그날 픽시 코브(예, 그 유명한 픽시 코브입니다.)로 내려 가 동굴 안으로 들어가지 않은 것이 확실합니까?"

로저먼드가 얼굴을 돌려 그를 바라보았다. 그녀는 조용한 목소리로 말했다.

"제게 알레나 마셜을 죽였느냐고 묻고 계신 건가요?"

"아뇨, 픽시 코브에 가셨는지를 묻는 겁니다."

"전 거기가 어딘지도 몰라요. 제가 왜 거기 가겠어요? 뭣 때문에?"

"마드무아젤, 사건이 일어난 날 아침 동굴에 가브리엘 No.8을 쓰는 누군가 다녀간 일이 있습니다."

로저먼드가 차갑게 말했다.

"그렇다면 방금 직접 말씀하신 대로네요, 무슈 푸아로. 알레나 마셜이 가브리엘 No.8을 썼다고 하셨잖아요? 그 여자는 그날 해변에 있었어요. 동굴에 다녀갔나 보네요."

"왜 그녀가 동굴에 갔겠습니까? 어둡고 좁아서 아주 불편한데 말이죠."

로저먼드가 못 참겠다는 듯이 말했다.

"제게 이유를 묻지 마세요. 실제로 해변에 있었던 그 여자가 제일 가능성 높은 사람 아닌가요? 저는 아침 내내 그곳을 떠나지 않았다고 이미 말씀드린 걸로 알아요."

"마셜 대위의 방에 갔다 온 시간을 제외하면 말이죠."

푸아로가 그녀의 기억을 환기시켰다.

"예, 그렇네요. 그건 잠시 잊었어요."

푸아로가 말했다.

"또 틀리신 게 있습니다, 마드무아젤. 마셜 대위는 당신을 보지 못했다고 말씀하셨죠?"

로저먼드가 의심스럽다는 듯이 말했다.

"케네스가 저를 봤다는 말인가요? 그가, 그 사람이…… 그렇게 말했어요?"

푸아로가 고개를 끄덕였다.

"그는 당신을 보았습니다, 마드무아젤. 테이블 위에 걸린 거울을 통해서요."

로저먼드가 숨을 몰아쉬었다.

"오! 그랬군요."

푸아로는 이제 바다를 바라보는 것을 그만두었다. 그는 무릎 위에 가지런히 놓인 로저먼드 단리의 손을 보고 있었다. 손가락이 긴, 예쁘장한 손이었다.

로저먼드는 푸아로를 재빨리 쏘아보면서 그의 시선을 좇았다. 그녀가 날카롭게 말했다.

"왜 제 손을 보시는 거죠? 혹시…… 혹시……?"

푸아로가 말했다.

"혹시…… 뭘 말입니까, 마드무아젤?"

로저먼드 단리가 말했다.

"아무것도 아닙니다."

VIII

푸아로가 걸 코브로 향하는 오솔길의 꼭대기에 올라선 것은 약한 시간 후였다. 해변에 누군가가 앉아 있었다. 붉은 셔츠와 진한 청색 반바지를 입은 모습이 보였다.

푸아로는 꼭 맞는 멋쟁이 구두를 신은 발로 오솔길을 조심스럽게 내디뎠다.

린다 마셜이 고개를 홱 돌렸다. 약간 움찔한 듯한 기색이었다. 푸아로가 곁에 있는 판자에 조심스럽게 앉자, 소녀의 눈은 덫에 걸린 동물처럼 두려워하는 눈빛이 되었다. 그는 이 소녀가 얼마나 어리고 얼마나 상처 입기 쉬운지를 아프도록 느낄 수 있었다.

소녀가 말했다.

"무슨 일이에요? 뭘 원하시죠?"

에르퀼 푸아로는 잠시 대답하지 않았다가 말을 꺼냈다.

"요전날 말이다……. 경찰서장에게 넌 새엄마를 좋아했다고, 또 그녀는 친절했다고 말한 적이 있었지?"

"그런데요?"

"그건 사실이 아니지 않니, 작은 아가씨?"

"아니요, 사실이에요."

푸아로가 말했다.

"그녀는 노골적으로 널 싫어하진 않았을 거다. 난 그렇다고 확신해. 하지만 넌 그녀를 좋아하지 않았어. 그렇고말고! 난 네가 그녀를 아주 싫어했다고 생각한다. 뻔히 보이는 일이야."

린다가 말했다.

"어쩌면 제가 새엄마를 아주 좋아하지 않았을 수도 있지요. 하지만 죽은 사람을 두고 그런 말을 하면 안 되잖아요. 점잖지 못한 일이에요."

푸아로는 한숨을 쉬었다.

"학교에서 그렇게 가르쳤니?"

"대강 그런 말이었어요."

에르퀼 푸아로가 말했다.

"사람이 살해당했을 땐, 점잖은 것보다 진실한 것이 중요하단다."

린다가 말했다.

"선생님이라도 그렇게 말씀하셨을걸요."

"물론 그렇지. 그랬을 거다. 하지만 너도 알지? 누가 알레나 마셜을 죽였는지를 알아내는 게 내 일이란다."

린다가 중얼거렸다.

"전 다 잊고 싶어요. 너무 끔찍해요."

푸아로가 상냥하게 말했다.

"하지만 잊을 수가 없지, 그렇지 않니?"

"엄마를 죽인 건 난폭한 미치광이일 거예요."

에르퀼 푸아로가 말했다.

"아니, 꼭 그렇진 않는다고 본다."

린다가 숨을 멈췄다.

"꼭…… 뭔가를 아시는 것처럼 말씀하시는군요?"

푸아로가 말했다.

"그럴 지도 모르지."

그는 잠깐 침묵을 지키다 계속했다.

"얘야, 믿어 주겠니? 내가 네 아픈 고민을 덜어 주기 위해 최선을 다하고 있다고 말이다."

린다가 펄쩍 뛰어오르며 말했다.

"전 고민 같은 거 없어요. 선생님이 할 수 있는 일도 없고요. 뭣보다 선생님이 무슨 말을 하시는 건지 도무지 모르겠어요."

푸아로는 아이를 바라보며 말했다.

"나는 양초에 대한 이야기를 하고 있단다……."

소녀의 눈에 공포가 가득 차 오르는 것이 보였다. 린다는 외쳤다.

"더 듣지 않겠어요. 안 듣겠어요!"

린다가 어린 가젤처럼 재빨리 일어났다. 곧 그녀는 해변을 지그재그로 뛰어 사라지고 말았다.

푸아로는 머리를 저었다. 우울하고 당혹스러운 표정이었다.

11장

콜게이트 경위가 서장에게 보고를 하고 있었다.

"서장님, 한 가지를 집중적으로 조사한 결과 아주 놀랄 만한 결과를 얻었습니다. 마셜 부인의 돈에 대한 문제입니다. 그녀의 변호사들과 함께 조사했는데, 그들도 적잖이 놀란 눈치더군요. 그 협박 건에 대한 꼬리를 잡은 것 같습니다. 그 여자가 어스킨 노인한테 5만 파운드를 물려받았다는 일 기억하시죠? 그런데, 현재 남아 있는 거라곤 1만 5천 파운드뿐이더란 얘깁니다."

경찰서장이 휘익 휘파람을 불었다.

"어이쿠, 나머지는 어떻게 된 건가?"

"그게 아주 재미있는 부분입니다. 그녀는 시간 날 때마다 유산을 조금씩 현금이나 현금성 자산으로 바꾼 모양이었습니다. 추적을 피해 누군가에게 몰래 건네기 위함이지요. 말 그대로 협박 되겠습니다."

서장이 고개를 끄덕였다.

"확실히 그렇게 보이는군. 협박자는 여기 호텔에 있는 그 세 명 중 하나인 게 틀림없어. 그들에 관한 뭐 새로운 소식 없나?"

"구체적인 거라고는 할 수 없습니다, 서장님. 배리 소령은 본인 말대로 퇴역 군인이었습니다. 작은 아파트에 살고 있고, 별장 한 채와 주식에서 얻는 소득이 약간 있지요. 그런데 작년 그의 계좌에 상당한 금액이 입금된 사실이 있었습니다."

"솔깃한데. 그는 거기에 대해 뭐라고 하나?"

"그게 내기에서 딴 돈이라고 합니다. 그가 온갖 경마 대회에 빠짐없이 참가한다는 것은 분명합니다. 실제로 돈도 걸고요. 입출금을 기록하고 있진 않지만요."

서장이 끄덕였다.

"그 주장을 깨기는 쉽지 않겠군. 하지만 가능성은 있겠어."

콜게이트가 계속했다.

"다음은 우리의 스티븐 레인 목사입니다. 신실한 종교인이죠. 서리 주 화이트리지의 세인트 헬렌에 사는데, 건강이 안 좋아 1년 전에 은퇴했다는군요. 정신 요양원에까지 들어갈 정도였나 봅니다. 거기서 1년 넘게 있었다고 합니다."

"흥미롭구먼."

웨스턴이 말했다.

"그렇습니다. 저는 의사들에게서 최대한 뭔가를 캐내려 했지만, 그 작자들을 아시잖습니까……. 도무지 아는 바를 털어 놓으려 하지 않지요. 겨우 알아낸 것이라고 해야 목사 선생의 병명이 '악마에 대한 과도한 적개심'이었다는 것뿐입니다. 특히 여자로 변신한 악마였다는군요……. 부정한 여자, 바빌론의 창녀!"

"흠, 과거에 그런 식의 살인 사건도 있었지."

"그렇습니다. 저도 스티븐 레인에겐 어느 정도 가능성이 있다고 봅니다. 죽은 마셜 부인은 성직자들이 '부정한 여자'라고 부를 만한 딱 좋은 예였습니다. 모습이나 하고 다니는 거나 모두요. 그는 부인을 제거하는 것이 자기에게 맡겨진 임무라고 생각했을 수도 있습니다. 그가 정말 맛이 간 남자라면 말이죠."

"그러면 협박에 대해서는 설명이 안 되잖나?"

"그러게 말입니다. 그것만 보자면 그는 혐의에서 벗어나게 되지요. 많지는 않지만 목사 자신 명의의 재산이 조금 있긴 한데, 최근 급격히 늘어난 흔적은 없습니다."

"그의 범죄 당일 행동에 관해서는 뭐 나온 게 있던가?"

"쓸 만한 게 없습니다. 길에서 그를 봤다고 말해 온 사람은 아무도 없었습니다. 그 교회의 방명록으로 말할 것 같으면, 마지막 방문객이 사흘 전이었고 2주일간 아무도 그걸 들여다보지 않았답니다. 그렇다면 하루 이틀 전에 미리 그곳에 가서 25일자로 자기 이름을 써 놓을 수 있다는 얘기가 되죠."

웨스턴이 고개를 끄덕였다.

"그리고 세 번째 남자는?"

"호레이스 블래트 말씀이십니까? 이건 제 의견이지만, 서장님, 그 자야말로 분명히 구린 데가 있는 사람입니다. 철물 사업에서 버는 돈을 훨씬 초과하는 소득세를 내고 있으니까요. 그에 덧붙여 아주 음흉한 사람이기도 하지요. 필시 적당히 장부를 조작하고 있을지도 모릅니다. 한두 번 주식 시장에서 수상쩍은 거래를 벌인 적도 있습니다. 아, 물론 그에겐 또 나름대로 해명할 명분이 있겠죠. 하지만 지난 몇 년간 그가 알 수 없는 소득원을 통해 거액을 모았다는 사실은 분명합니다."

웨스턴이 말했다.

"그렇다면 호레이스 블래트 씨는 성공적인 직업 협박꾼이라는 말이 되는 건가?"

"그렇습니다, 서장님. 혹은 마약 밀수범일 수도 있지요. 마약을 담당하는 리지웨이 경감을 만났는데, 아주 예리한 사람이던데요. 최근 상당한 양의 헤로인이 입수되었다고 합니다. 그것들은 점조직으로 판매되는데, 경찰은 누가 총책인지에 대해선 대략 감을 잡고 있어도 그게 영국 본토로 입수되는 경로는 아직 오리무중인 것 같습니다."

웨스턴이 말했다.

"마셜 부인의 죽음이 그녀가 마약 거래에 연루된 탓이라면, 그녀가 무고하건 아니건 간에 일단 이 사건을 전부 런던 경시청으로 넘기는 것이 좋겠네. 마약 관련은 그 친구들 소관이니까. 응? 어떻게 생각하나?"

콜게이트 경위는 조금 언짢아 보였다.

"유감스럽지만 그렇습니다. 마약은 경시청으로 넘겨야죠."

잠시 생각하던 웨스턴이 말했다.

"이게 제일 가능성 있는 해석 같아."

콜게이트가 우울하게 끄덕였다.

"그렇습니다. 마셜은 뚫고 들어갈 틈이 없습니다. 그가 가진 알리바이에 허술한 부분이 없나 백방으로 찾았지만 건진 게 없습니다. 반면 그의 회사는 몹시 위기인 것 같더군요. 그나 그의 동업자 잘못은 아닙니다. 작년의 불황에 따른 것으로, 업계에서는 흔한 일이죠. 다만 그는 자기 아내가 죽으면 5만 파운드를 상속받게 되는 사실을 알고 있었습니다. 그리고 5만 파운드라면 회사를 위해 아주 유용하게 쓸 수 있는 금액이죠."

그는 한숨 지었다.

"어떤 남자에게 살인을 저지를 두 가지 완벽한 동기가 있는데도 그걸 입증할 수 없다는 게 정말 유감입니다!"

웨스턴이 미소지었다.

"기운 내게, 콜게이트. 아직 우리 실력을 보여 줄 기회는 있어. 아직도 협박범과 정신병자라는 카드가 남아 있잖나? 뭐, 난 개인적으로 그 마약 가설이 가장 유력하다고 생각하네만. 그리고 만약 그녀를 살해한 것이 마약 조직의 일원이었다면, 우리는 경시청이 마약문제를 해결하는데 일조하는 셈이야. 사실 전체적으로 보면 우린 지금까지 꽤 잘해 온 거라고."

콜게이트는 마지못한 웃음을 지었다.

"뭐, 어쩔 수 없죠. 그건 그렇고, 그녀의 방에서 발견한 편지를 쓴 사람이 누구인지 조사해 보았습니다. J. N.이라는 그 사인 말입니다. 아무것도 아니었습니다! 중국에서 아주 안전하게 지내는 작자더군요. 브루스터 양이 말한 바로 그 친구였습니다. 마셜 부인의 다른 친구들도 조사했지만 더 나오는 건 없었고요. 거기서 얻을 수 있는 것은 그게 끝이었습니다, 서장님."

웨스턴이 말했다.

"그렇다면 이제 우리에게 달린 셈이군."

그는 잠시 말을 멈추었다가 다시 시작했다.

"우리의 벨기에 친구는 어디로 갔나? 자네가 지금까지 말한 걸 그에게도 들려 줬나?"

콜게이트는 씩 웃었다.

"그분 좀 어떻게 되신 것 같던데요. 그 사람이 어제 제게 뭘 물었는지 아십니까? 최근 3년 동안 벌어진 교살 사건에 대해 알려 달라고 하지 않겠어요."

웨스턴 대령이 일어나 앉았다.

"그 친구가 그랬다고? 정말? 그렇다면 혹시⋯⋯."

그는 잠깐 생각하는 눈치였다.

"자네 아까 스티븐 레인 목사가 정신 요양원에 있던 게 언제라고 했지?"

"1년 전, 그러니까 작년 부활절 때였습니다, 서장님."

웨스턴 대령은 깊이 고민하기 시작했다. 그가 말했다.

"이런 사건이 있었네…… 백샷 지방 근처에서 젊은 여성의 시체가 발견되었지. 남편을 만나러 떠났다가 돌아오지 않은 거야. 신문에서는 또 '수수께끼의 외로운 시체'라며 떠들어 댔고. 내 기억이 정확하다면 둘 다 서리 주였다네."

대령의 눈이 경위의 눈과 마주쳤다. 콜게이트가 말했다.

"서리 주요? 세상에, 서장님. 들어맞는군요! 그렇지 않습니까? 분명……."

II

에르퀼 푸아로는 섬의 정상에 있는 잔디밭에 앉아 있었다. 그 조금 왼쪽에는 픽시 코브로 내려 가는 철사다리의 시작 부분이 있었다. 그는 사다리 끝이 큰 바위 뒤에 있어서 그걸 타고 내려가는 사람을 가려 준다는 사실을 깨달았다. 깎아지른 듯한 절벽 때문에 이쪽에서는 해변이 잘 보이지 않았다.

에르퀼 푸아로는 엄숙하게 고개를 끄덕였다. 그의 그림 조각 퍼즐이 제 위치를 찾아가고 있었다. 그는 마음속으로 조각들을 낱낱이 검토했다.

알레나 마셜이 죽기 며칠 전날 아침의 해변.

그날 아침에 대한 사람들의 증언이 하나, 둘, 셋, 넷, 다섯 가지.

브리지 게임이 벌어졌던 오후. 푸아로 자신, 패트릭 레드펀, 로저먼드 단리가 테이블에 앉아 있었다. 크리스틴은 게임에서 빠진 시간 동안 어떤 대화를 엿들었다고 했다. 그 시간 다른 누가 라운지에 있었는가? 없었던 사람은 누구인가?

범죄가 있기 전날 오후. 절벽 위에서 그와 크리스틴이 나누었던 대화. 그가 호텔로 돌아오면서 목격했던 광경.

가브리엘 No.8.

가위.

부러진 파이프 조각.

창문에서 던져진 유리병.

푸른 달력.

양초 꾸러미.

거울 하나, 타자기.

붉은색 털실 뭉치.

소녀의 손목시계.

하수관을 타고 내려간 목욕물.

상관없어 보이는 이들 각각이 정해진 위치로 맞아 들어가야 한다. 느슨한 곳이 있어서는 안 된다.

그리고 각각의 구체적인 사실이 제자리를 찾았을 때 다음 단계로 넘어가야 한다……. 그는 섬을 배회하는 악마의 존재를 느낄 수 있었다.

악마…….

그는 손 안에 쥔 타자용지를 내려다 보았다.

닐리 파슨즈……. 초범(Chobham) 지방에서 교살된 시체로 발견된 여자. 이 사건은 미궁 속으로 빠져 버렸다.

닐리 파슨즈?

앨리스 코리건.

그는 앨리스 코리건 죽음에 관한 자료를 매우 신중히 읽어 내려갔다.

III

바다를 내려다보는 바위 턱에 앉아 있는 에르퀼 푸아로에게 콜게이트 경위가 다가왔다.

푸아로는 콜게이트 경위가 좋았다. 그의 억센 얼굴, 기민한 눈초리, 그리고 서두르지 않는 몸짓이 마음에 들었다.

콜게이트 경위가 자리를 잡고 앉았다. 그는 푸아로의 손에 들린 종이를 바라보며 말을 시작했다.

"선생님, 그 사건들에서 뭔가 알아내셨습니까?"

"골똘히 검토하고 있던 중이었어요……. 그래요."

일어나서 주위를 둘러 보는 것 같던 콜게이트가 다시 자리로 돌아왔다. 그가 말했다.

"신중은 아무리 기해도 지나치지 않지요. 누가 엿듣는 것을 원치 않습니다."

푸아로가 말했다.

"현명하구려."

콜게이트가 말했다.

"제 말을 양해해 주셨으면 좋겠습니다, 무슈 푸아로. 저 또한 그 사건들에 관심이 생겼습니다. 뭐, 선생님이 자료를 요구하시지 않았으면 아마 그 사건들에 대해서는 신경도 쓰지 않았을 테지만요."

그가 잠시 말을 쉬었다.

"전 그중의 한 사건에 특히 흥미가 있습니다."

"앨리스 코리건?"

"맞습니다. 앨리스 코리건. 그 사건을 대해 서리 주 경찰과 이야기를 나눠 보았습니다. 속속들이 알고 싶어졌달까요."

"말해 주시죠, 친구. 나 역시 아주, 아주 관심이 있는 주제니까."

"그러실 거라 생각했습니다. 앨리스 코리건은 블랙리지 히스에 있는 시저 숲에서 교살된 채 발견되었습니다. 닐리 파슨즈가 발견된 말리 숲과는 15킬로미터도 떨어지지 않은 곳이죠. 두 장소 모두 레인 씨가 교구 목사로 있었던 화이트리지에서 20킬로미터 반경 내입니다."

푸아로가 말했다.

"앨리스 코리건의 죽음에 대해 더 알려 주시오."

콜게이트가 말했다.

"서리 주 경찰은 처음엔 그녀의 죽음을 닐리 파슨즈 사건과 연관시킬 생각을 하지 못했습니다. 남편을 용의자로 보았기 때문이죠.

언론이 '수수께끼의 남자'라는 별명을 붙인 것 외에 그 남편에 대해 알아낸 것은 별로 없습니다. 어떤 사람인지, 어디서 왔는지. 그녀는 주위 사람들의 반대를 무릅쓰고 그와 결혼했다고 합니다. 또 자신 명의의 재산이 좀 있던 그녀는 남편을 수령인으로 하는 생명 보험에 가입한 상태였다죠. 그러니 의심을 사기에 충분하지 않겠습니까?"

푸아로가 끄덕였다.

"하지만 결정적인 순간에 남편은 완전히 혐의를 벗게 됩니다. 시체는 여성 도보 여행자(반바지를 입고 다니는, 건강미 넘치는 여자였다는군요.)에 의해 발견되었는데, 확신에 차 있으며 랭커셔의 학교에서 체육 교사로 일한다는 것으로 보아 믿을 만한 증인으로 보였습니다. 그녀가 시체를 발견한 시각은 정확히 4시 15분이었답니다. 그리고 희생자는 바로 그 직전에 죽은 것 같다는 게 증인의 의견이었죠. 10분도 지나지 않은 것 같다나요. 그건 5시 45분 현장에 도착해 시체를 검시한 경찰의의 시각과도 일치했습니다. 그녀는 백샷 경찰서로 달려가 시체를 신고할 때까지 아무 사물도 건드리지 않았다지요.

한편 3시부터 4시 10분 사이, 에드워드 코리건은 런던에서 업무를 마친 후 기차를 타고 오는 중이었습니다. 같은 칸에 승객이 네 명 더 있었죠. 그중 둘은 그가 기차역에 내려 버스로 갈아타는 동안에도 함께했습니다. 그는 아내를 만나 같이 차를 마시기로 약속한 파인 리지 카페에서 내렸습니다. 그때가 4시 25분, 에드워드 코리건은 차를 두 잔 주문하면서, 아내가 도착하면 내 오라고 했다는군요.

그러고서 그는 밖에서 아내를 기다렸습니다. 그러다 5시가 되고서도 아내가 돌아오지 않자 발이라도 삔 건 아닌가 싶어 동요하기 시작했지요. 아내는 마을에서부터 평지를 걸어와서 파인 리지 카페로 온 다음, 집으로 갈 때는 둘이 같이 버스를 타고 가는 것이 약속이었거든요.

시저 숲은 카페에서 그리 멀지 않습니다. 따라서 경찰은 시간이 남았던 그녀가 숲에 앉아 쉬면서 경치를 구경하는데 어떤 부랑자나 정신병자가 덤벼든 것으로 추정했습니다. 일단 남편이 결백한 것으로 밝혀지자 경찰은 자연히 이 사건을 닐리 파슨즈의 죽음과 연결시켰습니다. 닐리 파슨즈는 말리 숲에서 목졸려 죽은 조금 경박한 하녀였지요. 경찰은 두 사건이 같은 사람에 의해 저질러진 것으로 추정했지만, 끝내 범인을 잡지는 못했습니다. 아니, 범인 근처에도 가지 못했지요! 완전히 미궁에 빠져 버렸습니다."

그는 잠시 말을 멈추었다가 느릿느릿 입을 열었다.

"그리고 이제…… 여기 세 번째로 교살된 여인이 있습니다. 또 우리가 밝혀내지 못한 신사 한 명도 말이죠."

경위가 말을 중지했다. 그의 작고 예리한 눈이 푸아로의 주위를 훑었다. 그는 희망을 품고 기다리는 것 같았다.

푸아로의 입술이 움직였다. 콜게이트 경위는 몸을 앞으로 기울였다. 푸아로가 중얼거렸다.

"……조각이 털 양탄자 부분인지 고양이 꼬리 부분인지 알아내기가 워낙 힘들어서……."

"뭐라고 하셨습니까, 선생님?"

콜게이트 경위가 놀라서 말했다. 푸아로가 재빨리 말했다.

"미안합니다. 혼자 생각을 쫓느라."

"털 양탄자와 고양이가 어쨌다고요?"

"아니, 아무것도 아니예요."

그는 말을 잠시 쉬더니 곧 계속했다.

"말해 봐요, 콜게이트 경위. 누가 거짓말을 한다고 합시다. 그것도 엄청, 엄청나게 많은 거짓말. 그런데 증거가 없어요. 그럴 때 경위라면 어떻게 하시겠습니까?"

콜게이트 경위는 고민하는 눈치였다.

"어려운 문제군요. 하지만 제 의견은 이렇습니다. 거짓말을 하는 사람은, 언젠가 꼬리가 잡히기 마련이라는 겁니다."

푸아로가 고개를 끄덕였다.

"음, 맞는 말씀입니다. 하지만 봐요, 누군가의 말이 거짓이라고 믿는 것은 내 마음속 생각일 뿐입니다. 나는 그게 거짓말이라고 생각하지만, 그게 정말로 거짓인지는 알 수 없어요. 하지만 시험을 해 볼 수는 있죠. 작아서 별로 눈에 안 띄는 간단한 시험. 그리고 그게 실제로 거짓말로 판명되면? 그때는 나머지 모두도 거짓말이라고 확신할 수 있는 거죠!"

콜게이트가 그를 흥미롭게 바라보았다.

"선생님 사고 방식은 참 재미있군요. 하지만 결국 끝에 가선 모든 게 밝혀지기 마련입니다. 새삼 여쭤 보지만, 왜 다른 교살 사건에 관심이 생기신 겁니까?"

푸아로가 천천히 말했다.

"말 잘 하셨습니다. 이 범죄는 내게 아주 '능숙'해 보였어요. 그러니 필시 이게 그자의 첫 번째 범죄는 아닐 것이라는 생각을 한 거죠."

콜게이트가 말했다.

"그렇군요."

푸아로는 계속했다.

"나는 스스로에게 말해 보았죠. 이것과 닮은 과거의 범죄를 조사해 보자, 에 비엥(그럼) 거기서 아주 중요한 단서를 찾을 수 있을 거라고."

"살해 방식이 동일하다는 얘긴가요?"

"아니, 아니. 그것 뿐만이 아닙니다. 닐리 파슨즈의 죽음에선 알 수 있는 게 없어요. 하지만 엘리스 코리건 사건은…… 말해 봐요, 콜게이트 경위. 이번 범죄와의 유사점에서 뭐 느끼는 거 없습니까?"

콜게이트는 곰곰이 머리를 굴리는 것 같았지만, 끝내 이렇게 말하고 말았다.

"없습니다, 선생님. 정말 떠오르는 게 없군요. 두 사건 모두 남편의 알리바이가 돌처럼 단단하다는 사실 빼고는요."

푸아로가 부드럽게 말했다.

"아, 그러니까 알아챘단 말이군요?"

IV

"하, 푸아로. 만나서 반갑네. 들어오게. 마침 찾고 있었는데."

에르퀼 푸아로가 안으로 들어섰다. 경찰서장은 담뱃갑을 그에게 밀어 두며 자신도 하나를 꺼내 불을 붙였다. 연기를 뻐끔거리며 그가 말했다.

"많은 일이 있었지만, 이제 앞으로의 계획을 마무리 지은 셈이네. 하지만 실행에 옮기기 전에 자네의 의견을 듣고 싶어서 말이야."

에르퀼 푸아로가 말했다.

"계속하게, 친구."

웨스턴이 말했다.

"경시청에 전화해서 이 사건을 넘길 작정이야. 개인적으로 한두 사람이 의심스럽기는 하지만, 결국엔 마약 밀수 사건으로 귀착될 것 같으니 말이네. 그 픽시 코브라는 장소가 거래 장소였던 게 틀림없어."

푸아로가 끄덕였다.

"동의하네."

"좋아. 그리고 누가 마약 밀수범인지도 거의 확실하지. 호레이스 블래트야."

다시 푸아로가 찬성했다.

"역시 동감일세."

"자네 생각도 나와 같을 거라 보네. 블래트는 자기 소유의 배로 항해를 다녔지. 가끔 다른 사람을 태우기도 했지만, 대개는 혼자 하는 여행이었어. 평소엔 좀 수상쩍은 붉은 돛을 달고 다니지만, 우린 그가 그 외에도 하얀 돛도 갖고 있다는 걸 확인했네. 그는 날씨가 좋은 날 약속된 장소로 나가 다른 배와 만난 것 같아. 돛단배인지 모터 보트인지는 모르지만. 뭔가의 상품을 건네받았겠지? 그러고서 픽시 코브로 날듯이 배를 저어 온 다음 적당한 때를 보아……."

에르퀼 푸아로가 웃음을 띠웠다.

"그래, 그렇지. 1시 30분경에 말이지. 영국인들이 점심을 드는 시간, 모두가 식당에 둘러 앉아 있을 것이 확실한 시간에 말이네. 이 섬은 개인의 소유일세. 외부자들이 마음대로 소풍을 나올 수 있는 곳이 아니지. 날이 좋은 오후라면 호텔 사람들이 픽시 코브로 차를 마시러 가거나 더 먼 곳으로 산책을 떠나기도 하지만."

경찰서장이 고개를 끄덕였다.

"정확하네. 그럼 블래트는 해변으로 달려가서 픽시 코브의 동굴 속에 물건을 숨겨 놓는 거야. 약속된 시간이 되면 다른 누군가가 그걸 집어 가고."

푸아로가 중얼거렸다.

"살인이 있던 날 이 섬에 점심을 먹으러 온 남녀가 있었다는 사실을 기억하나? 그게 아마 물건을 찾아 가려는 시도였을 거야. 여름의 어느 날, 무어나 세인트루에서 이곳 '밀수꾼의 섬'으로 건너 오는 여행객이 나타나네. 점심을 먹으러 왔다고 둘러대며 섬 안을 돌아보는 걸세. 그러다가 해변으로 내려가 샌드위치 상자를 집어들고 내용물을 여자 쪽의 수영복 가방에 넣는다면, 그 얼마나 쉬운 일인가? 그러고서 느지막히 호텔로 돌아와…… 1시 50분쯤 되겠지? 다른 사람들이 전부 아직 식당에 있을 때 산책이 정말 즐거웠다느니 하는 걸세."

웨스턴이 말했다.

"과연, 다 충분히 가능한 이야기야. 그러면서도 이 조직은 몹시 무자비하지. 누가 실수를 저지르기라도 하면 그들은 당사자를 제거하기 위해 물불을 안 가릴 걸세. 나는 이게 알레나 마셜의 죽음을 설명하는 가장 옳은 설명이라고 보네. 그날 아침 블래트는 실제로 물건을 숨기고 있었어. 공범이랑 약속한 날이니까. 그런데 알레나가 뗏목을 타고 와서 그가 상자를 들고 동굴로 들어가는 모습을 본 거야. 어찌된 일인지 그녀가 묻자 블래트는 알레나를 죽인 다음 보트를 타고 최대한 빨리 피신했을 거네."

푸아로가 말했다.

"자네는 블래트가 살인범이라고 확신하는 건가?"

"그게 제일 타당한 설명이야. 물론 알레나 마셜이 좀 더 빨리 그의 비밀을 알았고, 그에게 거기에 대한 얘기를 꺼냈을 수도 있겠지. 그래서 마약 조직원 중 한 명이 남의 이름으로 그녀를 불러내어 처리했을 지도 모르는 일이고. 어쨌거나 얘기한 것처럼 경시청에 사건을 이관하는 게 최선의 해결책일세. 블래트와 조직 사이의 관계를 추적하는 데는 그들이 훨씬 유리한 위치에 있으니까."

에르퀼 푸아로는 무겁게 고개를 끄덕였다.

"자네도 그게 맞다고 생각하지? 응?"

푸아로는 생각에 잠겨 있었다. 결국 그가 입을 열었다.

"그럴 수도."

"거 참, 푸아로, 자네 뭘 숨기고 있는 건가?"

푸아로가 우울하게 말했다.

"뭘 숨기고 있다 해도, 증명할 자신이 없네."

웨스턴이 말했다.

"나도 자네나 콜게이트가 무슨 생각을 하는지는 알아. 내겐 좀 비현실적으로 들리지만, 거기에도 일리는 있다고 인정할 수밖에 없네. 하지만 행여 자네 의견이 옳더라도 난 여전히 그게 경시청 소관의 사건이라고 생각해. 우리가 자료를 주면 그들이 서리 주 경찰과 함께 수사를 개시할 것이네. 우리가 담당할 사건이 아니었어. 일개 지역 경찰이 다룰 범죄가 아니란 뜻일세."

그가 말을 멈추었다.

"어떻게 생각하나, 푸아로? 우리가 뭘 해야 한다고 보나?"

푸아로는 생각에 빠져 있는 것 같았다. 드디어 그가 말했다.

"뭘 하고 싶은지 생각 났네."

"말해 보게, 친구."

푸아로가 중얼 거렸다.

"소풍을 떠나야겠어."

웨스턴 대령은 그를 뻔히 바라보았다.

12장

I

"소풍이라고요, 무슈 푸아로?"

에밀리 브루스터는 정신이 나간 사람을 보는 듯한 표정이었다.

푸아로가 유쾌하게 말했다.

"조금 뜬금없이 들리겠죠? 하지만 전 아주 좋은 제안이라고 생각하는데요. 건강하게 살기 위해서는 일상의 재충전이 필요하죠. 저는 다트무어를 구경하고 싶어 미칠 지경입니다. 날씨도 좋네요. 분명 그러니까…… 모두가 활력을 얻을 겁니다! 그러니까 절 좀 도와 주세요. 사람들을 설득하자고요!"

그 제안은 뜻하지 않은 성공을 거두었다. 사람들은 처음엔 황당하다는 반응이었지만 결국 그게 그리 나쁜 생각은 아니라는 걸 인정하게 되었다.

하지만 마셜 대위만은 그 제안을 거절했다. 당일 플리머스에 가야할 일이 있다고 했기 때문이었다. 한편 블래트 씨는 아주 적극적으로 동참의 뜻을 밝혔다. 그는 소풍의 인솔자 역할을 자청하기까지 했다. 그 외에 에밀리 브루스터, 레드펀 부부, 스티븐 레인, 로저먼드 단리와 린다가 함께했고, 가드너 부부는 하루 늦게 떠나는 것이 어떻겠냐는 말에 제안을 수락했다.

그리고 푸아로는 로저먼드를 붙잡고 린다는 바깥 활동을 하는 게좋다, 그녀에겐 가슴 속 뭔가를 발산할 계기가 필요하다는 이야기를 조리 있게 늘어놓았다. 로저먼드도 동의했다. 그녀가 말했다.

"옳은 말씀이세요. 그 나이의 아이에겐 충격이 아주 컸겠죠. 정말심란한 모양이에요."

"당연합니다, 마드무아젤. 하지만 또 그 나이엔 잊는 것도 쉽죠.아이보고 오라고 하세요. 하실 수 있잖아요."

배리 소령은 완강하게 거절했다. 소풍을 좋아하지 않는다는 말이었다.

"소풍엔 싸 갈 것이 너무 많아요. 그리고 짜증나고 불편하기만 하고. 전 식탁에서 음식을 먹는 걸로 충분합니다."

일행은 10시에 집합했다. 차 세 대를 빌렸다. 블래트는 관광 가이드가 된 것처럼 신나고 활기찬 모습이었다.

"신사 숙녀 여러분, 이 길입니다. 다트무어로 가는 길이죠. 헤더꽃과 월귤나무, 데번셔 크림과 범죄자들로 유명한 곳이랍니다. 신사

분들은 아내, 혹은 다른 누구를 꼭 지참하세요! 누구나 환영합니다! 경치는 보장합니다. 계속 걸으세요."

마지막 순간 로저먼드 단리가 근심스러운 표정으로 말했다.

"린다는 안 올 거예요. 두통이 심하다고 하네요."

푸아로가 외쳤다.

"오는 게 좋을 겁니다. 설득해 보세요, 마드무아젤."

로저먼드는 완강했다.

"소용없어요. 요지부동이더라고요. 제가 준 아스피린을 먹고 지금 자고 있답니다."

그녀는 약간 망설이더니 덧붙였다.

"그리고 아마, 저도 못 갈 것 같아요."

"숙녀 분, 그건 안됩니다!"

그녀의 소매를 익살스럽게 잡아끌며 블래트가 외쳤다.

"라 오뜨 모드(멋진 여성)께서 자리를 빛내 주셔야죠. 사양이라뇨! 당신을 연행하겠습니다, 하하. 다트무어행을 선고합니다."

블래트는 그녀를 첫 번째 차로 데려갔다. 로저먼드는 에르퀼 푸아로에게 험악한 얼굴을 지어 보였다.

"전 린다와 함께 남겠어요. 전 소풍 안 가도 괜찮아요."

크리스틴 레드펀이 이렇게 말하자 패트릭이 펄쩍 뛰었다.

"오, 제발, 크리스틴……."

푸아로도 거들었다.

"안 돼요, 안 돼. 마담은 가야 하십니다. 두통을 앓고 있는 사람은 혼자 두는 것이 좋아요. 이리 오세요, 출발합니다."

차 세 대가 출발했다. 그들은 십스터에 있는 원조 '요정의 동굴'에 들러 입구를 찾으며 즐거운 시간을 보냈다. 결국 그림엽서를 참조해 정확한 위치를 찾기로 했다.

큰 바위 위로 가는 아슬아슬한 그 길을 에르퀼 푸아로는 감히 시도할 엄두도 내지 않았다. 그는 돌 사이를 가볍게 뛰어다니는 크리스틴 레드펀과 늘 가까이서 뒤따르는 남편을 느긋하게 바라보았다. 에밀리 브루스터는 발목을 살짝 삐었으나 로저먼드 단리와 함께 동굴을 찾아 나섰다. 스티븐 레인은 지칠 줄 모르는 것 같았다. 그의 길고 마른 몸은 둥근 돌 사이를 쉬지 않고 돌아다녔다. 블래트는 조금 걷기도 했다가 어서 찾아 보라고 소리를 치기도 했다가, 사람들의 사진을 찍어 주거나 하는 것으로 만족하는 것 같았다.

가드너 부부와 푸아로는 길가에 조용히 앉아 있었다. 그러는 동안 가드너 부인은 정확한 시간 간격으로 '그럼, 여보.' 하고 말하는 남편의 단조로우면서도 충성스러운 대답에 힘을 얻어 점점 목소리가 커졌다.

"……무슈 푸아로, 그래서 제가 언제나 느끼는 점인데요, 스냅 사진이 정말 짜증날 때가 많다는 거예요. 친구가 찍어 주는 게 아니라면요. 저 블래트 씨는 정말 아무 생각이 없는 사람 같다니까요. 그저 아무한테나 다가가 농을 걸면서 사진을 찍어 대죠. 남편에게도 벌써 꼴불견이라고 말해 뒀어요. 그렇지 않아요, 오델?"

"그럼, 여보."

"그는 해변에서도 우리의 사진을 찍었지요. 뭐, 좋아요. 하지만 먼저 양해를 구했어야죠. 브루스터 양이 막 일어나는 순간이었기 때문에 아주 우스꽝스러운 사진이 되었을 거예요."

"동감이야."

가드너 씨가 씩 웃으며 말했다.

"그러더니 블래트 씨는 그 사진을 여러 장 뽑아 묻지도 않고 모두에게 나누어 주는 거예요. 무슈 푸아로도 한 장 받으셨죠?"

푸아로가 고개를 끄덕이며 말했다.

"전 그 사진이 무척 마음에 들던데요."

가드너 부인이 말을 계속했다.

"그리고 오늘 저 사람 하는 꼴 좀 보세요. 얼마나 시끄럽고 상스러운지……. 소름 돋을 정도네요. 무슈 푸아로, 선생님이 저 사람을 방에 틀어 박혀 있도록 단속하셔야 했어요."

에르퀼 푸아로가 우물거렸다.

"안타깝게도 마담, 그 일은 쉽지 않았을 겁니다."

"그렇겠지요. 그저 아무데나 끼어드는 사람이니. 섬세한 면이라곤 조금도 없다니까요."

이때 뒤에서 요정의 동굴 입구를 발견했다는 큰 고함이 들려왔다. 나머지 일행은 에르퀼 푸아로가 가리키는 방향을 따라 헤더 꽃과 조그만 개울이 있는 아담한 언덕으로 향했다.

그러다가 널빤지로 만든 다리를 건너는 와중에도 수다스럽게 말을 늘어놓던 가드너 부인이 갑자기 물에 빠지는 일이 일어났다. 작은 비명이 일었다.

나머지 사람들은 비교적 손쉽게 다리를 건넜지만, 에밀리 브루스터만은 다리 한가운데서 눈을 감은 채 이리저리 흔들리며 얼어붙고 말았다. 푸아로와 패트릭 레드펀이 그녀를 구하러 달려갔다. 에밀리 브루스터는 달갑지 않아 하면서도 부끄러운 모습이었다.

"고맙습니다, 고마워요. 죄송하네요. 흐르는 물을 건너는 건 익숙지 않아서요. 좀 어지러웠나 봐요. 바보 같이."

점심 식사가 펼쳐졌고 소풍이 시작되었다.

참석한 모든 사람들은 자신들이 이 외출을 크게 즐기고 있다는 사실에서 내심 놀라움을 느끼고 있었다. 그것은 아마도 의심과 공포로 가득한 공기에서 탈출한 것에 따른 결과였을 것이다. 졸졸 흐르는 물과 공기 중의 부드러운 토탄 냄새, 고사리 숲과 헤더 꽃의 따뜻한 색채가 있는 이 들판에서는 살인의 세계와 경찰의 심문, 의심 등은 애초에 존재하지 않았던 것처럼 자취를 감추었다. 심지어는 블래트조차 일행을 인솔하는 것을 잊은 것 같았다. 점심을 먹고서 그는 약간 떨어진 곳으로 가서 낮잠을 잤는데, 코 고는 소리가 그의 편안한 심리 상태를 말해 주는 것 같았다.

바구니를 챙기면서 사람들은 크게 만족하여 소풍을 제안한 에르퀼 푸아로를 치하했다.

해가 지기 시작하자 그들은 좁은 길을 따라 돌아왔다. 레더콤 만의 언덕 꼭대기에서 그들은 하얀 호텔이 있는 섬의 경치를 바라보았다. 석양 속에서 그 모습은 매우 평화롭고 순결하게 보였다.

그 광경에선 가드너 부인도 차분하게 한숨을 쉬며 말했다.

"정말 감사드려요, 무슈 푸아로. 마음이 차분해지네요. 정말 좋았어요."

배리 소령이 사람들을 마중나왔다.

"어이, 재미들 좋으셨습니까?"

"너무 재미있었어요. 뭐든지 너무 아름답더라고요. 영국의 오래된 풍광을 볼 수 있어 좋았지요. 공기도 어찌나 맑고 깨끗한지, 게으르게 뒤에 남아 계셨던 걸 부끄러워 하셔야 해요."

소령은 킬킬 웃었다.

"전 늪에 깔개를 깔고 앉아 샌드위치를 먹는 일 따위를 하기엔 너무 늙었습니다."

하녀가 호텔에서 걸어 나왔다. 약간 숨을 헐떡이는 그 하녀는 잠시 주저하다가 재빨리 크리스틴 레드펀에게로 다가갔다.

에르퀼 푸아로는 그녀가 글래디스 내러콧이라는 걸 알아보았다. 하녀의 목소리는 조급하고 불규칙했다.

"실례합니다, 마담. 그 어린 아가씨가 걱정이 돼서요. 마셜 양 말이죠. 그 아이한테 차를 가져다 주려고 올라갔더니 잠을 깨지 않는 거예요. 상태가 아주…… 아주 이상해요."

크리스틴은 무력한 눈길로 주위를 둘러 보았다. 푸아로가 재빨리 그녀의 팔꿈치를 잡으며 나지막히 말했다.

"가서 살펴 봅시다."

그들은 서둘러서 계단을 올라가 린다의 방으로 이어지는 복도를 따라갔다. 린다를 보자마자 두 사람은 뭔가 아주 잘못되었다는 사실을 알 수 있었다. 안색이 이상했고 숨소리는 거의 느껴지지 않을 정도였다.

푸아로는 소녀의 맥박을 짚어 보았다. 동시에 그는 침대 옆 탁자 위에 있는 램프에 어떤 봉투가 꽂혀 있는 것을 알아챘다. 봉투의 수신자 란에는 푸아로 자신의 이름이 씌어 있었다.

마셜 대위가 벌컥 문을 열고 들어섰다. 그가 말했다.

"린다가 어떻게 된 겁니까? 그 애에게 도대체 무슨 일이 생긴 거냐고요?"

크리스틴 레드펀에게서 놀란 듯 작은 울음 소리가 흘러나왔다.

에르퀼 푸아로가 침대에서 몸을 돌렸다. 그가 마셜에게 말했다.

"의사를 부르세요. 최대한 빨리! 걱정스럽군요. 정말 걱정이야……. 너무 늦은 건 아닌지 모르겠어요."

그는 자기의 이름이 써진 봉투를 집어 들어 겉봉을 뜯었다. 중학생다운 린다의 글씨체로 씌어진 내용이 몇 줄 보였다.

이게 최선이라고 생각해요. 아버지에겐 힘내시라고, 저를 용서하시라고 전해 주세요. 제가 새엄마를 죽였어요. 그러면 기쁠 줄 알았는데, 아니더라고요. 모든 게 너무 죄송해요.

III

마셜, 레드펀 부부, 로저먼드 단리와 에르퀼 푸아로가 라운지에 모였다. 그들은 조용히, 기다리며 앉아 있었다.

문이 열리고 니스든 박사가 들어왔다. 그가 간략하게 말했다.

"내가 할 수 있는 것은 다 했습니다. 회복할 가능성도 있지만……. 확률은 그리 크지 않다고 봅니다."

의사가 말을 멈추었다. 마셜의 얼굴은 딱딱하게 굳었고, 눈은 얼음처럼 차가운 푸른색이었다. 그가 물었다.

"그 애가 어떻게 약을 먹게 된 거지요?"

니스든이 다시 문을 열고 손짓을 했다.

하녀가 방으로 들어왔다. 그녀는 울고 있었다.

니스든이 말했다.

"본 것을 말해 줘요."

훌쩍이며 여자가 입을 열었다.

"생각도 못 했어요……. 뭔가 잘못된 게 있으리라고는 생각도 못 했어요. 어린 아가씨가 좀 이상해 보이는 걸 눈치채기 전까지는요."

의사는 더 참지 못하고 그녀에게 어서 다음 얘기를 계속하라는 몸짓을 했다.

"처음엔 그 아이를 다른 숙녀분, 그러니까 레드펀 부인의 방에서 보았답니다. 마담, 부인의 방이었다고요. 세면대 위에서 그 애가 작은 병을 꺼내 들더군요. 내가 들어온 것을 보고 깜짝 놀라는 눈치였는데, 남의 방에서 뭔가를 꺼내 가는 그 모습이 좀 이상하다는 생각을 했죠. 아이는 '아, 이걸 찾고 있었어요.'라고 말하면서 허둥지둥 밖으로 나갔습니다."

크리스틴이 거의 속삭이는 목소리로 말했다.

"제 수면제를 갖고 나갔어요."

의사가 쌀쌀맞게 말했다.

"아이가 그 사실을 어떻게 알았죠?"

크리스틴이 말했다.

"그 애한테 한 알을 준 적이 있어요. 사건이 일어났던 밤 잠들 수가 없다며 하소연을 해서요. 한 알이면 충분하겠지 싶으면서도 나는 '이건 아주 독한 약이니 두 알 이상은 절대 먹으면 안 돼.' 하며 주의를 주었지요."

니스든이 고개를 끄덕였다.

"아이가 그 사실을 아주 잘 알고 있었던 것 같군요. 애는 여섯 알을 먹었소."

크리스틴이 다시 흐느꼈다.

"오, 다 내 잘못이에요. 단단히 숨기고 잠가 두었어야 했는데."

의사가 어깨를 으쓱했다.

"그럼 훨씬 현명한 일이 되었겠죠, 레드펀 부인."

크리스틴이 절망적으로 말했다.

"아이가 죽어가고 있어요…… 내 잘못으로."

케네스 마셜은 의자에서 안절부절못하다가 말했다.

"아니, 당신이 자책할 필요는 없어요. 린다는 자기가 무슨 일을 하는지 알고 있었소. 의도적으로 약을 먹은 거예요. 아마, 아마…….
그게 최선이리라 보았던 거죠."

그는 아까 에르퀼 푸아로가 건네 준, 손 안의 구겨진 종이를 내려다보았다.

로저먼드 단리가 외쳤다.

"믿을 수가 없어요. 린다가 살인을 했다니 믿을 수가 없어요. 불가능하다고요! 증거도 없고!"

크리스틴도 목소리를 높였다.

"그래요, 그랬을 리가 없어요! 그 애는 생각이 지나친 나머지 상상을 현실로 믿어 버린 거예요."

문이 열리고 웨스턴 대령이 들어왔다. 그가 말했다.

"얘긴 들었습니다. 이게 다 무슨 일입니까?"

니스든 박사가 마셜의 손에서 쪽지를 되받아 경찰서장에게 건네 주었다. 서장은 그걸 읽고는 의심스럽다는 듯이 외쳤다.

"무슨……. 이건 말도 안 돼. 장난도 아니고! 불가능해."

그는 확신에 차서 되풀이했다.

"불가능해! 그렇지 않나, 푸아로?"

에르퀼 푸아로는 처음으로 몸을 움직였다. 그는 느리고 슬픈 목소리로 입을 열었다.

"아니, 불가능하지 않다는 게 유감일세."

크리스틴 레드펀이 말했다.

"하지만 범행이 일어난 시간에 아이와 저는 함께 있었어요, 무슈 푸아로. 11시 45분까지요. 경찰한테도 그렇게 말했지요."

푸아로가 말했다.

"부인의 증언이 아이에게 알리바이를 만들어 주네요. 그렇습니다. 하지만 부인의 증언이 성립하는 근거는 뭐죠? 그건 단지 린다 마셜 자신의 손목시계에 의거한 것입니다. 부인은 린다와 헤어질 때가 11시 45분이었다는 걸 확인할 다른 방법이 없었습니다. 아이가 그렇게 말했으니 그런가 보다 하신 것뿐이죠. 부인 스스로도 시간이 아주 빨리 흐른 것 같다는 말씀을 한 적도 있고요."

그녀는 놀란 표정으로 그를 쳐다보았다.

그가 말했다.

"마담, 이제 생각해 보세요. 해변을 떠나 호텔로 오시면서 빠른 걸음으로 오셨습니까, 아니면 느린 걸음으로 오셨습니까?"

"저는…… 음, 약간 느리게 온 것 같아요."

"그 걸어 돌아오면서의 과정 중에 생각나는 것이 있으십니까?"

"별로 없어요. 전…… 생각에 빠져 있었거든요."

푸아로가 말했다.

"이런 질문을 해서 죄송합니다만, 어떤 생각을 하셨는지 알려 주실 수 있습니까?"

크리스틴이 얼굴을 붉혔다.

"저, 전…… 필요하다면 이곳을 떠나는 게 어떨지 생각하고 있었어요. 바로 그 얘기를 하러 남편에게 가던 참이었지요. 아시다시피 전…… 그때 무척 불행했거든요."

패트릭 레드펀이 외쳤다.

"오, 크리스틴! 알아, 안다고……."

푸아로의 명료한 목소리가 끼어들었다.

"알겠습니다. 뭔가 중요한 일을 생각하면서 발걸음을 옮기고 계셨다고요. 그렇다면 주위의 상황을 보거나 듣지 못하는 상태라고 할 수 있겠습니다. 걷는 속도는 아주 느렸고, 때때로 생각을 정리하기 위해 멈춰 서기도 했겠지요."

크리스틴이 끄덕였다.

"아주 예리하시군요. 딱 그랬어요. 호텔 앞에 다다라서야 꿈에서 깬 듯 시간이 아주 많이 흘렀을 거라고 생각했답니다. 하지만 라운지에 있는 시계를 보니 그다지 많은 시간이 흐른 건 아니라는 걸 알 수 있었죠."

에르퀼 푸아로가 다시 말했다.

"알겠습니다."

그는 마셜에게로 몸을 돌렸다.

"이제 살인이 발생한 후 당신 딸의 방에서 제가 뭘 발견했는지에 대해 말씀드려야 할 것 같군요. 벽난로 쇠창살에 녹은 촛농 방울과 불탄 머리카락 몇 개, 그리고 마분지 조각과 종이 쪽지, 그리고 흔히 보는 가정용 핀이 있었습니다. 종이와 마분지는 별로 특별한 게 아닐 수도 있지만 나머지 세 개는 그렇지 않습니다. 특히 동네 서점에서 산 주술과 마술에 관한 책이 책꽂이 뒤편에 숨겨져 있을 때는 더욱 그렇죠.

그 책은 특정 페이지를 유심히 읽은 흔적이 있었습니다. 바로 희생자를 상징하는 양초 인형을 만들어 죽음을 유도할 수 있는 여러 방법들이 설명된 부분이었죠. 그 방법이란 이렇습니다. 양초 인형을 천천히 불에 녹여 없어지게 하거나, 인형의 심장을 핀으로 찌르는 것. 그렇게 하면 희생자는 죽게 된다고 합니다.

후에 저는 레드펀 부인에게서 린다 마셜이 어느 날 밖에서 양초 꾸러미를 사 왔고, 그 사실을 들키자 아주 당황해 했다는 걸 들었습니다. 그때 무슨 일이 벌어진 것인지 확신할 수 있었죠. 린다는 양초로 조잡한 인형을 만들었던 겁니다. 필시 거기에 알레나의 붉은색 머리카락 하나를 심어 마술적 힘을 높였겠지요. 그리고 인형의 심장을 핀으로 찌르고는 마분지 상자를 밑에 깔고 녹여 없앤 겁니다.

그건 조잡하고, 유치하고, 미신적인 행동이었지만 적어도 한 가지는 확실히 알려 줍니다. 바로 강렬한 살의입니다. 하지만 그게 알레나의 죽음을 원하는 욕망 외에 다른 무엇이 될 수 있을까요? 린다 마셜이 새어머니를 실제로 죽이는 것이 가능할까요?

처음 보았을 때 린다는 매우 완벽한 알리바이를 갖고 있는 것처럼 보였습니다. 하지만 실제로는 그 알리바이란 바로 린다 자신의 말에 의해 제공된 것이었습니다. 그 아이는 시간을 실제보다 15분 늦은 것으로 말할 수도 있었습니다. 레드펀 부인이 해변을 떠나고 난 후 린다가 그 뒤를 따라가서 샛길을 통과하고, 사다리를 서둘러 내려가, 새엄마를 만나고, 그녀를 목졸라 죽인다음 사다리를 다시 올라왔을 수도 있습니다. 보트를 타고 있는 브루스터 양과 패트릭 레드펀의 눈에 띄기 전에 말입니다. 린다는 걸 코브로 되돌아가서 수영을 하고는 여유 있게 호텔로 돌아왔겠지요.

하지만 그러자면 두 가지 선행 조건이 필요합니다. 하나는 알레나 마셜이 그 시간에 픽시 코브에 있으리라는 것을 미리 알고 있어야 한다는 점, 다른 하나는 그 범행을 하기 위한 육체적 힘을 가지고 있어야 한다는 점입니다. 뭐, 첫 번째는 충분히 가능하긴 합니다. 린다 마셜이 알레나에게 다른 사람의 이름으로 편지를 쓰면 되는 거지요. 두 번째 조건을 살펴 보아도 린다는 매우 크고 강한 손을 갖고 있고요. 거의 남자 손만큼이나 큽니다. 완력에 있어서도 그녀가 정신적으로 불안정한 나이에 있다는 걸 생각하면 이해가 갑니다. 정신적인 불균형은 때때로 비정상적으로 강한 힘을 내기도 하거든요. 그리고 작지만 중요한 사실이 있습니다. 린다 마셜이 피를 이어 받은 생모는 실제로 살인 혐의로 기소된 적이 있다는 사실입니다."

케네스 마셜이 머리를 들었다. 그는 격렬하게 말했다.

"하지만 무죄 판결을 받았습니다!"

"무죄 판결을 받았죠."

푸아로가 동의했다. 마셜이 말했다.

"이 말만은 해 두겠습니다, 무슈 푸아로. 루스(내 아내입니다.)는 결백했어요. 전 그걸 완전히 확신할 수 있습니다. 그렇게 가까이 지내면서 어떻게 절 속일 수 있었겠습니까? 그녀는 정황에 희생된 억울한 피해자였습니다."

그는 잠시 말을 멈췄다.

"그리고 린다가 알레나를 죽였다는 것도 믿을 수 없어요. 웃기는 소리, 말도 안 되지!"

푸아로가 말했다.

"그럼 당신은 그 유서가 위조된 것이라고 보십니까?"

마셜이 손을 내밀자 웨스턴은 쪽지를 그에게 건네주었다. 마셜은 그것을 꼼꼼히 뜯어 보았다. 그는 고개를 흔들었다.

"맞군요. 린다의 글씨체예요."

그가 마지못해 말했다.

푸아로가 말했다.

"그녀가 이걸 쓴 게 맞다면, 두 가지 해석이 가능합니다. 선의로, 그러니까 자신이 살인자라는 것을 알리기 위해 썼다는 것, 아니면 그……. 누군가를 감싸기 위해 의도적으로 썼다는 것입니다. 누군가 다른 사람이 의심받는 걸 원치 않은 거지요."

케네스 마셜이 말했다.

"저를 두고 하시는 말씀입니까?"

"가능하죠. 아닙니까?"

마셜은 잠시 생각하다가 조용히 말했다.

"아니요, 웃기는 소리예요. 린다는 처음부터 제가 의심받는다는 사실을 알고 있었어요. 하지만 얼마 안 있어 수사를 통해 제 결백함이 밝혀졌다는 걸 눈치챘을 겁니다. 경찰이 제 알리바이를 인정하고 다른 사람을 수사하는 걸 알았을 거란 말이죠."

푸아로가 말했다.

"그렇다면 그 애가 당신이 의심받고 있다고 생각한 게 아니라 당신이 범인이라는 사실을 알게 된 거라고 한다면?"

마셜이 푸아로를 뻔히 바라보았다. 그는 짧은 웃음을 터뜨렸다.

"웃기는 소리군요."

푸아로가 말했다.

"그럴까요? 마셜 부인의 죽음에 관해선 당신도 알다시피 여러 설명이 나왔습니다. 협박을 받고서 협박범을 만나러 갔다가 살해되었다는 가설, 픽시 코브의 동굴이 마약 저장고로 쓰인다는 사실을 우연히 알게 된 그녀가 입막음을 위해 살해되었다는 가설. 제3의 가설도 있습니다. 종교 광신론자에 의해 살해되었다는 것이죠. 그리고 네 번째는…… 아내의 죽음으로 얻게 될 많은 유산을 바란 마셜 대위, 즉 당신이 그녀를 죽였다는 것이죠!"

"방금 말씀드렸지만……."

"예, 예. 당신이 아내를 죽이는 것이 불가능하다는 사실엔 동의합니다. 당신이 '혼자' 행동했다면 말이죠. 하지만 누가 당신을 도왔다면 어떨까요?"

"도대체 무슨 말을 하는 겁니까?"

침착한 그 남자도 결국 화를 내고 말았다. 의자에서 반쯤 일어난 그의 목소리는 위협적이었으며, 눈에는 분노의 빛이 번뜩이고 있었다.

푸아로가 말했다.

"제 말은 그게 한 명의 손에 의해 이루어진 범죄가 아니라는 뜻입니다. 거기엔 두 사람이 관계되어 있었습니다. 당신은 편지를 타자기로 치는 동시에 해변으로 갈 수는 없습니다. 하지만, 당신이 그 편지를 미리 손으로 적어 두는 것은 가능하지요. 그러면 당신이 살인행위를 위해 자리를 비운 사이 다른 누가 당신 방에서 그 내용을 타자로 칠 수 있는 거고요."

에르퀼 푸아로는 로저먼드 단리 쪽을 바라보았다. 그가 말했다.

"단리 양은 11시 10분에 서니 레지를 떠나 당신이 방에서 타자기를 치는 모습을 보았다고 했습니다. 하지만 그때는 가드너 씨가 아내의 털실 꾸러미를 가지러 호텔로 올라오던 무렵이었습니다. 그는 단리 양을 만나거나 본 일이 없다고 하더군요. 그 사실이 좀 놀라웠습니다. 단리 양은 서니 레지에 있지 않았거나, 아니면 그보다 훨씬 일찍 떠나서 당신 방에서 열심히 타자를 쳤던 게 아닐까요. 또 하나, 단리 양이 11시 15분에 당신 방을 들여다보았을 때, 당신은 거울을 통해 그녀의 모습을 보았다고 한 적이 있습니다. 하지만 살인이 발생한 그날 타자기와 종이는 모두 그 방 구석에 있는 책상 위에 있었고, 거울은 벽과 책상 사이에 있었죠. 그렇다면 당신의 진술은 명백한 거짓입니다. 나중에 당신은 타자기를 거울 아래에 있는 탁자 위로 옮깁니다. 하지만 너무 늦었죠. 나는 당신과 단리 양 둘 다 거짓말을 하고 있다는 걸 알고 있었으니까."

로저먼드 단리가 입을 열었다. 그녀의 목소리는 낮고 또렷했다.

"선생님은 정말 악마처럼 영리하시군요."

에르퀼 푸아로가 목소리를 높였다.

"하지만 알레나 마셜을 죽인 남자만큼 사악하거나 영리한 건 아닙니다! 조금 돌이켜 생각해 보세요. 저는, 아니 우리 모두는 그날 아침에 알레나가 만나러 간 사람이 누구라고 생각했을까요? 우린 모두 같은 생각을 하고 있었습니다. 패트릭 레드펀이라고 말이죠. 그녀가 나간 것은 협박범을 만나러 간 게 아니었습니다. 그건 표정만 봐도 알 수 있지요. 그녀가 만나려 했던 사람은…… 혹은 만날 것으로 기대한 사람은 자신의 연인이었습니다!

그렇습니다, 전 그걸 확실히 알았습니다. 알레나 마셜은 패트릭 레드펀을 만날 예정이었습니다. 하지만 바로 몇 분 후 패트릭 레드펀은 해변에 나타나 그녀를 찾기 시작했죠. 무슨 뜻이겠습니까?"

패트릭 레드펀이 분노를 억누르며 말했다.

"어떤 악마 자식이 제 이름을 사칭했군요."

푸아로가 말했다.

"당신은 매우 언짢고 놀란 것이 분명해 보였습니다. 그녀가 보이지 않았거든요. 어쩌면 너무 분명해 보였는지도 모릅니다. 레드펀 씨, 그녀는 당신을 만나러 픽시 코브에 갔고, 거기서 정말로 당신을 만났으며, 당신은 계획했던 대로 거기서 그녀를 죽였다는 것이 제 이론입니다."

패트릭 레드펀이 그를 보았다. 그는 자신의 높고 유쾌한 아일랜드식 억양으로 말했다.

"미쳤습니까? 전 브루스터 양과 함께 보트를 타고 나가 그녀의 시체를 발견하기 전까지 선생과 같이 있지 않았나요?"

에르퀼 푸아로가 말했다.

"당신이 그녀를 죽인 것은 브루스터 양이 경찰을 부르러 보트를 타고 나간 사이였습니다. 알레나 마셜은 당신이 해변에 오를 때까지는 죽은 상태가 아니었습니다. 그녀는 해변에 아무도 없어질 때까지 동굴에 숨어서 기다리고 있었죠."

"하지만 시체는요! 저는 브루스터 양과 같이 시체를 봤어요!"

"시체……. 그렇습니다. 하지만 그건 살아 있는 시체였죠. 팔다리를 구릿빛으로 그을리고 초록색 마분지 모자로 얼굴을 가린, 당신을 도와 준 여자의 살아 있는 육체 말입니다. 당신의 부인(진짜 아내는 아닐지도 모르니, 당신의 파트너라고 합시다.) 크리스틴이 당신이 범죄를 저지르는 것을 도왔습니다. 과거 앨리스 코리건이 죽기 20분 전에 앨리스의 시체를 '발견'해서 당신을 도왔던 것처럼 말입니다. 앨리스 코리건은 그녀의 남편 에드워드 코리건…… 바로 당신에 의해 살해되었습니다!"

크리스틴의 목소리는 차갑고 날카로웠다.

"진정해요 패트릭. 이성을 잃지 말아요."

푸아로가 말했다.

"당신이 흥미를 느낄 만한 이야기가 있습니다. 서리 주 경찰은 이곳 사람들을 찍은 사진들 중에서 당신과 당신의 아내 크리스틴의 사진을 금세 알아봤답니다. 그들은 당신 둘을 에드워드 코리건과 시체의 발견자 크리스틴 데버릴로 기억하고 있더군요."

패트릭 레드펀이 일어섰다. 그의 잘생긴 얼굴이 격노로 핏발이
선 모습으로 바뀌어 있었다. 그것은 살인자의…… 호랑이의 얼굴이
었다. 그가 외쳤다.

"이 조그맣고 시끄러운 벌레 같은 놈!"

그는 미친 사람처럼 소리치며 앞으로 몸을 날리더니 에르퀼 푸아
로의 목을 붙잡고 조르기 시작했다…….

13장

I

주위를 돌아보며 푸아로가 말했다.

"여러분은 혹시 햇빛에 그을린 사람의 피부가 정육점의 고기 같다는 이야기를 하며 우리가 시간을 보내던 아침을 기억하십니까? 그때 저는 비로소 사람의 몸은 서로 매우 닮아 있다는 사실을 다시금 실감했습니다. 만약 가까이서 곰곰이 뜯어본다면 차이를 알 수 있겠죠. 하지만 언뜻 지나쳐 볼 때라면? 한창 때의 우아한 여성들은 다들 매우 비슷합니다. 갈색 다리가 한 쌍, 갈색 팔이 한 쌍, 자그마한 수영복을 걸친 몸이 해변 위에 누워 있다고 합시다. 그 여성이 걷거나, 말하거나, 웃거나, 고개를 돌리거나, 손을 움직인다면······. 예, 그때는 주인의 인격이 드러납니다. 개인성 말입니다. 하지만 일광욕 중에는? 아니죠.

그날은 또 우리가 악마에 대해 이야기한 날이기도 했습니다. 레인 씨의 표현대로라면 '백주의 악마'였던가요. 레인 씨는 아주 예민한 분입니다. 악의 존재를 느낄 수 있으시거든요……. 하지만 그 존재를 감지하면서도 그는 악의 위치까지는 짚어내지 못했습니다. 그는 악이 알레나 마셜이라는 개인에게 집중되어 있는 것으로 보았는데, 많은 사람들이 거기에 동의하기도 했지요.

하지만 제 생각은 달랐습니다. 악은 분명 실재했으나 그게 숨은 곳은 알레나 마셜의 속이 전혀 아니었습니다. 아, 물론 그녀와 연결되어 있기는 했죠. 하지만 전혀 다른 방식으로 연결되어 있었답니다. 전 처음 알레나 마셜을 만났을 때부터, 아니 처음부터 끝까지 항상, 그녀를 영원하고도 타고난 '피해자'로 보았습니다. 그녀가 아름다웠기 때문에, 매력적이었기 때문에, 그녀를 보기 위해 남자들이 고개를 돌리기 때문에 말입니다. 그런 종류의 여자는 바로 그 이유 때문에 인생과 영혼을 망치게 되거든요.

전 그녀를 매우 다르게 보았습니다. 남자들을 치명적으로 매혹시킨 건 그녀가 아니었습니다. 그녀가 남자들에게 치명적으로 이끌렸던 것입니다. 그녀는 남자들이 쉽게 사랑에 빠지는 반면, 쉽게 싫증을 낼 그런 여자였습니다. 그리고 그녀에 관해 제가 알아본 모든 것들이 그런 제 믿음을 공고히 해 주었습니다. 그녀에 대해 알 수 있었던 첫 번째 사항은 예의 이혼 소동이 있었을 때 상대 남자가 그녀와의 결혼을 거부했다고 하는 사실입니다. 그러자 기사도 정신이 뛰어난 마셜 대위가 끼어들어 그녀에게 청혼했고요. 마셜 대위의 내성적인 성격을 생각해 볼 때, 사람들의 입에 오르내리는 일이야말로 가장 참기 힘든 고문일 것입니다. 그러니 자신이 저지르지도 않은 살인죄로 기소되어 재판을 받은 첫 아내에 대한 사랑과 연민도 그랬겠죠. 그는 첫아내와 결혼함으로써 스스로를 정당화시켰습니다. 그런데 그녀가 죽자 또 다른 아름다운 여인, 아마도 비슷한 유형일 다른 여성이 역시 그런 공적인 수모를 당하고 있지 않겠습니까. 다시 한 번 마셜 대위는 구조 행동에 나섰지요. 알레나는 그의 동정이나 보호를 받을 자격이 없을 정도로 어리석고 부족한 여자였는데 말입니다. 그럼에도, 저는 그가 그녀를 언제나 진실된 눈으로 바라보았다고 생각합니다. 오랜 시간이 지나 그가 그녀를 사랑하지 않게 되었을 때, 그녀의 존재가 그를 힘들게 할 때도 그는 알레나에게 미안함을 표시했죠. 그는 그녀를 인생이라는 책에서 특정 페이지 이상을 더 읽지 못하는 아이 같은 존재로 여겼습니다.

또한 저는 알레나 마셜에게서 남자를 향한 열정과 함께, 어떤 파렴치한 남자의 먹이가 될 운명을 보았습니다. 패트릭 레드펀에게서 잘생긴 외모와 함께 얄팍한 자신감, 여성을 사로잡는 매력을 확인하고서는 그가 바로 앞서 말한 남자가 될 것임을 믿어 의심치 않았고요. 여자의 피를 빨아 먹고 사는 협잡꾼! 해변에서 주위를 관찰한 저는 곧 알레나가 패트릭의 포로임을 알았습니다. 그 반대가 아니라 말입니다. 그리고 저는 악의 초점을 알레나 마셜이 아닌 패트릭 레드펀에게 맞추었습니다.

알레나는 최근 거액의 돈을 손에 넣은 적이 있습니다. 그녀에게 싫증이 날 새도 없이 죽었던 한 노인 추종자가 남겨 준 돈이었죠. 그녀는 끊임없이 남자에게 돈을 뜯기는 여자였습니다. 브루스터 양은 알레나 양 때문에 '파멸한' 남자를 언급한 적이 있지만, 실제 그녀의 방에서 발견된 편지는 딴판이었습니다. 그녀를 보석으로 휘감아 주겠다는 호언장담(말은 돈이 들지 않지요.) 같아 보이지만 결국엔 보석금으로 그녀에게 수표를 요구해 받았음을 인정하는 내용이었거든요. 그녀를 이용한 인간 쓰레기의 전형적인 예라고 할까요. 저는 패트릭 레드펀이 심심치 않게 '투자 목적의' 큰돈을 내놓도록 그녀를 꼬드겼다고 확신합니다. 엄청난 기회라면서 그럴듯하게 포장했겠지요. 그녀와 자신이 함께 부자가 될 수 있다면서. 무방비한 채 혼자 사는 여성은 쉽게 그런 남자의 표적이 됩니다. 그리고 그런 자들은 대개 아무 처벌 없이 약탈물을 들고 사라지죠. 하지만 만약 그 여자에게 남편이 있거나 오빠, 혹은 아버지가 주위에 있다면 쉽지 않은 법입니다. 마셜 대위가 아내의 재산 변화를 눈치챘다면 아마 패트릭 레드펀은 고발되었을 겁니다.

하지만 그는 그런 것조차 두려워하지 않았습니다. 이미 필요한 때가 오면 그녀를 조용히 제거하기로 마음속에 계획을 세워 두고 있었으니까요. 벌써 다른 살인도 저지른 경험이 있는걸요. 코리건이라는 이름으로 결혼했을 때 거액의 생명 보험을 들게 한 여자 말입니다.

그는 그 계획을 밀고 나감에 있어 자신의 아내로 통하는 어떤 여자의 도움을 받았습니다. 그의 사냥감과는 정반대로 냉정하고 침착하지만, 그에게는 매우 충성스러운 뛰어난 연기자! 크리스틴 레드펀은 여기에 처음 오자마자 '작고 불쌍한 아내' 역할을 훌륭히 수행했습니다. 연약하고, 무력하고…… 건강미는 없는 반면 지적인 분위기를 풍겼죠. 그녀의 행동 특징들을 하나하나 되짚어 보십시오. 햇볕을 쬐면 물집이 생긴다고 한 그녀의 말, 늘 창백한 피부, 고소공포증, 밀라노 성당에서 겪었다는 현기증 얘기…… . 모두가 그녀의 연약함과 섬세함을 강조하기 위한 일화였습니다. 사람들은 전부 그녀를 '조그만 여자'라고 불렀죠. 하지만 그녀는 손과 발이 유독 작을 뿐, 실제로는 알레나 마셜과 비슷한 키입니다. 교사 출신이었다고 자신을 소개한 그녀의 행동도 지성적이지만 육체적으론 약하다는 인상을 주는데 한몫 했습니다. 실제로 그녀가 학교에서 일했던건 사실이었죠. 하지만 그녀가 맡았던 위치는 다름 아닌 체육 교사로, 그녀는 고양이처럼 날쌔고 운동선수처럼 다부진 여성이었던 것입니다!

그 범죄는 치밀하게 계획되었으며, 시간적으로도 빈틈없이 짜여진 것이었습니다. 이미 말씀드린 것처럼 정말로 '능숙'한 범죄였지요. 타이밍도 천재적이었습니다.

우선, 그들은 여러 예비적인 밑그림을 그려 놓았습니다. 옆자리의 내게 보란 듯이 연극을 하기도 했죠. 남편과 질투심 많은 아내 사이에 흔히 있을 법한 상투적인 말다툼이 바로 그것입니다. 후에 그녀는 저와 단둘이 있는 자리에서 같은 역할을 되풀이하기도 했지요.

내가 이건 마치 책을 읽는 것 같다는 느낌을 받은 것도 그 무렵입니다. 도무지 진짜 같지 않았죠. 당연히 진짜가 아니었습니다.

그리고 범죄의 날이 왔습니다. 그날은 날씨가 좋았습니다. 그게 계획의 필수 조건이었죠. 레드펀의 첫 번째 행동은 아침 일찍 호텔을 빠져나가는 것이었습니다. (그가 안쪽에서 열어 놓고 나간 발코니 문을 보면 사람들은 그냥 누가 아침에 수영을 했나 보다 생각하고 말았겠지요.) 그는 수영복 속에 알레나가 즐겨쓰는 것과 똑같은 초록색 중국식 모자를 감춘 채 입고 나왔습니다. 그는 섬을 가로지른 후, 사다리를 내려가 모자를 바위 뒤의 약속된 장소에 숨겨 둡니다. 이것이 제1부입니다.

그 전날 밤에 그는 알레나와 만나기로 약속을 했습니다. 알레나는 남편이 눈치챌까 봐 두려워했으므로 그들은 비밀리에 밀회할 수밖에 없었죠. 아침 일찍 픽시 코브에서 보기로 약속이 잡힙니다. 그 시간에 픽시 코브를 찾는 관광객은 아무도 없거든요. 알레나가 먼저 도착해 기다리면서, 인기척이 들리거나 보트가 보이면 '요정의 동굴'로 숨기로 하는 겁니다. 그 동굴의 위치와 출입 방법은 레드펀이 이미 가르쳐 줬지요. 그렇게 그녀는 동굴 안에서 해변이 조용해질 때까지 기다리기 시작합니다. 여기까지가 제2부 되겠습니다.

그런 가운데 크리스틴은 린다가 아침 수영을 하러 갔을 시간에 아이의 방으로 갑니다. 거기서 린다의 시계를 20분 빠르게 돌려 놓은 거지요. 물론 린다가 곧 자기 시계가 이상한 것을 눈치챌 수도 있었지만, 그리 큰 문제될 일은 없었습니다. 크리스틴이 가진 최대의 알리바이는 도저히 그 범죄를 저지를 수 없어 보이는 작은 손에 있었으니까요. 하지만 알리바이가 하나 더 있으면 더욱 좋은 법이긴 하죠.

크리스틴은 또 린다의 방에서 주술에 관한 책이 펼쳐져 있는 것을 발견했습니다. 그것을 흘깃 본 그녀는 린다가 돌아와서 양초 꾸러미를 떨어뜨리는 것을 보고 아이의 속마음을 알아차렸던 겁니다. 그로써 그녀는 새로운 구상을 하게 되었습니다. 이 범죄자 일당의 원래 계획은 케네스 마셜이 범인으로 의심받도록 꾸미는 것이었습니다. 그의 담배 파이프 조각을 해안 사다리 밑에 갖다 둔 것도 그 때문이었습니다.

린다가 돌아오자 크리스틴은 같이 걸 코브로 가자고 쉽사리 그녀를 설득할 수 있었습니다. 그러고선 자기 방으로 돌아와 가방 속에서 피부를 그을려 보이게 하는 인공 약물을 꼼꼼히 몸에 발랐지요. 빈 병은 창문 밖으로 던졌는데, 그게 수영 중이던 에밀리 브루스터를 거의 맞힐 뻔합니다. 이로써 2부도 성공적으로 진행되었습니다.

크리스틴은 그 후 하얀 수영복을 입고 위에 해변용 파자마와 느슨하게 긴 상의를 입어 갈색으로 위장한 팔다리를 감추었습니다.

10시 15분이 되어 알레나는 레드펀을 만나러 길을 떠나고, 얼마 후 패트릭 레드펀이 내려 와 안절부절못하다가 끝내 화를 내는 연기를 펼칩니다. 크리스틴의 임무는 확실히 쉬운 것이었지요. 11시 25분에 자기 시계는 감춰 둔 채 린다에게 시간을 물어 보는 것뿐이었으니까. 린다는 자기 시계를 내려다보고 11시 45분이라고 대답합니다. 린다는 그 후 바다로 갔고, 크리스틴은 스케치 도구를 챙겼습니다. 린다가 등을 돌리자마자 크리스틴은 아이의 시계를 다시 제 시간으로 맞추어 놓았지요. 그러고는 절벽의 오솔길을 서둘러 올라가 스케치 도구를 바위 뒤에 숨기고서 사다리를 부리나케 내려간 겁니다.

알레나는 그 아래 해안에서 패트릭이 왜 이렇게 늦는지를 궁금해하며 기다리고 있었습니다. 그런데 사다리를 내려오는 소리가 들려 살짝 엿보려니까, 짜증나게도 가장 껄끄러운 사람이 오고 있는 겁니다! 레드펀의 부인 말이죠! 그녀는 서둘러 해변을 가로질러 요정의 동굴 속으로 숨습니다.

크리스틴은 바위 속에 숨겨진 모자를 찾아 씁니다. 붉은색 가짜 머리칼을 모자 속에 붙이고, 그걸로 얼굴과 목을 가리고는 몸을 크게 펴고 눕는군요. 시간은 계획대로 착착 맞아가고 있습니다. 몇 분 뒤에 패트릭과 브루스터가 탄 배가 그곳으로 옵니다. 사랑하는 여인의 죽음에 놀라고, 충격 받고, 절망하는 것은…… 그리고 몸을 굽혀 시체를 살펴보는 것은 패트릭이었습니다. 그의 알리바이는 신중하게 꾸며진 것이었죠. 브루스터 양은 현기증이 잘 나기 때문에 그 사다리를 오르려고 하지 않았을 겁니다. 그녀는 보트를 타고 거기를 떠날 것이고, 그러면 패트릭은 시체와 함께 뒤에 남겨지게 되겠지요. 살인자가 아직 주변에 있을까 두려운 브루스터 양은 경찰을 부르겠다며 노를 저어 가 버렸습니다. 그녀가 탄 보트가 눈에서 사라지자마자 크리스틴은 패트릭이 숨겨 온 가위를 건네 받아 모자를 조각조각 자른 후 수영복에 쑤셔 넣은 후, 재빨리 사다리를 올라가 해변용 파자마를 다시 찾아 입고 호텔로 돌아옵니다. 그러고는 갈색 피부약을 씻어 내기 위해 목욕을 하고 테니스복으로 갈아 입었겠죠. 그녀가 한 일이 또 하나 있습니다. 초록색 마분지 상자와 가짜 머리카락을 린다 방의 벽난로에서 태워 버린 것입니다. 달력을 태운 것으로 보이도록 달력 조각을 하나 남겨 두고 말이죠. 그녀의 짐작대로, 린다는 과연 주술 실험을 하고 있던 게 맞았습니다. 녹은 왁스 조각과 핀을 보면 알 수 있습니다.

그녀는 테니스장에 제일 늦게 나타납니다. 하지만 전혀 흥분하거나 서두른 기색은 없었겠지요.

그 동안 패트릭은 동굴로 향했습니다. 동굴 속에서는 주변의 사물이 잘 보이지 않고, 소리 또한 잘 들리지 않습니다. 뱃소리가 잠깐, 말소리가 잠깐 들리는가 싶었지만 그녀는 아무에게도 들키지 않고 잘 숨어 있습니다. 그런데 이제 패트릭이 부르는 소리가 들리기 시작합니다. '다 됐어, 자기.' 그녀는 밖으로 나옵니다. 그 순간 그가 손을 그녀의 목 주위로 둘렀고, 그것이 어리석고 가엾은 미녀 알레나 마셜의 최후였습니다……."

그의 목소리가 잦아들었다.

잠시 침묵이 흘렀다. 이윽고 로저먼드 단리가 약간 몸을 떨며 말했다.

"예, 선생님은 꼭 모든 걸 보신 것처럼 말씀하시는군요. 하지만 그게 다 오산일 수도 있어요. 어떻게 그런 결론에 이르게 되셨는지는 이야기해 주시지 않았잖아요?"

에르퀼 푸아로가 말했다.

"언젠가 전 아주 단순한 사람이라고 말씀드린 적이 있지요. 언제나, 그러니까 처음부터 나는 알레나 마셜을 죽인 사람은 가장 그럴법한 사람이라고 생각했소. 그 가장 그럴 법한 사람이란 패트릭 레드펀이었죠. 그는 그녀 같은 여자들을 착취하는 파 엑설란스(전형적인)한 유형의 남자였습니다. 여성의 재산을 가로채고 결국엔 상대의 목을 조르는 살인자 유형이기도 하지요. 알레나는 그날 아침 누구를 만날 작정이었을까? 그녀의 표정, 미소, 태도, 말투가 말해 주고 있었습니다. ……패트릭 레드펀! 고로 아주 자연스럽게도 패트릭이 그녀를 죽였다는 결론이 됩니다.

하지만 저는 당신에게 말했던 것처럼 당장 어려운 문제에 직면하게 되었습니다. 패트릭 레드펀은 시체의 발견 시점 이전까지 다른 곳에, 거기다 브루스터 양과 함께 있었기 때문에 범행을 저지르는 것이 불가능했습니다. 그러니 다른 해법을 찾아야 했지요. ……몇 가지 대안이 나왔습니다. 알레나 마셜은 단리 양의 묵인 하에 남편에게 살해된 것일 수도 있었습니다.(이 둘은 한 가지 수상한 점에 관해 나란히 거짓말을 했습니다.)

또한 그녀는 마약 밀수 조직의 비밀을 우연히 목격하여 살해된 것일 수도 있었습니다. 종교적 광신자, 혹은 의붓딸에 의해 죽임을 당했을 가능성도 있었죠. 한때는 딸이야말로 가장 현실적인 해법인 것처럼 보였습니다. 첫 면담에서 린다가 경찰에 보인 태도가 아주 심상치 않았거든요. 후에 린다를 만나고서 전 알았습니다. 린다는 자신에게 죄가 있다고 생각한다는 것을."

"자기가 알레나를 죽였다고 말인가요?"

로저먼드의 목소리는 회의적이었다.

에르퀼 푸아로가 고개를 끄덕였다.

"그렇습니다. 기억하십시오. 그 소녀는 아직 어린애입니다. 린다는 마녀와 주술에 관한 책을 읽고 그걸 곧이곧대로 믿었습니다. 알레나를 미워했던 그 아이는 양초 인형을 만들어 주문을 외우고, 핀으로 찌른 다음 녹여 없앴지요. 마침 알레나가 죽은 날이었습니다. 린다보다 나이가 많고 현명한 사람들도 예전에는 주술을 철석같이 믿었지 않습니까. 자연히 린다는 그게 통한 거라고 생각한 겁니다. 자기가 마법으로 새엄마를 죽였다고."

로저먼드가 말했다.

"아, 가엾은……. 가엾은 아이 같으니! 전…… 전 전혀 다른 것을 상상했어요. 전 걔가 다른 뭔가를 알고 있는 줄로만……."

로저먼드가 말을 멈췄다. 푸아로가 말했다.

"무슨 생각을 하셨을지 압니다. 사실 당신의 태도가 린다를 더 초조하게 했지요. 그 아이는 자기의 행동이 정말로 알레나의 죽음을 가져 왔고, 또 당신이 그걸 안다고 믿었습니다. 한편 크리스틴 레드펀은 린다에게 수면제에 대한 귀띔을 함으로써 빠르고 고통없는 속죄의 방법이 있음을 암시했고요. 마셜 대위에게 알리바이가 있는 것으로 확인되자 다른 용의자를 만들 필요가 있지 않았겠습니까.

크리스틴과 그녀의 남편은 마약 밀수에 대해서는 전혀 몰랐습니다. 그저 린다를 희생양으로 만드는 데 골몰한 거지요."

로저먼드가 말했다.

"그런 악랄한!"

푸아로가 끄덕였다.

"예, 맞습니다. 냉혈하고 잔인한 여자……. 저는 개인적으로 무척 혼란스러웠습니다. 린다는 과연 유치한 주술 장난을 한 것뿐일까? 아니면 그 애의 증오가 더 심한 행동……. 실제 범행으로까지 이어졌을까? 저는 아이를 앞에 두고 고백을 유도해 보았지만 소용없었습니다. 당시엔 모두가 불확실해 보였죠. 경찰서장은 마약 조직 가설을 굳게 믿고 있었고요. 그걸 그대로 보고 있을 순 없지요. 저는 모든 사실을 아주 신중히 재검토했습니다. 제 앞엔 개별적 사건이 조각 그림 퍼즐처럼 흩어져 있었습니다. 완전하고 조화로운 형태로 조합될 필요가 있었죠. 해변에서 발견된 가위, 창문에서 던져진 병, 아무도 목욕한 적이 없었다는 시간에 들린 물소리. 개별적으로 놓고 보면 아무 해도 없는 일상적인 일들입니다. 하지만 아무도 알아차리지 못하도록 주의 깊게 진행된 계획의 일부였죠. 그러므로 그것들은 중요하게 취급되어야 했습니다. 마셜 대위나 린다, 혹은 마약 조직원을 범인으로 놓는다면 이런 사실들은 해명할 길이 없어집니다. 그것들은 의미를 가져야 합니다.

저는 살인을 저지른 건 패트릭 레드펀이라는 첫 번째 추리로 다시 돌아갔습니다. 그걸 뒷받침할 근거는 있는가? 그럼요, 알레나의 계좌에서 거액이 사라졌지요! 누가 그 돈을 가져갔는가? 물론 패트릭 레드펀입니다. 알레나는 잘생긴 젊은 남자에게 쉽게 혹하는 여자였습니다. 반면 절대 협박에 흔들릴 여자는 아니지요. 너무 솔직해서 비밀을 지키지 못하는 성격이니까요. 전 협박 가설에는 조금도 관심을 두지 않았습니다. 그런데 협박이 오가는 대화를 엿들은 사람이 있었다지요? 들은 사람이 누구였습니까? 아, 패트릭 레드펀의 아내였군요! 그건 그녀가 만든 이야기였습니다. 물증은 하나도 없는. 왜 그런 말을 지어내야 했을까? 그 답이 번개처럼 내 뇌리를 스쳤습니다. 알레나의 돈이 사라진 경위를 설명해야 했으니까!

패트릭과 크리스틴 부부. 그들은 함께였습니다. 크리스틴은 알레나를 목조를 완력, 혹은 정신력이 없었습니다. 예, 행동한 것은 패트릭이었지요. 하지만…… 불가능했습니다! 시체가 발견되기 전까지 그의 모든 행동은 남들에게 잘 알려져 있었습니다.

시체……. 그 말이 제 마음을 휘저었습니다. 해변에 누운 시체, 해변에 누운 몸뚱이들. 그 모습은 다 비슷하죠. 패트릭 레드펀과 에밀리 브루스터는 픽시 코브에 가서 웬 몸뚱이가 누워 있는 것을 목격했습니다. 한데 그 몸이 알레나가 아닌 다른 사람의 몸이었다면? 더욱이 얼굴은 커다란 중국식 모자로 가려져 있었습니다.

하지만 죽은 몸은 오직 하나, 알레나의 몸뿐이었습니다. 그렇다면 '살아 있는 몸'이 죽은 척했다는 말인가? 알레나가 패트릭과 같이 어떤 장난을 치려 했던 걸까? 전 그렇게 생각하지 않았습니다. 너무 위험해요. 레드펀을 도우려 했던 다른 여자가 있었을까? 당연히 그의 아내지요. 하지만 그녀는 창백한 피부를 가진 연약한 몸인데? 그러나 요즘 세상엔 간단히 그을린 피부로 보일 수 있게 해 주는 약을 병에 담아 팔지요. 병……. 제 그림 퍼즐 조각 중 하나로군요. 그렇다면 그 위장을 씻어내기 위한 목욕물 소리도 설명이 됩니다. 크리스틴이 테니스를 치러 가기 전에 났던 물소리 말입니다. 또 가위는? 왜, 가지고 다니기에 거추장스러운 중국식 마분지 모자를 폐기해야 했으니까요. 시간이 급해 가위는 주변에 버렸습니다. 살인자 2인조는 그 점에서 부주의했군요.

그러나 그 모든 시간 동안 알레나는 어디에 있었을까? 그것 또한 매우 분명했습니다. 로저먼드 단리와 알레나 마셜 둘 중 하나가 요정의 동굴에 있었습니다. 동굴 속에서 맡은 향수 냄새로 알 수 있었지요. 그 사람은 해변이 조용해질 때까지 기다렸던 알레나였습니다.

에밀리 브루스터가 보트를 타고 떠난 후 혼자가 된 패트릭에겐 범행을 저지를 시간이 충분했습니다. 의사의 추정대로라면 알레나 마셜은 11시 45분 이후에 죽었습니다만, 패트릭 레드펀이 경찰에게 시체를 보았다고 한 것은 11시 45분 이전이었지요.

정리될 일이 두 가지 더 있었습니다. 크리스틴 레드펀의 알리바이를 제공한 것은 린다 마셜이었습니다. 그러나 그 알리바이는 순전히 린다 마셜의 시계에 의거한 것이었죠. 그러니 크리스틴이 그시계를 조작할 수 있는 기회가 두 번 있었음을 밝히는 게 필요했습니다. 그걸 찾는 건 쉬웠습니다. 그녀는 그날 아침 린다의 방에 혼자 있었거든요. 간접적인 증거도 있었지요. 린다는 크리스틴이 '늦을까

봐 걱정'이라고 말하는 것을 들었다고 합니다. 하지만 크리스틴이 내려왔을 때 라운지의 시계는 겨우 10시 25분을 가리키고 있었습니다. 두 번째 기회를 잡기는 쉬웠을 겁니다. 린다가 수영을 하러 바다로 가자마자 벗어 놓은 옷가지에서 시계를 찾으면 되니까요.

그러고 나면 사다리의 문제가 남습니다. 크리스틴은 언제나 자기가 고소공포증이 있다고 말해 왔습니다. 이 역시 면밀히 계산된 거짓말이었지요.

이제 모자이크 조각들이 다 모였습니다. 각 조각들이 제자리에 아름답게 찾아 들어갔군요. 하지만 유감스럽게도 구체적인 증거가 부족했습니다. 순전히 머릿속에서만 완성되었을 뿐이니까.

그때 한 가지 아이디어가 떠올랐습니다. 이 범죄에는 능숙함, 즉 자신감이 엿보였습니다. 패트릭 레드펀은 이후에도 비슷한 범죄를 저지를 것이었습니다. 그렇다면 과거엔 어땠을까? 이게 그의 첫 번째 범죄는 아니었을 테지요. 계획을 짜는 방법이나 교살이라는 살해 방식은 그의 천성에 부합합니다. 실제적 이익은 물론이고 쾌락을 위해 사람을 죽이는 살인마! 저는 그가 이미 살인 경험이 있다면 극히 닮은 수법을 사용했으리라 확신했습니다. 저는 콜게이트 경위에게 교살 사건들의 기록을 찾아 달라고 부탁했습니다. 그 목록을 받아 보고 전 기쁨을 감출 수 없었습니다. 닐리 파슨즈라는 여자의 죽음은 패트릭의 범행인지 아닌지 확신할 수 없었지만 (그저 지역적으로 가깝다는 것뿐이었습니다.), 앨리스 코리건 사건에서 전 정확히 제가 원하는 걸 찾아냈습니다. 완전히 같은 수법이라고 할까요. 시간을 현혹시키는 방법이 특히 그랬습니다. 살인은 사망 추정 시간에 벌어지지 않았다……. 그 시간 이후에 벌어졌다는 점입니다. 4시 15분에 발견되었다는 시체, 4시 20분까지의 알리바이가 확실했던 남편.

실제로는 어떤 일이 일어난 것일까요? 에드워드 코리건은 카페에 도착해서 부인이 없는 것을 알고 가게 밖에서 왔다갔다 했다지요. 그러나 실제로 그는 아내와의 약속 장소인 시저 숲으로 달려가(이곳은 카페에서 아주 가깝죠.) 아내를 죽이고 돌아온 것입니다. 시체를 발견한 여행객은 어느 유명한 여학교에서 체육 교사로 일한다는 젊은 여자였습니다. 표면적으로 그녀는 에드워드 코리건과 아무 관련이 없습니다. 경찰의(醫)는 5시 45분이 되어서야 그 시체의 조사를 시작할 수 있었습니다. 그가 추정한 사망 시각은 아무 의심 없이 받아들여졌고요.

저는 마지막으로 하나의 실험을 해 보았습니다. 레드펀 부인이 거짓말쟁이인지 아닌지 확실히 알아내야 했거든요. 저는 다트무어로 떠나는 작은 소풍을 계획했습니다. 고소공포증이 있는 사람은 물 위를 흐르는 좁은 다리를 건너지 못할 것입니다. 정말로 고소공포증이 있는 브루스터 양은 과연 어쩔 줄을 몰라 하더군요. 하지만 크리스틴 레드펀은 그것을 알아채지 못하고 지체 없이 다리를 건넜습니다. 작지만 결정적인 실험이었습니다. 만약 그녀가 그런 작은 일을 가지고 거짓말을 했다면, 다른 거짓말도 했을 것입니다. 이러는 사이, 소풍을 통해 콜게이트 경위는 서리 주 경찰에게 보여 줄 레드펀 부부의 사진을 얻었습니다. 저는 성공하리라 확신한 방법을 시도했습니다. 패트릭 레드펀이 안심하고 있을 때, 갑자기 다가가 그가 이성을 잃도록 유도한 겁니다. 그는 자신이 코리건과 동일 인물이라는 말에 완전히 자제력을 잃었지요."

에르퀼 푸아로는 회상하는 듯 자기 목을 만졌다. 그가 힘주어 말했다.

"제가 한 일은 극히 위험했습니다만, 후회하진 않습니다. 전 성공했습니다! 헛된 고통은 아니었던 셈이죠."

잠시 정적이 흘렀다. 곧 가드너 부인이 깊은 한숨을 쉬었다.

"정말, 무슈 푸아로. 너무나 대단하세요. 범죄학의 모든 분야를 빠짐없이 다룬 강의를 한 편 들은 것만큼이나 환상적이네요. 아니, 실제로 범죄학 강의였기도 하군요. 빨간색 털실과 일광욕하는 사람들에 대한 저와의 대화도 영향을 주었다고 봐야겠죠? 너무 너무 흥분되네요. 남편도 동감일 거예요. 그렇죠, 오델?"

가드너 씨가 말했다.

"그럼, 여보."

에르퀼 푸아로가 말했다.

"가드너 씨 또한 제게 많은 도움을 주셨습니다. 가드너 씨처럼 섬세한 남성이 가진 알레나 마셜에 대한 의견이 필요했거든요. 전 가드너 씨에게 그녀를 어떻게 생각하는지 물었습니다."

"그런가요……."

가드너 부인이 말했다.

"당신은 그럼 그 여자를 두고 뭐라고 답했나요, 오델?"

가드너 씨가 기침을 했다.

"무슨……. 여보, 난 그 여자 생각은 거의 해 본 적도 없어. 당신도 알잖아."

"그것 참 남자들이 항상 아내에게 하는 말 그대로군요."

가드너 부인이 말했다.

"선생님이 나한테 같은 질문을 했다면요, 물론 여기 계신 무슈 푸아로도 그 여자에게 동정적인 말씀을 하셨지만, 난 그녀를 타고난 희생자라고 부르겠어요. 물론 교양이라곤 찾아 볼 수 없는 여자지만. 마셜 대위가 없어서 하는 말인데, 언제 봐도 좀 멍청해 보였다니까요. 남편에게도 그렇게 얘기했더랬죠. 그렇지 않아요, 오델?"

"그럼, 여보."

가드너 씨가 말했다.

II

린다 마셜은 에르퀼 푸아로와 함께 걸 코브에 앉아 있었다. 아이가 말했다.

"제가 죽지 않은 건 당연히 기뻐요. 하지만 무슈 푸아로도 아시죠? 제가 새엄마를 죽인 거나 마찬가지예요. 그러길 바랐으니까요."

에르퀼 푸아로가 힘주어 말했다.

"마찬가지가 아니란다. 죽이고 싶어하는 것과 실제 죽이는 것은 완전히 다른 것이지. 만약 네가 작은 양초 인형을 만드는 대신 새엄마를 꼼짝 못하게 묶어 뒀고, 핀 대신 단검을 들었다면, 넌 실제로 그녀의 심장을 찌르지는 못했을 거야. 네 마음 속 뭔가가 '안 돼'라고 말했을 테지. 그건 나도 마찬가지란다. 난 어리석은 사람을 보면 화가 나지. 그럴 때 나는 '저 녀석을 걷어차 주고 싶군.' 하고 말하면서 실제로는 탁자를 발로 찬단다. '이 탁자는 저 바보 녀석이다. 그러니 힘껏 차 주자.'라는 생각을 하는 거야. 내 발가락이 별로 아프지 않다면 더 기분이 좋을 것이고, 그 탁자도 대개 망가지지 않지. 하지만, 그 어리석은 사람이 바로 눈앞에 있었다면 난 그를 차지 못했을 거다.

양초로 인형을 만들어 핀으로 찌르는 건 어리석고 유치한 일이야. 그래, 하지만 그것도 어떤 위안은 될 수 있단다. 너의 증오심을 뽑아 내어 그 작은 인형에 넣었으니 말이다. 그리고 핀과 불로써 너는 네 새엄마가 아닌, 널 힘들게 했던 증오를 없앨 수 있었어. 결국 그녀의 죽음과는 상관없이 넌 마음이 한결 가벼워지는 거지. 그렇지 않던? 좀 마음이 가볍고…… 더 행복한 느낌이 들지 않았니?"

린다가 고개를 끄덕였다. 그녀가 말했다.

"어떻게 아셨어요? 바로 그런 느낌이었는데."

푸아로가 말했다.

"그러면 어리석은 짓을 되풀이하지 말거라. 다음번 새엄마는 미워하지 않도록 마음을 잘 간수하고."

린다가 깜짝 놀라 말했다.

"다시 새엄마가 생길 거란 말씀이세요? 아, 로저먼드 아줌마 말이군요. 그녀라면 괜찮아요."

소녀는 잠깐 주저하더니 말했다.

"현명한 사람이거든요."

그것은 푸아로 자신이 로저먼드 단리에게 느꼈던 장점은 아니었다. 하지만 그는 저 말이야말로 린다가 보내는 최고의 찬사라는 것을 알 수 있었다.

III

케네스 마셜이 말했다.

"로저먼드, 너도 내가 알레나를 죽였다는 허황된 생각을 했어?"

로저먼드는 약간 부끄러운 듯이 말했다.

"난 참 형편없는 바보였어."

"물론 그렇지."

"그러게. 하지만 켄, 당신은 입이 너무 무거워. 난 당신이 알레나를 어떻게 생각하고 있는지 알 방법이 전혀 없었어. 난 당신이 그녀의 실체를 알면서도 점잖게 대해 주고 있는 건지, 아니면 그녀를 덮어 두고 믿는 건지 몰랐지. 그리고, 그녀가 당신을 배신한 일로 격노한 것은 아닐까 생각했기도 하고. 난 당신에 대한 평판을 알고 있어. 아주 조용한 편이지만, 가끔씩 깜짝 놀랄 행동을 한다는 것 말이야."

"그래서, 넌 내가 그녀를 목 졸라 죽였다고 생각했다고?"

"음⋯⋯. 그래. 그렇게 생각했었어. 당신 알리바이가 좀 미심쩍은 것 같아서. 그래서 나는 당신이 방에서 타자치는 것을 보았다는 웃기는 이야기를 지어 낸 거야. 그런데 당신이 나를 보았다는 말을 했다는 걸 듣고는⋯⋯ 당신을 더욱 의심하게 되었지. 린다의 이상한 행동도 영향을 줬고."

케네스 마셜이 한숨을 쉬었다.

"그건 내가 네 말을 뒷받침해 주기 위해 한 이야기였다는 사실을 몰랐어? 난⋯⋯ 너야말로 변호가 필요하다고 생각했는데."

로저먼드가 그를 쳐다보았다.

"내가 당신 아내를 죽였다고 생각한 건 아니겠지?"

케네스 마셜이 조금 곤란한 기색으로 어물거렸다.

"젠장, 로저먼드. 넌 강아지 때문에 남자애 한 명을 거의 죽일 뻔한 일이 있잖아? 내 목을 쥐고 절대 놓지 않았지."

"하지만 그건 오래 전 일이잖아."

"그래, 알아⋯⋯."

로저먼드가 날카롭게 말했다.

"도대체 내가 알레나를 죽여야 할 이유가 뭔데 그렇게 생각했어?"

그는 좀 불편한 기색으로 우물쭈물했다.

로저먼드가 외쳤다.

"켄, 당신 자만심이 참 대단하다? 내가 당신을 위해 그녀를 죽였다는 거야? 그래? 아니면⋯⋯ 내가 당신을 차지하기 위해 그녀를 죽였다고?"

케네스 마셜이 단호히 말했다.

"천만에. 다만 그날 네가 한 말이 생각났어. 린다와 또 다른 여러 가지들…… 넌 내가 겪고 있는 일들을 걱정해 주었지."

로저먼드가 말했다.

"난 언제나 당신을 걱정했어."

"그랬겠지. 알잖아, 로저먼드. 난 말을 잘 못해. 잘 할 수가 없어. 하지만 이것만은 확실히 해 두고 싶군. 나는 알레나를 좋아하지 않았어. 처음에만 약간 좋아했었지. 그녀와 함께 하루하루 살아가는 날들은 꽤나 고역이었어. 아니, 완전히 지옥이었다고 해야 마땅하려나? 하지만 그녀에겐 매우 미안한 감정을 갖고 있어. 남자에 미치는 그녀의 성격은 어쩔 수 없는 것이었지. 남자들은 어리석은 그녀를 배신하고 괴롭혔어. 나는 그녀가 더 막다른 곳으로 떨어지는 것을 보고 싶지 않았던 거야. 난 그녀와 결혼했고, 할 수 있는 한 잘해 주는 것이 내 임무였어. 그녀 역시 그 뜻을 알고 내게 진심으로 고마워했다고 생각해. 그녀는…… 정말로 애처로운 사람이었어."

로저먼드가 부드럽게 말했다.

"그렇군, 켄. 이젠 전부 알겠어."

그녀 쪽을 보지 않고 케네스 마셜은 신중히 파이프에 담배를 채웠다. 그가 중얼거렸다.

"로저먼드, 넌…… 언제나 잘 이해해 줬지."

로저먼드의 입술에 엷은 미소가 떠올랐다.

"지금 내게 청혼하는 거야, 켄? 아니면 6개월을 기다릴 거야?"

케네스 마셜의 파이프가 그의 입술에서 굴러 떨어지더니, 바위에 부딪혀 산산조각이 나고 말았다.

"이런, 여기서만 벌써 두 번째 파이프를 잃는군. 이제 파이프는 더 있지도 않은데. 도대체 내가 6개월을 기다릴 거라는 걸 무슨 수로 알았어?"

"그게 의례적인 공백 기간이라고 생각했거든. 하지만 난 좀 분명히 해 두고 싶어. 그 반 년이란 시간 동안 또 어떤 고통 받는 여성이 나타나 당신이 기사도적인 구출에 나설지 모르니까."

그는 웃었다.

"로저먼드, 이번에는 네가 그 고통 받는 여성이 될 거야. 그 끔찍한 드레스 사업은 그만 두고 시골에 내려가서 살면 어때?"

"당신은 그 사업으로 내가 꽤나 상당한 수입을 올리고 있다는 사실을 모르나 봐? 그건 내가 일군 사업이야. 일으켜 세우고 발전시키는 일을 내가 다 했어. 그리고 난 그게 자랑스럽고! 그런데 당신은 잘도 '다 그만 두고 이리 와.'라고 말할 만큼 배짱이 뻔뻔하기도 하지."

"그래, 난 그 말을 할 수 있는 뻔뻔한 배짱이 있어."

"그럴 정도로 내가 당신을 사랑한다고 생각해?"

"그러지 않는다면…… 넌 내게 아무 의미 없는 사람이 되겠지."

케네스 마셜의 말에 로저먼드는 부드럽게 말했다.

"오, 내 사랑, 나는 평생 동안 당신과 함께 시골에서 사는 것을 꿈꿔 왔어. 이제 그게 현실이 되려 하는걸……"

〈끝〉

옮긴이 | 김윤정

이화여자대학교 영문학과를 졸업하고 국내외 기업의 광고 및 마케팅 부서에서 일했다. 현재 서울
대학교 경영대학에 근무하며 번역 작업을 병행하는 중이다. 옮긴 책으로『백주의 악마』,『마술 살
인』,『잠자는 살인』,『푸아로 사건집』등이 있다.

애거서 크리스티 푸아로 셀렉션
백주의 악마

1판 1쇄 펴냄 2015년 7월 10일
1판 3쇄 펴냄 2021년 9월 14일

지은이 | 애거서 크리스티
옮긴이 | 김윤정
발행인 | 박근섭
편집인 | 김준혁
펴낸곳 | 황금가지

출판등록 | 2009. 10. 8 (제2009-000273호)
주소 | 135-887 서울 강남구 신사동 506 강남출판문화센터 5층
전화 | 영업부 515-2000 편집부 3446-8774 팩시밀리 515-2007
홈페이지 | www.goldenbough.co.kr

도서 파본 등의 이유로 반송이 필요할 경우에는 구매처에서 교환하시고
출판사 교환이 필요할 경우에는 아래 주소로 반송 사유를 적어 도서와 함께 보내주세요.
135-887 서울 강남구 신사동 506 강남출판문화센터 6층 민음인 마케팅부

© ㈜민음인, 2015. Printed in Seoul, Korea
ISBN 978-89-6017-998-1 04840
ISBN 978-89-6017-956-1 04840 (set)
㈜민음인은 민음사 출판 그룹의 자회사입니다.
황금가지는 ㈜민음인의 픽션 전문 출간 브랜드입니다.